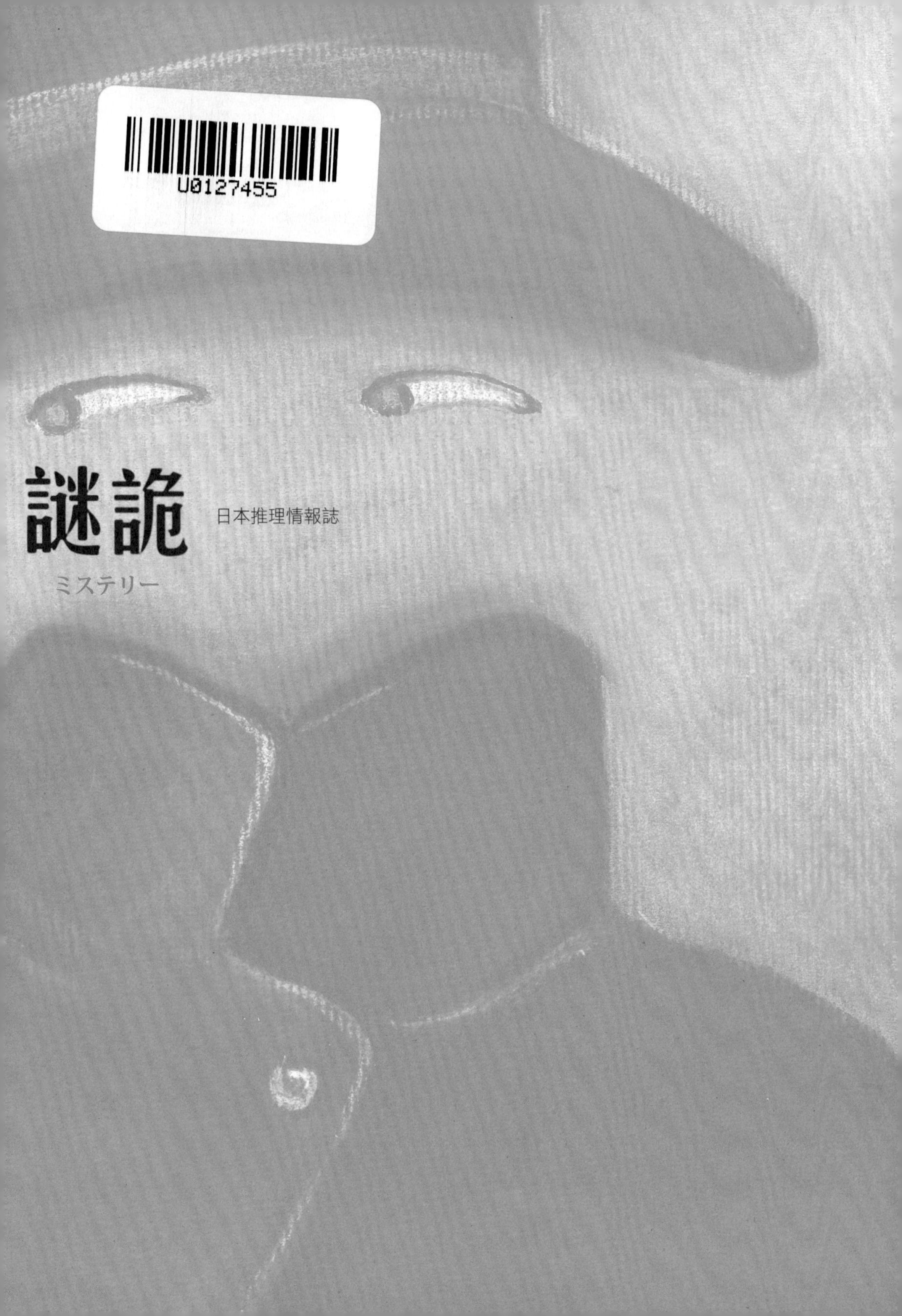

謎詭

日本推理情報誌

ミステリー

編者序／

二〇〇二年盛夏，滿腔熱情地前往日本拜訪幾家推理重鎮出版社，還來不及說明此番在台灣重振日本推理小說閱讀的構想和計畫，得到的是意料中又意料外的冷淡且客氣的回應：「台灣人會喜歡日本推理嗎？不是歐美推理比較盛行嗎？」「我們和台灣出版社版權交易也有十多年了，這個類型乏人問津啊。現在還有市場嗎？」「何況台灣早期做的推理小說，說實在的，品質上稍稍令人……」（果然是日本人，臉上堆著「別談了」的笑，吐出來的用詞也只是「稍稍」的程度哩）。

後來的一年裡，經過不斷地誠懇說服，總算分別從講談社、作家經紀公司那裡拿到了宮部美幸、東野圭吾的版權，開啟了商周「日本推理名家傑作選」的經營。二〇〇四年台北國際書展宮部的《魔術的耳語》和東野的《惡意》在銷售上和評價上大放異彩，前來參展的日本出版社也終於理解這斷層多年的類型，在台灣不但有固定的讀者引頸期盼新書的出版，同時也有長線深耕的強大潛力了。

誰也沒想到二〇〇五年日本各大出版社來台北國際書展設攤參展時，每一家台灣出版社進門開口的第一句話就是「我們想出推理小說」！

於是乎台灣的日本推理熱在二〇〇五年下半年起全面延燒了，這樣的盛況從網路上時有所聞的抱怨：「為什麼這麼多出版社競相推出這麼多的日本推理小說，真的這麼好看嗎？到底哪裡好看呢？」「戰前派、社會派、本格派、新本格派、新社會派、無法歸類派，日本一百一十年的推理發展，竟然在這一年多被片面地、單點式地同時引進了，究竟要從何看起啊？」「出書量太多了，看也看不完！如果有人推薦哪些書單好看就好了！」

獨步嚴選

「好看」、「必看」の日本推理六十作

獨步總編輯

陳蕙慧

這就是獨步文化這本《謎詭》出版的來由！這本入門書就是要獻給那些原本不看日本推理但開始對這個文類感興趣，或剛踏進門一小段時間卻被現有出版品的五花八門給嚇得裹足不前的讀者稍解迷惑的。

獨步文化做為在台灣的「日本推理專業出版社」為最高目標的使命與情懷下，期能在大量混雜了日本推理發展百年間各主流、支系的小說出版的現況下，以簡單清楚的架構，淺顯易懂的文字介紹，讓讀者對此一文類的起源和傳承發散有一較清晰的概念，並從中獲得相關資訊，且得到關於「好看」或「必看」書單的推薦。

為此，我們邀請長期以來熱愛這個文類、並深入研讀、撰寫評介、甚或從事創作的推理迷淩徹、遊唱、曲辰、筱森、希映，共同規劃這本「認識日本推理，理解其脈絡及魅力」的入門書，提供讀者在選書時的參考與閱讀時的對照，並且充分享受到閱讀日本推理小說及與同好討論的無上樂趣！

但話又說回來，所謂「好看」與「必看」，雖然希望盡量做到客觀，但必然有個人主觀認定上的偏狹，這一點倒是請讀者多多擔待。至於六十本書單是如何評選出來的呢？編輯委員的綜合意見如下：

以「閱讀的樂趣」為出發點，也就是選擇的標準在於是不是「好看的故事」。希望以一般讀者的角度會覺得好看，而不單純是推理迷認為的好看。例如有些推理小說故事過於沉悶，即使開頭設計有趣、結局創意驚人，對一般人而言這可能就不是一本好看的小說。

「好看」的標準

此一標準是給編輯委員選書時容易聚焦，而不是絕對一味地推給讀者必要接受的。它的定義為：

一、故事一開頭夠不夠吸引人（破題的魅力）

二、結局是否有創意、具有意外性（這關乎吸引人看下一本的動力）

三、謎團必須至少達到引人入勝的低標。（若是編輯委員基於某本書的謎團而推薦，這個謎團必須非常特別、有趣）

四、不過度詭計取向（不會整篇故事只是為了造就那個詭計）

五、看完之後有沒有回味之感、以後會不會想再讓你翻第二次

六、懸疑度、沉迷度、緊湊度、人物刻劃、邏輯等等為輔，接受特例提案。

在策劃本書的過程中，歷經無數次的編輯會議，也曾為彼此的理念爭執過，但無論顧問、寫手、編輯，大家的目標始終堅定：讓更多的人體會到日本推理小說的魅力，並因此而豐富了他們的生命。比較遺憾的是，此次選書的書單有些在台灣尚未出版，有些則只有舊版本，有些即使有舊版本但現在已絕版了，但這就是獨步文化與喜好這一文類的讀者未來努力的方向——我們要細心呵護這塊園地，使它穩定茁壯成長，陸續出版好看的書，讓這片花園生氣盎然，綠意燦

創刊號

目次

9「好看」、「必看」の日本推理六十作

精選推薦 BEST RECOMMEND
推理迷精心推薦

直木獎新得主
東野圭吾
148

精選推薦

BEST RECOMMEND

「好看」、「必看」の日本推理六十作

入門推薦
長篇

01

半七捕物帳

日本江戶時期的捕快傳說

Recommend for Beginner

筆者｜紗卡

記者出身與劇作家背景 發揮說書的深厚功力

世界推理文學的發展不過一百五十多年，那麼在推理文學還沒有誕生，或者是尚未像今日這般在全世界那麼普及，在那個時候會有描寫犯罪的小說嗎？有沒有專門描述古代警方工作，並記敘破案過程的作品呢？我們比較熟知的，例如曾經改編成電視劇的中國「公案小說」，諸如包公案、施公案、狄公案等等，這些作品通常以章回小說的方式呈現，在類型結構上跟今日的推理小說略有相似，但是其內在性質並不相同。今日的推理小說著重理性思考，並且對於「犯罪」這個主題多所辯證，對人性的探討亦具深度內涵。而「公案小說」彼時民風淳樸、善良保守，這類型的作品通常具有警世意味，教育大眾不應輕蹈法網，但多半僅止於此。由於具有功能性的目的，因此作品本身顯得較無活力，故事中常見妖魔鬼怪，因果輪迴之非理性產物。這跟今日的推理小說是很不一樣的。

相對於中國的「公案小說」，日本於二十世紀初期，在江戶川亂步之前，也有作家岡本綺堂創作了江戶時代的捕快小說，就是我們在此向各位介紹的，《半七捕物帳》。生於一八七二年的岡本綺堂，本身是記者，但也同時從事劇本的創作，是日本首屈一指的新歌舞伎劇作家。當他四十一歲結束記者生涯以後，開始轉為創作驚險小說、怪談小說等等。《半七捕物帳》是綺堂在四十五歲時動筆創作的，全數將近七十篇，描寫捕快半七的探案故事。根據綺堂所記載，捕快半七在歷史上應該是真有其人，但作家偶爾為了方便起見，會將其他地方聽來的一些奇案寫成出自半七之手。總之，綺堂的《半七捕物帳》系列受到廣大的歡迎，直到今日仍有許多日本推理作家公開表明自己非常喜歡綺堂的這部作品。而以江戶時代為背景的「捕物帳」，也就成為了日本專有的特殊形式推理小說。

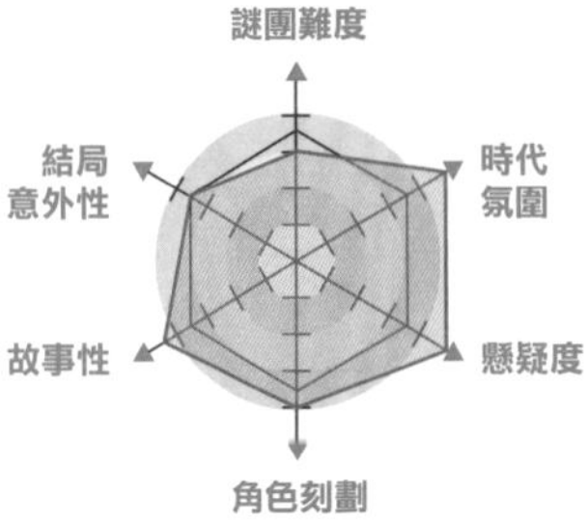

憑直覺與理性實證也可以讓故事邏輯合理化

從時間與作品內容來看，岡本綺堂的《半七捕物帳》應該曾自柯南．道爾的《福爾摩斯探案》獲得靈感。不過相對於二十世紀初的福爾摩斯已經可以擁有科學實驗技術的支援，江戶時期捕快半七手邊的工具可就少多了。故事中不要說什麼鑑識科學，就連最基本的指紋比對都用不上。當時的執法人員所憑藉的，就只有敏銳的觀察力以及過人的推理能力。靠的當然就是汲汲營營、鍥而不捨地四處奔走訪查，偶爾還得依靠直覺與巧合來解決案件。不過故事邏輯非常合理，作者不會一廂情願地創造一些不合理的情節；我想這也是「捕物帳」歷久不衰，直到今日仍有許多讀者喜歡它的原因吧！

相對於中國公案小說裡時有出現的魑魅魍魎，《半七捕物帳》講求的卻是理性實證。日本江戶時代當然也少不了那些鄉野奇聞，靈異怪談；但是在《半七捕物帳》的故事裡，這些奇異事件背後通常都牽扯到人性的私欲貪念，很多時候這些怪談都是有心人的巧妙設計。於是膽大心細的捕快半七，屢屢透過獨到的眼光，再加上對於人性的深刻體認，進而揭穿有心人士的裝神弄鬼。

連結江戶東京、明治東京、現代東京的橋樑！

在偵察組織以及逮捕犯人方面，捕快半七其實並沒有太多資源可以利用。故事中倒有些角色頗類似今日負責通風報信的線民，可見資訊的蒐集還是相當重要的。大部分的案件等到半七出馬並偵察推理出真相以後，半七就會出手逮人。即使遇上比較狡猾的犯人，半七只要大聲一喝，通常就可以攻破犯人心防。這種情節在民風淳樸的江戶時代還算相當合理。

作品的另一個特色當然就是濃厚的江戶風味。《半七捕物帳》對於當時的社會制度、生活形態、婚喪喜慶、風俗民情，以至於人們的食衣住行等，皆有詳實且鉅細靡遺的描寫記錄。此外，據說當時的都市規劃與主要街道，直到今日仍然留下許多影跡，憑添讀者們的想像空間。書中還收錄了許多珍貴有趣，由三谷一馬所繪的插圖，為閱讀增添不少樂趣。本書譯者讚美地說：「《半七捕物帳》是連結江戶東京、明治東京、現代東京的唯一橋樑。」的確是本部作品的最佳註腳。

日文書名：半七捕物帳｜作者：岡本綺堂
台灣出版社：遠流出版｜出版日期：二〇〇五年一月一日
日本出版社：平和出版／光文社文庫｜出版日期：一九一七年／二〇〇一年

作者

岡本綺堂

本名岡本敬二，別號狂綺堂。一八七二年生於日本東京芝高輪，一九二九年歿。曾任職於東京每日新聞社，亦為歌舞伎劇作家，一生寫有約兩百部歌舞伎，是二十世紀初日本戲劇界的重要推手。他在機緣中結識了曾在江戶時代擔任捕吏一職的半七頭子，由他的過往功績與《福爾摩斯探案》獲得靈感，創作了《半七捕物帳》系列作品，被譽為江戶時代的福爾摩斯。他的怪談作品與捕快小說，處處可見江戶時代的風物人情，相當受到讀者喜愛。

劇　本書多次被改編成電視劇，最近一齣在一九九七年四月由NHK製作成日劇《新．半七捕物帳》，由真田廣之主演，共二十一集，劇情頗受好評。

入門推薦
長篇

02

Recommend for Beginner

江戶川亂步傑作選

走進散發出詭異香氣的亂步花園

筆者｜張筱森

令人目眩神迷的魅力 歷久彌新

本書收錄了〈二分銅幣〉（一九二三）、〈兩個廢人〉（一九二四）、〈D坂殺人事件〉、〈心理測驗〉、〈紅色房間〉、〈天花板裡的散步者〉、〈人間椅子〉（一九二五）、〈鏡地獄〉（一九二六）、〈芋蟲〉（一九二九）等九篇亂步的出道作乃至早期的重要短篇小說作品，最晚發表的作品至今也已有七十七年的歷史了。但是令人意外的是，這些穿越了長久歲月來到二十一世紀的作品，卻絲毫不顯老態，仍然散發著令人目眩神迷的魅力。

亂步是在一九二三年以純正的**暗號推理**〈二分銅幣〉和〈一張車票〉得到當時的《新青年》總編輯森下雨村的賞識，獲得在《新青年》刊登的機會，正式踏入日本偵探小說文壇，自此日本推理小說歷史也進入了一個全新的階段。不過在此暫且不談亂步對日本推理小說有何卓越的貢獻，而來談談這些作品在亂步長達四十年的創作生涯中佔有何種位置及份量。

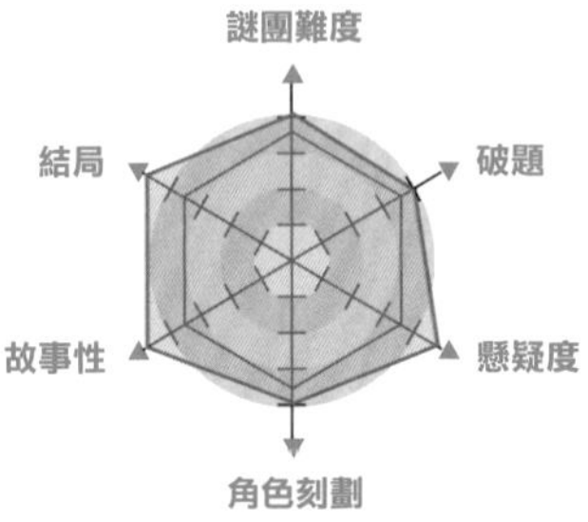

創作風格的轉變 反應出脫離現實的渴望

不論是任何領域的作家，都一定會有其出道作品。當讀者要全面評價一名作家的時候，也勢必要從出道作品開始談起。亂步在出道之前就已經是非常熱心的英美偵探小說讀者，其中又以暗號推理最得他的喜愛，他也下了非常大的工夫研究暗號。有著這樣的興趣，會以暗號推理為出道作品自然也不奇怪，另外一篇未收錄在本書的〈一張車票〉同樣也是相當優秀的暗號推理。

不過雖然亂步熱愛暗號，並不代表他後來就獨沽一味。本書收錄的作品可分為兩大系統，從這些作品就可以窺見亂步之後的寫作方向的分歧。出道作〈二分銅幣〉、〈D坂殺人事件〉、〈心理測驗〉都是非常正統、符合一般讀者對推理小說印象的作品。〈D坂殺人事件〉和〈心理測驗〉是相當精采的本格推理，前者的案情乍看之下不可思議，每個證人的證言都互相矛盾，卻又都正確無誤，然而最後的真相直指人心盲點、十分簡潔有力，也充滿了推理小說的特殊美感。後者則是亂步從《罪與罰》中獲得靈感，信手拈來的一場精采的心理大戰。此外，不得不提的是，從這兩作誕生了台灣讀者也十分熟悉的日本三大名偵探之一的明智小五郎。只是不像另外兩位名偵探（金田一耕助、神津恭介）自始自終都保持著相同的形象，明智後來的形象隨著亂步創作風格的轉變，出現了相當大的變化，就像是兩名個性、作風截然不同的雙胞胎一般。從初登場時的落魄書生到之後的摩登紳士，除了反應亂步風格的轉變之外，也可以窺見日本社會逐漸現代化的痕跡。

其餘的六篇作品則和上述三篇有著完全不同的風格。雖然〈天花板裡的散步者〉中明智小五郎仍然登場亮相，但是亂步並不以小五郎為主角，而是以犯罪者鄉田為第一人稱，花了非常大的力氣描寫鄉田在天花板裡四處窺看的場景，從這些段落可以看出亂步對於日常生活的無奈、怨恨，而想脫離現實社會的慾望。而〈兩個廢人〉〈紅色房間〉〈人間椅子〉也都反應了亂步內心想脫離現實的渴望，而這份渴望也成為往後亂步作品的一個重要的關鍵字。

本格推理和驚悚小說雙線並行的多元化風格

亂步出道時的日本大眾文壇流行著「煽情・怪異・無意義」的風潮，而〈鏡地獄〉和〈芋蟲〉兩作則完全跟上了彼時的時代氣氛。〈鏡地獄〉描寫一個瘋狂迷戀鏡子的男人，將自己關進了全部都以鏡子打造而成的房間，最終迎向了可怕結局。〈芋蟲〉則是一名軍人在戰場上受傷後，成了一隻沒手沒腳，五感中只剩下觸覺的芋蟲，妻子在照顧他的同時，不知不覺被引發出了殘虐的性格……。〈鏡地獄〉可以視為亂步從本格推理和驚悚小說雙線並行的創作路線轉變到通俗驚悚小說的過渡期作品，在當時獲得相當的好評。而〈芋蟲〉則是亂步煽情、怪異的惡趣味火力全開的傑作，即使過了數十年，仍可帶給讀者極度的不快、詭異的感受。

亂步的創作生涯長達四十年，他所創造出來的世界就宛如是美麗得驚人、卻又散發著詭異香氣的花園，吸引著一代一代的讀者接近。而支撐著這個龐大、色彩斑斕的花園的基礎，正是本書所收錄的短篇傑作。要瞭解亂步，不如就先從本書開始吧。

名詞解釋

暗號推理：正如字面所示，中心詭計隱藏在暗號之中的推理小說。推理小說史上第一篇暗號推理小說是愛倫坡的〈黃金甲蟲〉，對於柯南道爾的〈跳舞小人〉以及亂步的〈二分銅幣〉都有巨大的影響。暗號推理在日本推理界依舊頗為風行，台灣讀者熟悉的《名偵探柯南》、《金田一少年事件簿》等漫畫作品，都常見到以暗號為詭計的橋段。

日文書名：江戸川乱步傑作選｜作者：江戸川亂步
台灣出版社：華成出版｜出版日期：二〇〇一年十一月
日本出版社：新潮文庫｜出版日期：一九六〇年

作者

江戶川亂步

江戶川亂步，本名平井太郎，一八九四年出生於日本三重縣，筆名是從美國文豪愛倫坡的名字轉音而來。一九二三年出道之後，日本現代推理小說正式宣告成立。早期創作精力旺盛，之後主力轉為引介海外作品至日本國內，以及培養後進。他在一九三六年開始創作的《少年偵探團》系列，對於往後的推理作家影響巨大。很多目前活躍於第一線的日本推理小說作家，都曾經嚮往過由小林少年領軍的少年偵探團。台灣讀者非常熟悉的《偵探學園Q》和《名偵探柯南》都可以看出這個系列的影子。一九六五年七月，亂步因病逝世，不過他的影響力至今仍未有衰退之貌。

入門推薦
短篇

03

屍體蠟燭

富有古典恐怖風味的經典小品

Recommend for Beginner

筆者｜曲辰

以氣氛見長的變格派偵探小說

如果說到日本推理之父，很多人都會直覺想到是江戶川亂步，這樣的稱謂當然不能算錯，只是很容易讓人誤會在江戶川之前，日本是沒有推理小說閱讀的風氣的。但事實上，當江戶川寫出了〈二分銅幣〉與〈一張車票〉向《新青年》雜誌投稿時，主編森下雨村還徵詢了某個對於歐美推理相當嫻熟的人，確認並非為改寫或模仿之作，才正式發表。

這個日後被江戶川視為是恩人的作家，就是〈蠟燭傳奇〉的作者——小酒井不木。

小酒井不木是東大醫學系畢業，之後以東北帝國大學醫學部副教授身分出國攻讀研究所，由於從小嗜讀歐美推理小說，對於此種文類相當嫻熟，在研究所時期就出版了專書介紹推理小說，也因為如此才會被森下雨村看中並重用。

小酒井不木的創作時期從一九二五年開始雖然只有短短的四年（於一九二九年逝世），創作量卻驚人地大，留下了一百一十六部短篇與三部長篇，這種懸殊的比例一方面與戰前的小說創作習慣有關，一方面則是小酒井本身的寫作特色使然。

僅靠蠟燭照明營造陰森恐怖氣氛

他是屬於以氣氛見長的「**變格派**偵探小說」，以傳博的說法，是怪奇幻想派的主將。這種路線向來走開端神秘、過程詭譎不可解、結尾則需要逆轉帶來意外感以滿足讀者。以後期的眼光來看，有時會覺得因為過度追求意外性與想像性，讓合理性略顯不足。但如果能擺脫掉要求小說情節合乎現實的心情，倒是極佳的閱讀選擇。

以〈屍體蠟燭〉為例，故事敘述有個和尚跟小沙彌徒弟住在寺廟中，一個風雨飄搖的夜裡，由於沙彌膽小，因此兩人結伴去正殿巡視門窗是否關好、固定好。僅靠蠟燭照明的正殿，顯得陰森而光影搖曳，在這個好像隨時發生什麼都不奇怪的情境下，師父忽然說有一事需在佛祖面前懺悔，要他也在旁邊聽著。

原來師父其實不是什麼德高望重的僧侶，而是滿手血腥、罪衍纏身的有罪之人。他過去所收的徒弟良順，就是為了滿足師父的私慾而慘遭毒死。如今，師父殺人慾又犯，似乎就要對現在的沙彌徒弟下手了……

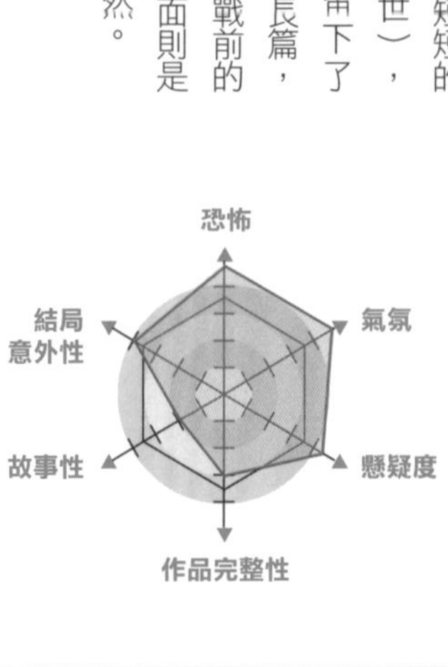

當代日本推理小說的另類選擇

以故事來說，其實相當單薄而簡單，但是由於小酒井的氣氛描寫殊稱一流，讓徒弟的恐懼、師父的形象前後不一，在外在陰冷氣氛的攝魄下，有令人無法停止閱讀的效果。其中尤其以師父的變態心理呈現以及他想要殺人的動機最具巧思，不但合情合理而且讓讀者戰慄連連。配合日本人皆熟知的《雨月物語》作為小道具，整篇小說有著古典中的新興時代況味。結局或許有人會認為失之造作，可是如今想來，卻很能見證那個年代的推理小說作家的機杼盡出，只為了求得一個難以猜想的結局。

如此小品，或許其實是在面對當代日本推理小說巨篇化的一種另類選擇。

名詞解釋

變格派：由甲賀三郎在一九二五年左右創造的名詞，相對於彼時的本格偵探小說，其他類型的作品通通歸在這個名詞底下（不過不包含冷硬派作品），代表作家有小酒井不木、海野十三、夢野久作等人。這個名詞目前已經廢棄不用，成為歷史名詞。

作者

小酒井不木

本名小酒井光次，本為醫學教授，後因身體狀況不佳，轉為執筆創作。最早發表了以醫學角度研究偵探小說的散文，在一九二五年開始創作偵探小說。不木的作品幾乎都結合了醫學主題，是極為傑出的醫學偵探小說。作品有〈戀愛曲線〉、〈直接證據〉、〈死之吻〉等（均為一九二六年發表）與江戶川亂步私交甚篤，對亂步的創作生涯影響甚大。

作者逸事

小酒井不木和江戶川亂步私交甚篤，後者甚至尊前者為心靈導師。在亂步冥誕一百一十週年、不木出生地紀念碑建立的二〇〇五年，由日本知名的亂步研究家濱田雄介和一群業餘的不木以及亂步研究者共同合作發表了《子不語之夢——江戸川乱歩小酒井不木往復書簡集》，除了可從中窺見兩位作家對於推理小說的理念之外，也可以一探日本推理小說發展初期的狀況。對於日本推理小說歷史有興趣的讀者，千萬不可錯過。

日文書名：死体蝋燭｜作者：小酒井不木
發表日期：《新青年》一九二七年十月號
收錄於《日本偵探小說選 I：黑岩淚香、小酒井不木作品集》
台灣出版社：小知堂出版｜出版日期：二〇〇三年十月
日本出版社：春陽堂／ちくま文庫｜出版日期：一九二八年／二〇〇二年

入門推薦
短篇

04

Recommend for Beginner

夢鬼

歌劇魅影式的愛情

筆者｜陳國偉

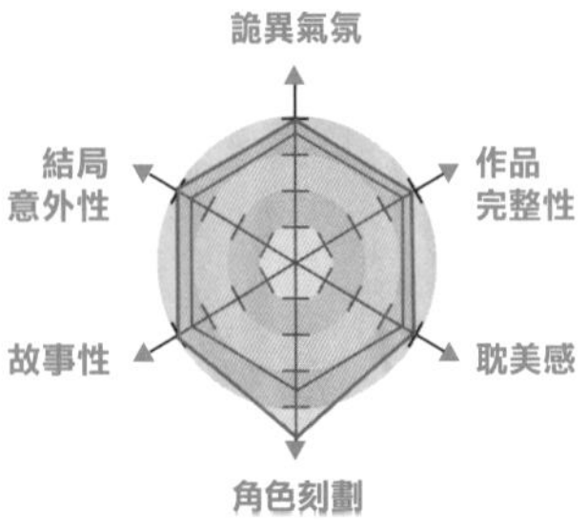

融合《鐘樓怪人》與《歌劇魅影》的悲慘少年

本篇是二次大戰時期的日本推理作家蘭郁二郎的名作，一九三五年發表在他編輯的同人雜誌《探偵文學》上，在當時屬於中長篇的推理小說。

故事敘述一名從小在極東馬戲團成長的醜陋少年鴉黑吉，因為受到心儀的女孩貴志田葉子的鼓舞，努力挑戰超越人體極限的空中飛人技巧，而與葉子成為馬戲團的台柱，然而此後每當黑吉在表演特技時，便會預見自己的未來……

以現在的眼光來看，《夢鬼》的故事有點像是《鐘樓怪人》與《歌劇魅影》的綜合體，男主角鴉黑吉有著悲慘的童年，笨拙不擅倒立的他，被馬戲團裡其他團員視為笑柄，每天有如在飢餓、恐懼、痛苦且殘忍的地獄中。不知自己的本名，沒有自己身世記憶的他，為了逃避現實的苦痛，因而墜入自己的想像世界中。

日文書名：夢鬼｜作者：蘭郁二郎
台灣出版社：今天出版｜出版日期：二〇〇四年一月一日
日本出版社：古今莊／ちくま文庫｜出版日期：一九三六年／二〇〇三年

挑戰肉體極限的煽情怪異美學

對自己肉體缺陷的自卑，加上被排斥而孤獨，因此對異性產生了奇異的心態，產生變異的情感與慾望，像是將眼光透過女孩的裙襬去想像青春的肉體，若遭受女孩們的搥打，還會形成心理異樣的興奮。

這其中，他對於馬戲團的少女名角貴志田葉子最為戀慕，不僅偷嚐她吃剩的煎餅，想像少女的唾液與唇在煎餅邊緣上的熱度；或是蒐集葉子的頭髮、使用過的脫毛牙刷，以及沾有她腳印的木屐，甚至透過將身體埋進葉子的緊身衣，想像葉子的體溫與氣味。這原本是一般男孩青春期性啟蒙時都會有的想像，然而因為鴉黑吉的猥瑣形象，於是這樣的慾念也跟著醜陋了。

然而隨著葉子有心的鼓勵，黑吉開始咬牙練習沒有人敢嘗試的高難度空中特技，進而獲得極大的成功與肯定。對於黑吉來說，他的人生及對葉子的愛意，則有如從闇黑的隧道內，逐漸走向有光的盡頭。但隨著挑戰肉體極限的同時，黑吉的意識想像也開始超越理解的極限，出現死亡的隱喻。黑吉的人生到底即將走向光明？還是有更深黝的黑暗在等著他？他與葉子的愛情有開花結果的可能嗎？難以想像的曲折意外發展，將在故事的後半段，等待著讀者一窺究竟。

傳達強烈病態美的復古感官饗宴

本名遠藤敏夫的蘭郁二郎，一九一三年出生於東京，東京高等工業學校電氣科畢業。學生時期就開始創作推理小說，以林田葩子、遠藤敏樹、霧島克拉拉等筆名在《雜木林》、《麥笛》等同人誌上發表。一九三一年以〈停止呼吸的人〉入選平凡社出版的《江戶川亂步全集》的附冊雜誌《探偵趣味》第二屆推理小說徵文佳作，正式在推理文壇出道。一九四四年一月，蘭郁二郎被徵召到戰地任海軍特派員，在前往印尼的途中，於台灣高雄轉乘飛機時，飛機因濃霧撞上壽山而墜毀，蘭郁二郎當場身亡，年僅三十二歲。

向來被推類為奇想派的蘭郁二郎，善於捕捉人類感官的敏銳，以及所引發的心理反應，透過高度的文字摹寫，轉化為強烈的感覺意象，因此往往傳達出強烈的病態美。相信讀者在閱讀《夢鬼》的過程中，定能通過鴉黑吉外在與內在的感覺結構，好好感受這種難得的復古感官饗宴，體驗日本三〇年代文學的煽情怪異美學。

推理迷看本書

本書收錄了三篇故事，除了〈夢鬼〉之外，另外兩篇的〈蝕眠譜〉、〈停止呼吸的人〉也充滿獨特的耽美風格，和一般的推理小說有著完全不同的樂趣，讓人驚嘆不已。

作者

蘭郁二郎

蘭郁二郎，本名遠藤敏夫，一九一三年六月十二日出生於日本東京。十八歲考進東京高等工業學校，同年七月以〈停止呼吸的人〉投稿平凡社出版之《江戶川亂步全集》附錄小冊《探偵趣味》的極短篇偵探小說徵文，獲第二回佳作。自此，陸續發表了〈夢鬼〉等作品。早期的作品多以美少女或是人偶愛為主題，一九三八年之後，作風一轉為科幻小說風格，一躍為日本戰前廣受歡迎的科幻小說家。一九四四年在前往戰地途中，因飛機失事而英年早逝。

作者逸事

蘭郁二郎的母親是一名新聞記者，也是一個標準的偵探小說迷。在蘭郁二郎小時候，他媽媽經常把黑岩淚香等人的偵探小說當成「床邊故事」唸給他聽，也開啟了他對偵探小說的愛好。

入門推薦
長篇

05

Recommend for Beginner

惡魔前來吹笛

描述陰濕作態的舊日豪門

筆者｜曲辰

擅長營造令人不寒而慄的詭譎氣氛

在推理小說的世界中，「營造懸疑」是一個重要的關鍵字，每個作家都在尋找製造自己獨有懸疑感的方法，但嚴格說來不外乎兩種方法：一是藉由謎團本身的設計性，在一個謎團尚未解開之時鋪陳下一個謎團；一是靠著作者筆調的凝縮，藉由外在描述讓讀者為小說中角色捏一把冷汗。

這兩者並非只能取其一使用，許多作者會交雜運用，但是如後者要製造詭譎的氣氛以讓讀者感到緊張、恐懼的話，橫溝正史絕對是足以站到頂點的首席大師。

橫溝正史是日本推理文壇的泰斗，與江戶川亂步同屬開創日本推理小說新領域的大家，某種程度上他們引領日本戰後推理小說的發展，讓具絕妙氣氛的解謎派推理小說大行其世，一洗過去變格派獨大的風潮。只是後來由於社會派興起，橫溝一度停筆，卻又在眾人渴望下復出。他在日本推理小說的地位不僅是改變了推理小說的風貌，在偵探的塑造上亦有獨到的一套。讓一個落魄青年金田一耕助擔任偵探，由於眾人皆可看到其性格與外型的軟弱邋遢面，備覺親切之餘更加喜愛。

曾為其出全集達百卷的角川書店於六〇年代展開一系列改編電影的動作，讓橫溝的聲望再度攀到了高峰，此時由市川崑執導、石坂浩二演出的電影馬上成為賣座大片，並成為後來的電影、動畫爭相模仿學習的對象。不說你不知道，庵野秀明的《新世紀福音戰士》中，就有相當多這系列電影的痕跡，特別是被後人再度傳用的獨特文字排列方式，就是從金田一系列電影所開創的。

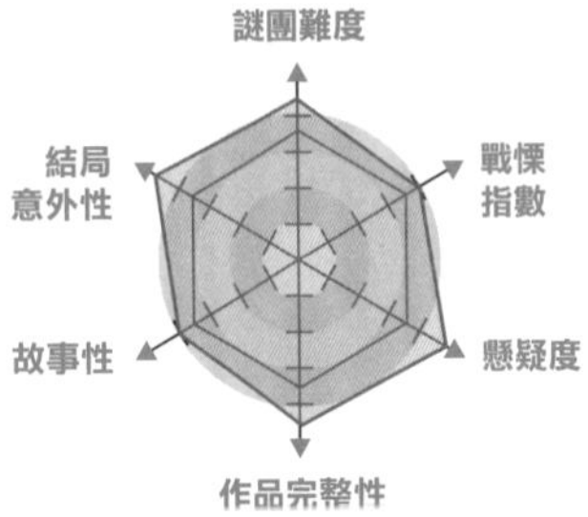

看似毫無關聯的社會案件隱藏著驚人內幕

在《惡魔前來吹笛》中，故事以一個慘絕人寰的集體毒殺事件開場，赫赫有名的珠寶專賣店天銀堂一日來了個自稱是政府官員的人，強調在場的所有人均需服用預防傳染病的藥劑，交代店員不管員工顧客一律集合起來，喝下他帶來的藥劑。只是想當然，這藥劑並不是用來預防傳染病的，而是氰酸鉀，一時之間大夥全都倒地，讓那人得以從容的從櫃子中取出許多特別珍貴的珠寶帶走。最後形成十人死，三人僥倖存活的慘劇。這案件當時查得可說是滴水不漏，甚至還根據倖存者的記憶合成了犯人圖像，引起世人一陣騷動，只是到處都有人說見到如圖樣中的人，卻始終不能找到嫌疑犯定罪。

正當此案件逐漸隨著時間而淡忘，卻因為另一起社會案件被報紙披露成為重大新聞而再度受到矚目。身為華族的椿英輔子爵一日出門後就沒有再回來，而這起案件之所以獲得大眾的注目，最主要乃失蹤者身為末代貴族又憑空消失，被視為是戰後貴族世家的覆滅象徵。椿子爵失蹤一個半月後，才在信州的山裡找到屍體。只是，本以為結案的事件，卻因子爵的女兒美禰子前來找聲名鵲起的金田一而掀起新的波濤。

原來美禰子被母親質疑認屍的結果，才覺得那山裡的屍體不像是她父親，只是在舅舅的催促之下，才匆匆認可他是椿子爵。金田一從子爵留下的遺書中「屈辱、不名譽」的字眼推敲出有不尋常的隱情，美禰子也才說出原來父親曾被認為是天銀堂事件的犯人。而指認椿子爵是兇手的，正是家裡的人……

僅僅開頭兩章，橫溝就佈下如此豐富而曲折的謎題，更帶出椿、新宮、玉蟲三大家族間的重重糾葛，這只不過是引子而已，全都為了讓讀者在進入越來越殘酷的世界之後有所準備。當金田一開始偵辦此案，淌入那個陰濕、作態、破敗的舊日豪門之時，所激起的漣漪才更為巨大。而漣漪的中心，就是同樣在遺書中出現，也是椿子爵的自創曲名「惡魔前來吹笛」。

日文書名：悪魔が来りて笛を吹く｜作者：橫溝正史
台灣出版社：商周出版｜出版日期：二〇〇六年五月
（改由獨步文化出版發行）
日本出版社：角川文庫
出版日期：一九七三年（於一九五一年發表）

究竟是人邪惡還是惡魔邪惡？

這種巧妙的結構、內外呼應的設計，展現了橫溝的高超絕妙佈局功力，在謎題逐步鋪陳同時，筆力萬鈞佈下一重又一重迷霧，讓讀者雖然無法親眼見到密室現場的慘狀，如惡魔留下的血印，卻可透過書中人物的恐懼與環境地的氛圍，直覺性感受到其中的陰森感。正當氣氛妖異到無法收拾之際，偵探終於靠著理性與邏輯讓世界回到了正軌，讀者也從中獲得了最大的閱讀享受。

特別一提的是，金田一在此部小說中可說是東奔西走，到處勞碌，這也算是熱愛製造封閉性環境的橫溝一項嶄新的嘗試吧。

作者

橫溝正史

一九〇二年出生於日本神戶。曾陸續擔任《新青年》《文藝俱樂部》《探偵小説》主編。
一九四六年春末，《本陣殺人事件》與《蝴蝶殺人事件》這兩部純粹解謎推理小說開始在雜誌上連載，影響了當時推理小說的創作，開創本格推理小說的書寫潮流。一九四八年，以《本陣殺人事件》獲第一屆日本偵探作家俱樂部獎。其代表作有《蝴蝶殺人事件》、《本陣殺人事件》、《獄門島》、《惡魔前來吹笛》、《惡魔的手毬歌》等，暢銷數十年不墜。作品改編為電影、電視劇者不計其數，名偵探金田一耕助的形象深植人心。於一九八一年十二月因結腸癌病逝。

漫 惡魔前來吹笛——由漫畫家JET改編，《悪魔が来りて笛を吹く あすかコミックスDX—名探偵・金田一耕助シリーズ》，角川書店於二〇〇二年

入門推薦
長篇

06

Recommend for Beginner

黑貓知情

節奏明亮輕快、風格清新活潑

筆者｜希映

在限定空間內連續發生不可思議事件

仁木兄妹以教鋼琴的代價換來箱崎外科醫院的一間病房，並成為箱崎家的房客兼鋼琴老師。豈知一名再過兩、三天即將出院的病患平坂先生忽然失蹤，院長岳母桑田老太太也下落不明，在醫院的前後門都有人看管的情況下，這兩人是怎麼失蹤的？仁木悅子接起候診室裡的電話，卻發現是平坂先生打來的？仁木雄太郎覺得院子裡的防空洞很可疑，竟然在洞穴密道中發現一具屍體……

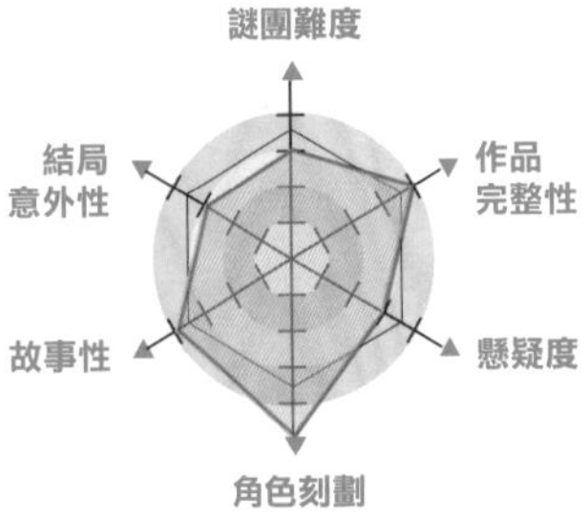

在限定空間（箱崎外科醫院）內連續發生不可思議的事件（人物消失、屍體出現），每位關係人似乎都有不可告人的秘密，供詞中充滿了難言之隱。這樣的故事設定，讀起來一點也不陰暗陳腐，反而有一種明朗清爽的感覺，一如故事中七月陽光般明亮。

擅長觀察、喜歡思考，對於下棋等智力遊戲也很在行，像福爾摩斯般擔任偵探角色的植物學研究生仁木雄太郎；性格開朗、直爽親切，嗜讀推理小說，擅長情境幻想，行動先於思考，與哥哥搭檔時向來擔任華生角色的音樂學校學生仁木悅子，這對兄妹拍檔初出場的處女作《黑貓知情》便充分展露出本系列的特色——明亮輕快的文體、生動的人物描寫、符合現實卻不失趣味性的故事架構、細膩巧妙的詭計搭配與邏輯性十足的解謎過程。

透過平凡人的角色破解種種謎團

五〇年代當時，日本推理小說大多以繁雜的詭計、陰暗的文體為特徵，而《黑貓知情》爽朗明亮的風格為推理小說界帶來一股新風貌。富含謎趣與邏輯性的故事節奏明快，從事件發生到解決不過五天時間，雖然發生多起殺人事件，卻絲毫沒有血腥恐怖的感覺。當時與現今迥異的社會狀況描寫，即使過了將近五十年，整個故事的人物思考脈絡仍舊合情合理、情節生動有趣。仁木兄妹並非神探，也曾多次陷入困境，但由於彼此在性格上的互補與默契、勤於調查、仔細分析，使得他們得以凡人之姿順利破案。而兩人的鬥嘴場面流露出深厚的兄妹之情，為作品帶來一股明朗的氣息。

《黑貓知情》的作者，將筆名與自己筆下角色取為同名的仁木悅子，本名二日市三重，在以《黑貓知情》登上推理文壇之前，已用本名發表過多篇童話。仁木自幼即因胸椎骨疽症（因肺結核引發胸椎化膿，下半身癱

日文書名：猫は知っていた｜作者：仁木悦子
台灣出版社：林白出版｜出版日期：一九八八年四月十日
日本出版社：講談社／講談社文庫
出版日期：一九五七年／一九九八年

瘓），不良於行，因此並未受過正式的學校教育，而是由二哥大井義光利用課餘時間在家教導，為期四年。之後大井義光被徵召入伍，仁木便以收聽收音機自修的方式自力學習。由於大量閱讀歐美翻譯作品，使得仁木的創作風格在當時獨樹一格，被譽為日本的阿嘉莎．克莉絲蒂。

強調公平性與趣味性的本格推理

在《黑貓知情》之後，仁木悅子陸續發表了三篇以仁木兄妹為主角的長篇小說、十餘篇仁木兄妹共同或單獨出場的短篇小說，與多篇不同風格的其他系列故事。一九六二年，仁木兄妹系列的第四部長篇《黑色緞帶》一書的後記中，仁木悅子曾自述兩點：「一、本格推理小說必須具有解謎趣味，本格推理小說不是文學，也沒有必要是文學。二、本格推理小說以解謎趣味為目的，在作品中應該提供讀者全部的解謎線索，使讀者與小說中的偵探沒有差別，更能充分體會推理的樂趣。」由此可看出仁木悅子的創作觀深受艾勒里．昆恩的初期作品影響，強調公平性與趣味性。

《黑貓知情》是江戶川亂步獎轉型為新人獎的第一部得獎作品，而本書也的確是一部配得上這個歷史地位的優秀傑作。一九五七年，本書原本是河出書房長篇推理小說出版計畫中最後一批應徵作品的其中之一，當時並未入選最終五篇佳作，僅以選外佳作的名義被河出書房採用，但是河出書房旋即宣告破產，在未出版的情況下，本書的原稿被退回。只是沒多久，同年八月中旬，來自江戶川亂步本人的江戶川亂步獎入選通知便送至仁木悅子手上，不到一個月後即發表當選。如此曲折的經歷也為《黑貓知情》一書增添了幾分趣味。

作者

仁木悅子

本名二日市三重，一九二八年生於東京。四歲時罹患了結核性兄椎骨疽病，導致下肢癱瘓。由於父母早逝，由二哥扶養長大。除了推理小說之外，也以大井三重子的名義發表了約一百篇的童話。一九五七年以《黑貓知情》獲得第三屆江戶川亂步獎，成為日本重要的女性代表推理作家之一。雖然賴以成名的仁木兄妹系列充滿著溫暖、明亮、柔美的氛圍；但是另一代表作私家偵探三影潤系列也是日本推理小說史上評價甚高的冷硬派作品，兩種完全相反的風格，充分表現出仁木悅子的過人才華。

新婚丈夫離奇失蹤 揭開事件的序幕

二十六歲的板根禎子，在家人的安排下認識了大自己十歲的鵜原憲一，鵜原憲一服務於總部位在東京的A廣告代理公司，然而主要工作地點卻在寒冷的北陸，每個月必須待在北陸二十天，在東京總公司待十天。雖然對於未婚夫的背景一無所悉，禎子仍然在相親後認命地答應了這門婚事。然而就在兩人的蜜月旅行途中，敏感的禎子隱約察覺丈夫似乎有不為人知的秘密。

婚後，丈夫希望長留在新婚妻子身邊，便提出調職申請，得到公司許可後，卻在與同事本多良雄一起前往北陸進行工作交接之後離奇失蹤。

禎子在憲一失蹤多日之後，帶著偶然發現的兩張神秘照片，前往北陸尋夫，而丈夫的哥哥鵜原宗太郎也趕來協助，卻慘遭毒殺；好意替禎子追凶並對禎子產生好感的丈夫同事本多良雄也被同樣的手法毒殺。隨著禎子鍥而不舍的追尋，兩張照片中的線索慢慢浮現，謎團逐一解開，禎子意外發現丈夫另一個不為人知的身分，並捲入一場因時代所造成的悲劇中……

入門推薦
長篇

07

Recommend for Beginner

零的焦點

深刻描寫日本戰後的荒蕪歲月

筆者｜宇文敬德

日文書名：ゼロの焦点｜作者：松本清張
台灣出版社：商周出版｜出版日期：二〇〇六年一月
（將於同年改由獨步文化出版發行）
日本出版社：光文社新潮文庫｜出版日期：一九五九年／一九七一年

大膽觸碰二次大戰後的時代傷痕

松本清張（一九〇九～一九九二年）在剛出道的前幾年，主要以發表純文學作品及歷史、時代小說為主，於一九五〇年以短篇作品〈西鄉紙幣〉出道，並於一九五三年再以短篇《某〈小倉日記〉傳》榮獲芥川賞。芥川賞是日本純文學的新人獎，而當時的松本清張已經四十幾歲，算是大器晚成的作者。大約在一九五四年前後，松本清張才開始創作帶有推理小說風味的短篇，並於一九五七年在《點與線》、《眼之壁》兩部長篇作品中，在傳統推理小說的詭計解謎之外，再加入社會性的寫實內容及犯罪動機，正式開創了日本推理小說社會派的先河，並確立了日本社會派推理小說的創作形式。

本書《零的焦點》，便是松本清張緊接於前述《點與線》、《眼之壁》兩部作品之後所發表的另一部社會派風格代表作。本書的時代背景，設定在作者本身所經歷過二次世界大戰日本戰敗後的經濟蕭條期，而本書內容所觸及的爭議性議題，便是日本戰敗投降，美軍駐紮日本當地，人民為了求生存，在美軍航空基地周遭所上演的一頁民族辛酸血淚史。當時的日本為了應付二次世界大戰的軍事開支，幾乎耗盡了國內可用的人力、物力，青年戰死沙場，貴族淪為貧民，家破人亡者舉國可見，更難堪的是，最後仍然戰敗投降。可想而知，人民面對的是一個經濟殘破、民生凋敝、民族自尊遭踐踏的時代，老百姓求生不易，沒有選擇工作的權利。本書就是在這樣的時空背景下產生，藉由女主角禎子探索丈夫憲一失蹤原因的過程，松本清張大膽的寫出當時社會所禁忌碰觸的爭議性話題，這個話題對於一個原本民族自尊心高漲，最後卻淪為戰敗國的民族而言，無異是個時代悲劇。

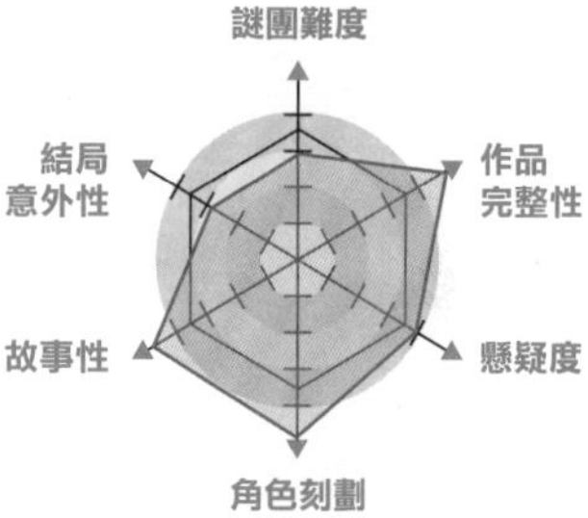

社會派推理小說必讀代表作

自幼家貧的背景及戰後困苦生活的親身經歷，造就了松本清張對於社會現象觀察之細膩入微；然而對於文學超乎尋常的熱愛，相信才是驅使他寫出這麼多膾炙人口作品的主因，嗜讀日本文學作品的讀者在閱讀其原文作品時，若稍加注意即會發現，僅小學學歷的清張，具有優於大部分作家掌握「漢字」及意義的能力，在作品中大量而精準地使用「漢字」，展現出其深厚的文學功底。

早期日本國內基於「家醜不可外揚」的原因，甚少主動譯介松本清張帶有濃厚社會性及爭議性議題的作品，因此使其在本國及海外知名度與影響性不成正比，今後台灣有出版社願意有系統地引介其代表性作品，實乃讀者之福，本書更是瞭解日本社會派推理小說不可不讀的代表作。

作者

松本清張

一九〇九年生於北九州市小倉北區。因家境清寒，十四歲即自謀生計。經歷過印刷工人等各式行業後，任職於《朝日新聞》九州分社。一九五〇年發表處女作〈西鄉紙幣〉一鳴驚人，並入圍直木獎；一九五三年以〈某「小倉日記」傳〉摘下芥川獎桂冠，從此躍登文壇，開啟了專業作家的生涯。一九五七年二月起於月刊上連載《點與線》，引起巨大迴響，開創了社會派推理小說的先河。

終其一生，以其旺盛的創作力，涵蓋小說、評傳、紀實文學、古代史、現代史等，作品數量驚人，堪稱昭和時代最後一位文學巨擘，亦是後輩作家景仰的一代宗師。

影　本作在一九六一年由公認最擅長詮釋清張作品的野村芳太郎，改編為電影。劇本由《羅生門》的編劇橋本忍，以及《男人真命苦》系列的導演山田洋次操刀，精彩的改編和三名女主角久我美子、有馬稻子、高千穗ひづる宛如燃燒靈魂般的精彩演技，讓電影的藝術價值甚至超越了原作本身，不可不看。

入門推薦
長篇

Recommend for Beginner

08

砂之器

雙手握不住的徒然嚮往

筆者｜心戒

重要關係人接連自然死亡的離奇命案

凌晨四點八分，由蒲田站發車的京濱—東北線頭班電車，竟在第七節車廂輪下發現一名老人陳屍於此。循線追查的警方，得知老人前晚十一點半左右，曾於車站前的蘿絲酒店裡，操著東北口音，低聲在角落與某位刻意隱藏自己身形的青年對談著。然而，東京根本不在老人原定的廟宇參拜之旅當中，為何他在此慘遭橫禍？而出生地並非東北的他，何以操著東北口音？更費人疑惑的是，兇手殺人的過程勢必沾染滿身的鮮血，血衣卻久久毫無下落，難道有共犯協助？憑著證人唯一聽見的對話：「『龜田』如今還是老樣子嗎？」今西榮太郎與年輕的刑警吉村緊追著那名東北鄉下的神秘黑衣人，這會是兇手嗎？而路途中與藝文界當紅的「新潮藝團」偶遇，又有什麼樣不可思議的關聯呢？隨著今西刑警巡察探訪，一個個重要的關係人卻接連自然死去，這會是巧合，還是神秘的殺人手法？曲折離奇的故事，到了揭露謎底的時刻，卻突然顯得沉重起來……

兼具社會控訴與解謎樂趣的暢銷佳作

松本清張在一九五二年以《某〈小倉日記〉傳》一舉奪下芥川賞步入文壇後，將近四十個創作年頭裡，不僅著作等身（七百多部作品），取材範圍深入社會各階層，更觸及當時諸多社會問題。一九五五年開始創作推理小說的他，突破了彼時過於重視謎團詭計設計，導致人性描寫被簡化忽略的現象，深刻描繪犯罪者微妙的心理變化，豐富了推理小說的層次，自此備受矚目，一舉躍為家喻戶曉的暢銷小說家。而《砂之器》這本劇情龐大撲朔，兼具社會控訴與解謎樂趣的作品，正是被譽為「日本社會派開山始祖」的松本清張的經典代表之一。

早年為謀生活而疲於奔波的辛酸過往，透過松本清張本身敏銳的觀察力與洞悉力，成為後來諸多精采作品的養分。以松本清張為首的社會派，習於將現實生活的殘酷面相與對社會不義的批判，加諸於推理之中。《砂之器》裡以「新潮藝團」自居的新銳藝術家們，表面上察覺己身肩負著未來發展重責，喜歡強烈展現不妥協的理想、高談闊論，不僅對守舊同行嗤之以鼻，更以「亡靈的代表人物」訕笑年長的權威者；但私底下卻可以為了一己私利，相互在報章媒體上吹捧巴結。更甚者，不惜攀龍附鳳、隱藏著自己的地下情人，乃至於

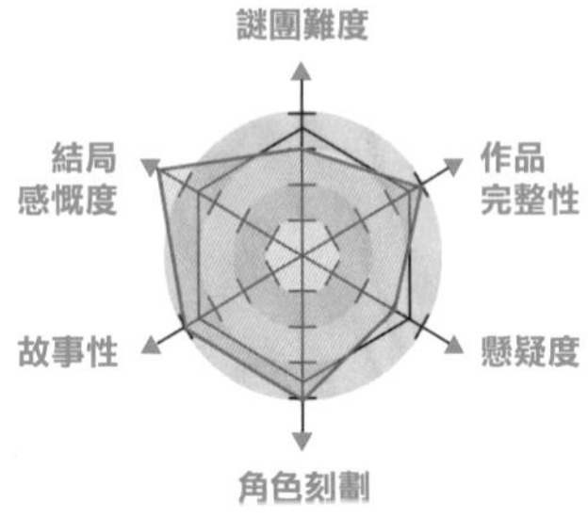

憤而殺人，為的就是榮華富貴的世俗名利追求。

一窺社會歧視加諸於兇手血液裡的沉重宿命

沙子做成的東西，真能成器而使用之？《砂之器》意圖展現的，就是雙手握不住的徒然嚮往。然而，與其以功名利祿的追求來看待此沙鑄之器，「宿命」實則為潛藏在敘事主軸內的悲劇因子，即便人人能用雙手形塑自己未來的樣子，面對命運的多變與不可測，往往許多看似堅固的規劃，一瞬間脆弱地崩塌，沙沙地穿過指縫，悄然流逝。但造成此宿命的根本原因，正是由於整體社會對於不解之物的恐慌、排斥，與環境對社會階級、出身的要求和鄙視。一生良善助人卻死去的刑警三木謙一，不過是整個悲劇的導火線。

就是這樣的社會批判，與書中強烈的宿命主題，《砂之器》曾被改編為電影、日劇，在螢幕上發光發熱。與原著不同之處在於，二〇〇四年由中居正廣主演，龍居由佳里編劇的日劇，早在第一集裡便揭露殺人兇手為何，意圖傾全力呈現原著裡兇手「為何下手」的內心掙扎。故事最後伴著氣勢磅礴的〈宿命交響曲〉，聽聞者無不為兇手悲涼身世欷噓感嘆，為其不得不下手的苦痛掬淚；但原著卻更巧妙地鋪排了兩條看似毫無關係的敘事線，宛如DNA雙股螺旋般地巧妙交疊，不僅加深這則宿命的曲折感，更強調推理小說應具備的懸疑性。透過刑警今西榮太郎辛勤不懈地踏遍日本各地，抽絲剝繭地拼湊起所有碎片，讀者們得以藉由《砂之器》一窺社會歧視加諸於兇手血液裡的沉重宿命。掩卷感嘆，無常難料的意外，在闇黑的夜裡，伴著紙吹雪，輕輕地揚灑飛舞起來。

作者

松本清張

作者簡介詳見P.23

日文書名：砂の器｜作者：松本清張
台灣出版社：獨步文化｜出版日期：近期推出
日本出版社：カッパ・ノベルス／新潮文庫
出版日期：一九六一年／一九七三年

劇 《砂之器》曾被改編成電影與日劇，最新的改編為TBS電視台於二〇〇四年一月播出的日劇，演員有中居正廣、松雪泰子、武田真治、渡邊謙等，收視成績亮麗，也拿下第四十屆日劇學院賞最佳男主角、最佳男配角、最佳主題曲、最佳配樂等多項大獎。

入門推薦
長篇

09

Recommend for Beginner

危險的童話

桎梏執法人員思維的完美典範

筆者｜凌徹

種種詭計交織出一樁離奇命案

曾因傷害致死罪而入獄的須賀俊二，在假釋出獄後才一個星期，便死於鋼琴老師木崎江津子的家中。雖然江津子是第一發現者，但從現場種種跡象研判，江津子的嫌疑重大，因而遭到拘留。不過警方卻無法找到殺死須賀的凶器，如果江津子是凶手，那麼在殺害須賀之後的那段時間，她完全沒有機會可以丟棄凶器。此外，在江津子接受偵訊時，警方也收到了明信片，上頭明白寫出她不是犯人，而且明信片上還留下了可疑指紋。江津子是否是殺害須賀的真凶？凶器消失、明信片投書、不明人士的指紋，這種種詭計又是如何達成？

必須不斷地推翻證據才能緝凶

《危險的童話》是日本戰後的推理大師土屋隆夫的第三部作品，發表於一九六一年，完整呈現出作者的創作特色，是他的代表作之一。

故事開始於一個推理小說中常見的情景。殺人案件發生，警方在搜查之後，鎖定了一名涉嫌最重的嫌疑犯，於是針對此人進行調查。然而許多線索卻都說明此人並非嫌犯，警方必須推翻這些證據，才能將之繩之以法。

在本作中，警方也是很早就鎖定了嫌犯，只是更棘手的是，證明嫌犯無罪的證據不只一項，而是不斷地出現。最初是凶器，接著是明信片、指紋，警方無法只推翻一項證據就能逮捕嫌犯，因為就算單一證據被推翻，還是會有別的證據阻擋在警方面前。要打破這層層鐵壁，警方必須不斷地與詭計纏鬥，這也成為本作最吸引人之處。

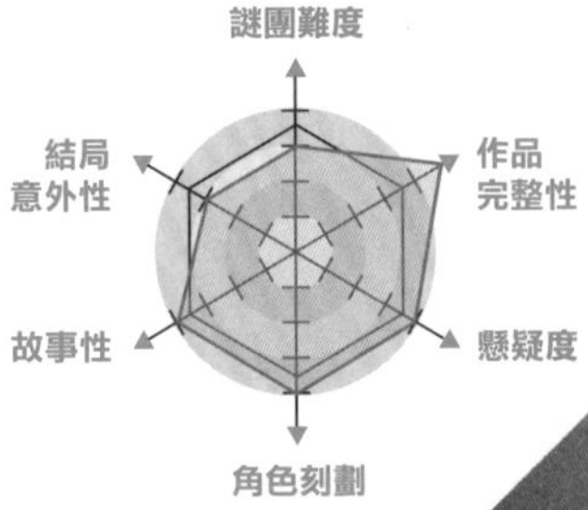

日文書名：危険な童話｜作者：土屋隆夫
台灣出版社：商周出版｜出版日期：二〇〇六年三月
（將於同年由獨步文化出版發行）
日本出版社：桃源社／光文社文庫出版日期：一九六一年／一九八八年

因此，讀者在閱讀本作時，將不會是沉悶無趣的。因為謎團的出現，直接營造了持續閱讀的動力。閱讀本作時，讀者將會隨著警方腳步，不斷地經歷謎團出現與謎團解明的過程，每一次與謎團的遭遇都宛如一道難以跨越的障壁，而每一次的解明也必然都會帶來滿足感。土屋隆夫將諸多的詭計使用在一部作品中，使得故事極為緊湊，份量十足。而且雖然詭計眾多，卻又銜接得極為自然，不會有零碎與拼湊的感覺，可見其故事設計的功力。

寫實型詭計　令人身歷其境

儘管詭計在本作中扮演著重要的角色，但土屋隆夫的作品卻又與傳統的本格推理有著一線之隔。最主要的原因在於，他堅持小說中的詭計必須是可以實行的。也就是說，只有可以在現實生活中辦得到的詭計，他才會寫入小說中。因此，在他的作品中，不會看見天馬行空的奇想詭計，取而代之的，是必然可以達成的寫實型詭計。這代表的是，他的小說並不像許多本格推理那樣充滿了幻想性，而是可以充分感受到故事的寫實，也更能夠明確體認到，那的確是由活生生的人所進行的犯罪。

最好的例子，就是凶器的消失。這是故事前半段的主軸之一，也是證明嫌犯不可能殺人的最重要關鍵。無法突破這點，勢必難以繼續搜查下去。凶器消失，儘管表面上看來不可能完成，但在解明之後，讀者才能發現，原來真相竟是如此寫實與生活化。從這個例子裡，最能讓人體會到，土屋隆夫在設計詭計時，是多麼重視詭計在現實生活中的可行性。他對於可行性的要求，是一般本格作家難以望其項背的。

從這一點也可以看出，他的小說絕非洋溢著浪漫幻想的氛圍。注重寫實性詭計的土屋隆夫，對於小說的整體要求，自然也是寫實的，而其中最重要的，就是人物的刻劃。

在小說中，土屋隆夫很用心地描寫重要人物的人生，讀者可以清楚瞭解，他們是什麼樣的人，為何會發生這麼一起命案，以及其無可避免的理由。同時，警察的生活，也在故事中被詳細描述。警察不再只是擔任犯罪事件的搜查方而已，他們的心情，他們的經歷，也被完整地傳達給讀者。這些生活的片段，不但感動人心，更讓人難以忘懷。無論經過多久，土屋隆夫的作品都不會隨著時間的流逝而遜色，總是能帶給讀者最佳的讀後感，《危險的童話》就是其中最好的證明。

推理迷看本書

推理小說，特別是本格推理小說的創作典範是什麼？這實在是難以回答。或許，讓挑剔讀者無從討厭起的本格推理並不容易尋覓。然而，老牌作家土屋隆夫，卻是以理論與實際並重，可讀性與文學性均衡的典範作品，讓人著迷不已。

作者

圖片提供／光文社

土屋隆夫

一九一七年生於長野縣，日本中央大學法學系畢業。土屋隆夫在讀過江戶川亂步所寫的隨筆〈一名芭蕉的問題〉後深受感動，因而立志撰寫推理小說。

一九四九年，土屋以〈「罪孽深重的死」之構圖〉投稿《寶石》雜誌百萬懸疑小說短篇小說徵文比賽，獲選為第一名。一九五八年第一部長篇小說《天狗面具》問世，繼而發表《天國太遠了》和有名作之譽的《危險的童話》。

一九六二年又以「千草檢察官系列」的首作《影子的告發》獲日本推理作家協會獎，此後陸續發表此一系列的作品，如《紅的組曲》、《針的誘惑》、《盲目的烏鴉》。本系列作品最後以一九八九年的《不安的初啼》作結，同年《週刊文春》雜誌評選為十大推理小說第一名。

近期所發表的作品有《華麗的喪服》、《聖惡女》、《著魔》等。二〇〇一年，土屋先生榮獲第五屆日本推理小說文學大獎。

入門推薦
長篇

10

Recommend for Beginner

幻影之城

看盡世間繁華、歷盡滄桑的故事

筆者｜曲辰

一把主鑰匙開啟一段段塵封往事

戶川昌子在日本的推理文壇中，絕對是個異數，一九三三年出生的她，為了能夠演唱法國香頌，特地晚上跑到法語補習班學法語，好不容易在努力了幾年後，獲得在咖啡廳公開演唱的機會，成為一名靠此維生的專業歌手。略顯滄桑的生命經驗，使得讀她的小說總有一種「看盡繁華」的感覺，這種特質發揮在推理小說中，則構成了《幻影之城》這本獲得第八屆江戶川亂步獎的優異作品。

《幻影之城》的故事背景建立在一個女子集體公寓，那是有著一百五十間單人房的集體住宅，僅供女性居住，儘管建好當時都是正值年輕的女孩入住，卻在過了那麼久的時間後自然成為一棟老年女子單身公寓。每個女人都被禁錮在這巨大的公寓建築內，她們只能在各自小小的房間內守護著各自的夢想與秘密，每棟公寓裡的登場人物都有一段屬於自己的故事，本以為這故事被深深埋葬的時候，有一天，能夠開啟所有房間的主鑰匙被偷了，而各房能夠隔開自己與外界的唯一屏障似乎也跟著崩潰了。於是七年前的孩童綁架之謎、地下埋屍之謎、小提琴偷竊之謎，似乎都被人有意識地掀起時間外殼，一一暴露在大家眼前……

宛若香頌曲調般舒緩簡捷又充滿纏綿轉折

本書相當具有法式懸疑小說的風格，每個女子的內心都被清楚地揭開在讀者面前，我們彷彿可以理解那一個個蒼老的過去，如何為了鼓舞自己曾有的青春而不顧一切，打探、緬懷、窺伺、鑽營，全都只是為了不讓自己感到孤單老去，要證明自己曾經存在的價值。

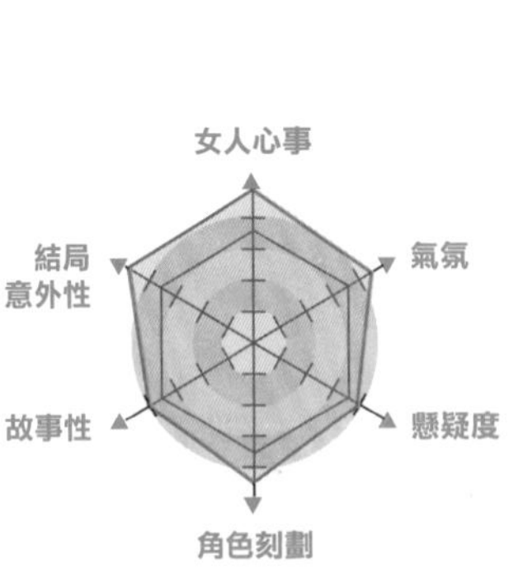

正因為我們能理解，故事背後的悲哀感才能如實地傳遞到讀者內心。那巨大的公寓建築也彷彿真如小說標題一般，是個巨大的、籠罩著大家的幻影。作者

作者

戶川昌子

一九三三年出生於日本東京，畢業於東京都立千歲女高。戶川原本在貿易公司擔任英文打字小姐，之後去學了法語，在一九五七年轉為法國香頌歌手。她從小喜歡讀書，尤其特愛推理小說，作品以描寫女性的生活與心理見長，一九六二年以《幻影之城》獲第八屆江戶川亂步獎。作品另有《獵人日記》、《蒼白肌膚》、《海市蜃樓的帶子》、《夢魔》、《火之吻》等。不過自一九八四年之後，戶川就不再發表新作。

雖然意圖要描寫那個時代，可是如今看來，也頗有當代的虛無況味。

小說的韻律性極強，從文字的運用與章節的安排上，都好像作者熟悉的香頌曲調，舒緩、簡捷但是纏綿轉折一樣不少，有些部分甚至透露出極大的詩意，好像不只是在看一本小說而已。就好像小說的開頭，講述一個圍著紅圍巾的女人不慎在晚上出了車禍，駕駛立刻將人送醫，但是傷者依然不治死亡。勘驗之後，卻發現這名死者不是女人，而是一個穿著女性服裝的男人。

這麼富於懸疑性的開頭，作者卻吝於再透露細節，逕將筆調轉去描寫某個房間內的情景：「在一間沒有亮燈的房子裡，一名女子等待著男人的歸來……從幫他穿上自己的紅圍巾，自己的衣服和外套，他頭也不回地出門之後，她一直在等著他……」而這一等，就等了七年。

日文書名：大いなる幻影｜作者：戶川昌子
台灣出版社：希代出版｜出版日期：一九八七年七月一日
日本出版社：講談社／講談社文庫
出版日期：一九六二年／一九九八年

生活細節造就環境而環境促成了情節

這種懸疑揉合著悲哀的筆調，是《幻影之城》最大的特色，而更引人注目的地方，在於戶川經營情節的能力。她以登場者每個人的過去與當下為基準，極力發展未來的可能，而這些可能會彼此重疊、影響，使得生命成為一團糾纏在一起解不開的線，到了最後才發現每個人的線團中心其實就是自己，讀者也才發現結尾的到來是那麼震撼人的力道。之所以能如此精采，關鍵或許取決於戶川昌子年輕時確實跟媽媽住在與故事中類似的單身女子公寓，讓她可以盡情鋪陳出許多細節，細節的可信造就環境的可信，環境的可信促成了情節的可信。

特別的是，傅博曾經引用江戶川亂步的評語來形容此書，「《幻影之城》是一篇經過作者仔細設計的『奇妙之味』的心理推理小說。它逐次描寫只允許女人居住的公寓裡，這些年老女人的不尋常的日常生活，故事到最後具雙重的『完全顛倒』，使故事裡好像不相關的插話，全部與犯罪案件關聯起來，其結構確實巧妙極了。」在推理小說的世界中，能得到亂步的如此評價，或許也算是一種榮譽了。

戶川昌子其後的作品也多走女性心理懸疑路線，不過大概是因為外務繁忙，到後來甚至還開了家酒吧當上媽媽桑，以致作品越來越少，在質感上也遠遜於此篇出道作品，這或許是讓人相當惋惜的地方。

本作逸事

第八屆江戶川亂步獎是場非常激烈的戰爭，至今仍為人津津樂道。本屆除了戶川以及佐賀潛（得獎作為《華麗的屍體》）之外，最終決選作尚有塔晶夫（中井英夫）的《獻給虛無的祭品》和天藤真的《嫌疑犯》。每部作品都是日本推理小說史上的傑作，足見本屆水準之高。

入門推薦
長篇

11

再見玉嶺

揉合歷史與愛情的推理小說

Recommend for Beginner

筆者｜紗卡

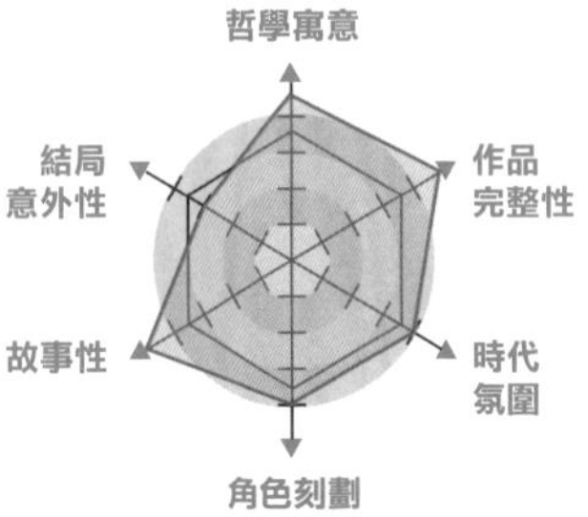

橫跨三個年代的殺人事件

故事發生於當時為中國的文革時期，年屆五十歲的日籍中國美術史學者入江章介繼中日戰爭之後，再度踏上中國這塊土地。而心裡念念不忘的，就是玉嶺。根據故事內容看來，玉嶺似乎在上海附近；然而筆者翻找過一些資料後推測，玉嶺應該還是小說家虛構的一個地方。在日本入侵中國的那個年代，二十多歲的入江就來過玉嶺了。當時為的是玉嶺五峰，以及刻在第三峰上頭的兩尊磨崖佛。這兩座佛像是有典故的：根據《玉嶺故事雜考》記載，梁武帝時期，在一場三角戀愛中，這兩尊佛像被創造出來，同時還牽涉到一樁殺人事件。冥冥中似乎正有天意，當入江首次來到玉嶺進行磨崖佛的研究工作時，彷彿歷史重演一般，自己也被捲入了預想之外的事件當中。

擅長寫歷史小說的日本國寶

作者陳舜臣雖然出生於日本神戶，祖籍卻是台灣台北，因此他從小就同時接受漢文與日文的雙語教育，為日後的創作歷程打下良好的基礎。他曾回台擔任中學英文教師，對中國歷史亦多所浸淫，被日本人視為國寶級的「中國通」。寫作生涯獲獎無數，其中尤以推理小說與歷史文學的獎項最為豐富。而他也時常將自己所擅長的這兩種文學領域相互結合，創作出許多膾炙人口的作品。這部完成於一九六九年的第二十三屆日本推理作家協會獎作品《再見玉嶺》，故事橫跨三個不同的年代，歷史事件對整個故事有著決定性的影響，正是陳舜臣最擅長的創作類型。

他擅長歷史小說的寫作功力，在這本書裡展露無遺。故事進行乃是透過主角入江再度踏上前往玉嶺的旅程時，一路上對於過去點點滴滴的回憶所串連起來的。真正的故事發生在二十五年前，但是整樁事件的發軔卻遠在梁武帝時期；作者筆法流暢地在這三段時間裡跳躍，詳細記載每一件經緯卻不混亂。同時將整件事情因果典故明白地告訴讀者，讓讀者宛如化身為主角入江一般，悠遊於整個歷史長河之中。

刻意突顯人性扭曲的戰亂時刻

二十五年前中日戰爭期間，入江以一個日本人的身份來到日軍在中國的佔領區，這種設定原本就容易造成角色與環境的衝突。然而作者對於戰爭的不理性並未多加譴責，反而刻意突顯在這種人性容易扭曲的戰亂時刻裡，人類美好潛質的真情流露。作者不寫人性中的奸、邪、狡、詐，反而透過入江超然的學者身份，描寫超越民族的友誼與愛情。中國與日本雖然處於交戰狀態，但中國人與日本人還是可以和平共處；戰爭與人們息息相關，但是戰爭中的人們卻必須想辦法「正常」地過日子，活下去。於是大家可以生活在一起，高高興興地談論歷史、做研究，傳統「點朱」儀式也照常舉行，就在這種平實的環境裡，跨越國族的愛苗也漸漸滋長。然而，戰爭的本質終究是荒謬且殘酷的，人們畢竟不可能置外於戰爭，在這種動盪環境裡，很多時候身不由己。

小小關鍵大大影響人生

作為一本推理小說，作者並未刻意安排詭計，但是前後呼應的伏筆倒是不少。梁武帝時期的殺人事件結構雖然簡單，卻主導了後來整個故事的走向。作者並沒有塑造太多人物，也不打算讓讀者去猜兇手是誰；整個故事平鋪直敘，卻不斷地對讀者施加壓力：日本人入江章介跟中國人走得太近了，甚至因此危害到日本軍隊的安全，主角入江該如何自處？而決定性的事件，即將在何時爆發呢？作者在入江的回憶中，講完了整個故事，卻給入江留下一個疑惑，這當然也是讀者的疑惑。而這個事件的最後結局，直到入江再次踏上中國的此時才得以解決。這讓整個故事趨於完整圓滿，也讓人感嘆世事無常：一個小小的關鍵點，可能就影響了某些人的一生。

貫穿全書的是愛情。為了愛情，少年入江不顧一切地付出，然而卻無法得到相對應的回報。入江黯然地離開玉嶺，他的一部分也埋葬在玉嶺。直到二十五年後，入江再訪玉嶺，此時作者完成最後的伏筆，讓入江得到仁慈的慰藉。

一個美麗但不無遺憾、教人欷噓卻又低迴不已的愛情故事。

作者

陳舜臣

一九二三年生於神戶，本籍為台灣台北縣新莊，一九九〇年取得日本國籍。一九六一年以《枯草之根》獲第七屆江戶川亂步獎，一九六九年以《青玉獅子香爐》獲第六十屆直木獎，一九七〇年以《再見玉嶺》、《孔雀之道》獲得第二十三屆日本推理作家協會獎，之後獲獎無數。後期以中國歷史小說為主，在日本文壇上確立了「中國歷史小說」的領域，田中芳樹甚至以「陳舜臣山脈」形容陳的中國歷史小說作品群。

日文書名：玉嶺よふたたび｜作者：陳舜臣
台灣出版社：遠流出版｜出版日期：一九九六年十月十六日
日本出版社：德間書店／雙葉文庫｜出版日期：一九六九年／一九九六年五月

融合本格派解謎與社會寫實的新社會派

本書作者夏樹靜子於一九七〇年發表作品《天使已消失》而登上推理文壇，與另一位推理名家森村誠一約略同期。當時推理界仍以松本清張的社會派推理為主流，但是夏樹靜子與森村誠一被人稱為「新社會派」，其特點為融合了以往的本格派解謎性質，但仍注重社會寫實與弱勢關懷。在我們談到的這部《蒸發》當中，作者雖然並未採用傳統本格解謎的手法來讓讀者猜兇手，但是隨著劇情的進行，作者仍然漸次編織一連串的詭計與謎團，包括我們稍後會提到的高空機艙失蹤謎團、不在場證明、時刻表詭計等等，錯綜複雜的人際關係，連環引爆的奇案，處處都給讀者帶來驚奇，吸引讀者一頁又一頁地往下翻去。

當時女性作家人數相當稀少，夏樹靜子將女性作家獨有的細膩特質融入作品，特別偏重人

入門推薦
長篇

12

蒸發

看人性的幽微曲折

筆者｜紗卡

Recommend for Beginner

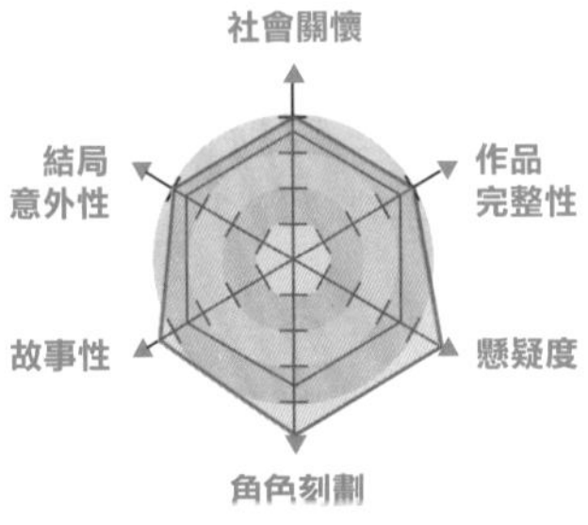

性與情感的描寫，與男性作家的作品風格大異其趣。但是在另一方面，身為「新社會派」的夏樹靜子對於當時的社會熱門現實題材，包括公害、教育、人工授精，以及本篇所提到的蒸發失蹤等等問題，亦多所著墨，絲毫不讓男性作家專美於前，也為自己在推理文壇掙得一席之地。

《蒸發》一書乃夏樹靜子於一九七二年所發表，也是一九七三年第二十六屆日本推理作家協會獎的得獎作品。這書出版至今已經超過三十年，然而今日讀來，卻幾乎不會讓人感到時代的差異。全書描寫的主題其實是人與人之間的各種感情，包括愛情、親情、友情、恩情，甚至於負面的感情等等。世界推理女

日文書名：蒸発～ある愛の終わり～｜作者：夏樹靜子
台灣出版社：林白出版｜出版日期：一九九八年八月
日本出版社：カッパ・ノベルス／光文社文庫
出版日期：一九七二年一月／一九九一年二月

王克莉絲蒂筆下的瑪波小姐曾經說過：「人性古今皆然。」也因此書中所描寫的三十年前人與人之間的交往互動，在今日讀來絲毫不覺隔閡，這些事情甚至可能正在我們周遭日常生活中上演。《蒸發》就是這麼一部足以跨越時代的優秀作品。

從人間蒸發繼而引出一連串事件

「蒸發」一詞指的就是失蹤，作者在故事裡以兩個人分別的失蹤情事作為開頭，發展出一連串的事件。主角是曾被派遣到越南，因採訪越戰新聞發生事故失聯的記者冬木悟郎，但冬木稍後幸運獲救，並回到日本。經歷過生死關頭的冬木，心情激盪，決定不顧一切向心儀的女人示愛。即使這位美那子已是有夫之婦，甚至還是個小男孩的母親；況且冬木自己也有家庭，但總之冬木就是下定決心了。

然而，冬木回到日本後才發現美那子失蹤了。事實上，作者在整本書裡除了讓冬木去追尋美那子的足跡，希望可以找回摯愛以外；還利用許多篇幅，以失蹤人士的家人、朋友、同事等觀點，揣測這人為什麼失蹤？是要躲避某人嗎？還是想確定什麼事情呢？這個失蹤是當事人自主決定的？或者是被某人控制了行動呢？對當事人狀態的不確定性，給周遭人士帶來情緒上的波動與翻攪。面對親朋好友的失蹤，人們的心理狀態是相當痛苦的。

故事裡，隨著冬木追尋的腳步，意外發現美那子遠在福岡的故鄉，居然也發生了另一樁蒸發事件，失蹤的人似乎跟美那子有點淵源。於是失蹤者的親友互相聯絡，試著找出這兩個失蹤案件是否有所關聯。然而卻意外地，發生了命案……

看似無關的訊息才具有關鍵性的影響

除了上述的蒸發事件與命案以外，其實在故事開頭的序章裡，作者夏樹靜子就給了讀者一件極不可思議的奇異事件：理應滿座起飛的客機，在飛行途中某位空中小姐突然發現12C座位的旅客不見了。三位空姐在遍尋不著這位旅客以後，開始討論起該名旅客的穿著長相與行為，希望可以拼湊出一些線索。有人記得她穿著藍色外套上飛機，也有空姐記得曾經發毛巾給她，並於五分鐘後回收；而空座位底下還有一只空紙杯，看來這位旅客是在拿過飲料之後，才消失不見的。問題是飛機飛行在幾千呎的高空之中，這女人能消失到哪兒去？

作者從序章起就牢牢捉住讀者們的眼光。整部小說佈局嚴謹，線索縝密，包括故事開頭看似無關的冬木記者越南失聯事件，事後來看其實對於整部小說有著極關鍵的決定性影響。然而，這其中牽涉到的人心細微變化，人性中的貪、嗔、痴、怨等等，實在難以一言道盡。或許在讀完整部小說以後，讀者也會跟筆者一樣，大嘆造化弄人。畢竟，世事原本就是這般無常。

作者

夏樹靜子

一九三八年出生於日本東京，本名出光靜子，慶應大學英文系畢業。一九六九年以《天使已消失》入圍江戶川亂步獎最終決選，隔年以本作正式踏進推理小說界。一九七三年以《蒸發》獲得第二十六屆日本推理作家協會獎。一九七八年發表的《第三之女》在一九八九年出版法文版，獲得了法國冒險小說大獎。曾和艾勒里．昆恩（佛列德瑞克．丹奈）私交甚篤，昆恩為其出版了不少英譯本，是日本早期少數享有國際知名度的女性推理作家。

推理迷看作者

夏樹靜子的作品架構嚴謹、內容精采。她一方面追求純粹解謎的樂趣，但在主題的選擇上也緊扣時代的脈動。針對主題也有嚴密準確的取材，可說是日本情報推理小說的先驅。

入門推薦
短篇

13

Recommend for Beginner

幽靈列車

午後的輕鬆休閒聖品

筆者｜紗卡

不同於寫實社會派的幽默逗趣風格

赤川次郎很可能是作品被翻譯成中文版為數最多的日本推理作家。其幽默逗趣的輕鬆風格、猶如速食零嘴般的閱讀感受，或許都是其作品大大暢銷的秘訣。赤川次郎出道於七〇年代末期，當時剛好是社會派推理大行其道的時候。赤川的作品與社會派的寫實沉重風格大異其趣，很快地就吸引住年輕讀者的目光。我們這邊要介紹的短篇推理〈幽靈列車〉，正是赤川於一九七六年參加《ALL讀物》推理小說新人獎的得獎作，算是他踏足文壇的處女作品。

故事一開始是兩個站長、一個車掌及一個技術師等四個鐵道工作人員的證詞，描述了一樁不可思議的失蹤案件。八個來到岩湯谷的觀光客，據車掌與岩湯谷車站站長所述，早上在岩湯谷車站上了列車；列車於六點十五分開出，六點二十五分到達下一個停靠站大湯谷車站。此時，大湯谷車站站長發現車上居然連一個乘客都沒有！於是車掌跟這個站長連忙到車廂裡檢查，發現座位有人使用過的痕跡，行李也都放在網架上，還有當天乘客帶上車的報紙，甚至還發現一罐喝到一半的啤酒。然而，這八位乘客居然沒有一點痕跡地憑空消失了！

日文書名：幽霊列車｜作者：赤川次郎
發表日期：《オール読物》一九七六年九月號，
收錄於《幽靈列車》｜日本出版社：文藝春秋／文春文庫
出版日期：一九七八年一月／一九八一年一月

以錯亂的角色組合與誇張的筆法描述奇案

為讀者在小說中偵察這樁奇案的，是具有刑警身份的宇野喬一與女大學生永井夕子的男女搭檔組合。其中，宇野刑警雖然通常擔任偵察的角色，但在故事中的地位其實相當於助手；真正能夠洞悉真相的偵探，反倒是永井夕子。由於〈幽靈列車〉一砲而紅，劇中主角也因此發展成系列角色。

事實上，赤川次郎日後的各種系列創作中，不乏這種角色錯亂的組合，包括：粗心且大而化之的刑警太太與精明能幹屢破奇案的小偷丈夫；或是直線式思考、無厘頭辦案的刑事組長，搭配一個苦幹實幹的刑警部下，還外帶一個秀外慧中的女朋友。赤川筆下還有一個頗具盛名的動物偵探三毛貓，配上見血就暈倒的片山義太郎刑警。這些角色通常以顛覆且誇張的筆法來描寫，除了讓讀者感到新鮮有趣以外，事實上也充滿了諷刺意味；雖然幽默，卻頗具意涵。於是在〈幽靈列車〉一文裡，我們可以看到理應閱人無數的搜查一課刑警居然比剛踏入社會的女大學生還不懂人情世故。至於破解奇案所需具備的觀察力，想像力，甚至是果決的行動力，更是遠遠不及。

〈幽靈列車〉的人物設定固然顛覆，但作為一部短篇推理小說，其內容卻相當豐富，完全符合大部分讀者對於短篇推理的期待。在有限的篇幅裡，作者不僅處理了相當多的主題，還加入了動作場面，甚至還安排了第二樁命案的發生。其線索的提供與安排堪稱綿密且前後呼應，嫌犯的犯罪動機亦相當合理，是一篇相當出色的古典解謎作品。

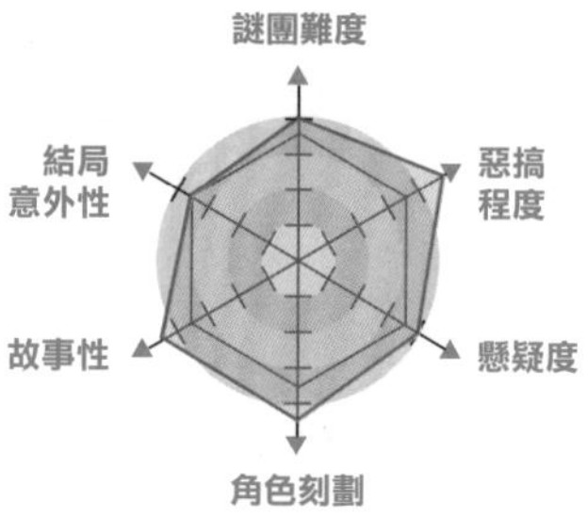

彷彿電影運鏡般的場景變換令人叫絕

作品的另一個特色，在於故事場景的迅速變換，彷彿電影運鏡般地歷歷在目，讓讀者產生親臨現場的感覺。這應該歸功於赤川次郎的父親是滿映公司的職員，因此赤川次郎從小就在試片室裡玩耍，長大以後也熱愛電影，在其作品中融入許多電影的手法，吸引了新一代讀者的眼光。作品中還運用了大量的人物對白來推動劇情，幽默風趣，也提高了閱讀的接受程度。

赤川次郎因短篇推理《幽靈列車》成名之後，很快地在短短幾年間就成為暢銷作家，年年登上作家繳稅額前幾名的高收入戶。他的後續作品延續本篇風格，且產量大增，但水準仍算整齊。不過推理小說的詭計謎團終究量產不易，於是在赤川次郎作品的飛快出版之下，詭計的密度遭到稀釋，使得他後期的作品氣氛有餘，但謎團的懸疑性與解答的意外性卻嫌不足，殊為可惜。然而，赤川次郎的作品終究讀來非常輕鬆愉快，讓人一頁翻過一頁，彷彿大餐後的可口甜品一般，一口氣吃太多會感到膩，但讀者不妨隨性淺嘗，仍然可以享受到不凡的閱讀樂趣。

圖片提供／光文社

赤川次郎

一九四八年生於日本福岡，由於父親曾任職於滿洲映畫協會，因此赤川自小耳濡目染，看遍各國電影，也令他的文章風格帶著濃厚的影像味道。一九七六年以〈幽靈列車〉獲得第十五屆ALL讀物推理小說新人獎，輕巧幽默的內容和出色的詭計設計，讓日本推理小說進入了一個全新的階段。赤川執筆速度甚快，至今已超過四百部作品。二〇〇五年獲得了第九屆日本推理文學大獎。雖然赤川以幽默推理出名，但在恐怖小說上的表現完全不輸給推理小說，他的恐怖小說並不賣弄血腥，但氣氛的營造上實為一絕。

漫　幽靈列車—松森正，收錄於《幽靈列車 文春コミックス》，文藝春秋於一九九六年出版。

客死異鄉的美籍青年所引發的美日情結

原本居住在紐約哈林區，留下一句「我要去日本的kisumi」這句話就消失的強尼．海華德，結果被發現胸口插著一把刀，死在日本東京皇家大飯店頂樓摩天餐廳的電梯裡。難以置信的是，第一現場可能在半小時車程以外的公園，他竟然能超越人體承受極限，搭計程車前往飯店，而且在車程中不斷地說著令人難解的話語「sutoha」。他到底為何而來日本？又如何而來？偵辦此案的棟居刑事為了找出解答，只好循著這兩句「死前留言」及他遺物中的《西条八十詩集》，試圖找出他客死異鄉的真相。

此外，因生病無力謀生的小山田武夫，努力追查在酒店上班的妻子文枝的下落。懷疑妻子有外遇的他，循線找到妻子的情夫新見，並妥協地與情夫合作，意外地得知文枝在最後下車的地方，遺留了一隻玩具熊，且發現一灘

入門推薦
長篇

14

Recommend for Beginner

人性的證明

人間失格時代的資格考

筆者｜陳國偉

——媽媽，我的那頂帽子怎麼了？
啊，在夏天從碓冰前往霧積的路上，掉進溪谷裡的那頂麥桿帽呀！
——媽媽，那是我好喜歡的帽子喲！
我那時候好懊惱喔，因為，一陣風突然吹過來。
——媽媽，那時候有一位年輕的賣藥郎走過來，
穿著深藍色的綁腿，戴著手套。
他想替我撿帽子，卻不小心跌斷了骨頭。但是最後還是沒撿到。
因為掉進好深的深谷裡，那裡的草長得比人還高。
——媽媽，那頂帽子到底怎麼了？
——《西条八十詩集》

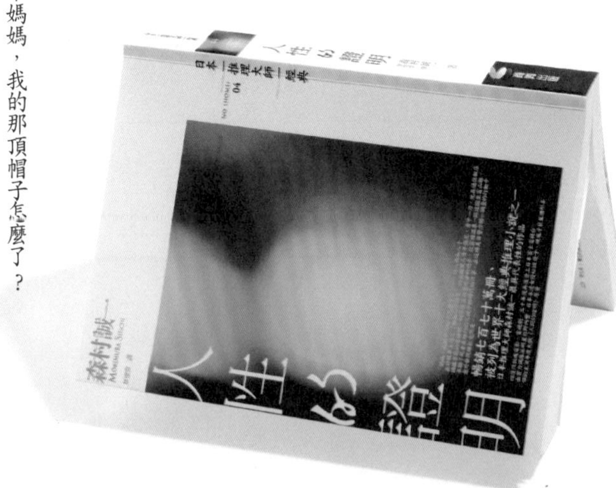

日文書名：人間の証明｜作者：森村誠一
台灣出版社：商周出版｜出版日期：二〇〇六年一月
（同年將改由獨步文化出版發行）
日本出版社：角川文庫｜出版日期：一九七七年三月

疑似文枝的血。到底文枝被誰擄走了？消失的女性意外地開啟了男性自尊的爭奪戰……

而評論家八杉恭子的兒子郡恭平，由於沒有生活目標，每天沉溺在肉體的放縱歡愉中，無意間車禍肇事，她該怎麼面對這個變局？而這件車禍與前面的事件有著怎樣的關係？在棟居不經意與八杉恭子擦身而過時，為何會勾起棟居慘痛的身世記憶？八杉恭子又有怎樣的過去？這一切的一切，以非常巧妙且合理的方式，構成了《人性的證明》紮實的謎團基礎。

投注大量歷史關懷的暢銷佳作

《人性的證明》是森村誠一的作品，一九六九年以《高層的死角》獲江戶川亂步獎出道的他，原本是飯店服務員，得獎之後便專事寫作。由於森村誠一敢於揭露日本社會上層黑暗與腐敗，開拓了推理小說的社會深度，因此被視為社會派的重要代表。其中《人性的證明》更因為暢銷高達七百七十萬冊，成為日本文壇的奇蹟，也揚名國際推理文壇；就連推理大師橫溝正史都讚譽道：「《人性的證明》是森村誠一最高的傑作，也是日本推理小說中的扛鼎之作。」

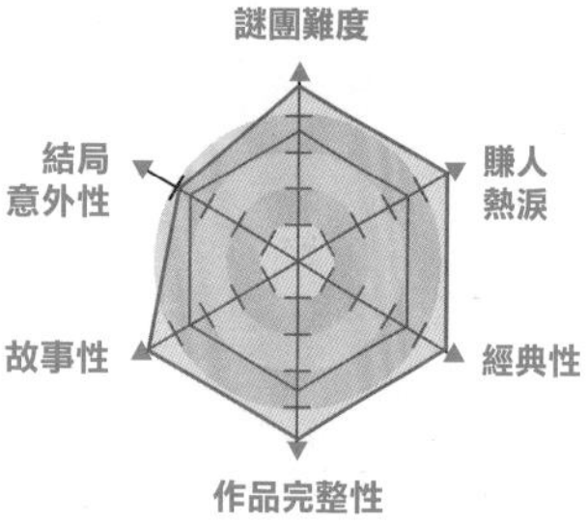

在本書中，森村誠一注入了相當大的歷史關懷，捕捉日本二次大戰後，面對文化斷裂與轉型，對於傳統文化的種種信念的價值破產，而引發出對於人心與人性的思考。並且書寫這些被歷史潮流捉弄、擺佈，如浮萍一樣的悲劇性人物，如何找到自己生命的出路；但又如何在過去的幽魂逆襲時，無法回頭地奔逃，想逃出歷史的規律，但也逃出自己身為人的尊嚴，成為徘徊在人與野獸、善與惡邊界的「異形」。

挑戰道德與生存的人性拉鋸戰

小說原名為《人間の証明》，「人間」在日文中意指「人」，所以小說圍繞一個核心的問題意識，便是該如何證明人的「資格」？是道德上的堅持？還是生物本能的生存？如果一個人為了自己所愛的人去傷害親人，他是否失去為人的資格？這是森村誠一最迷人，也是最無解的探問。

森村誠一還將觸角深入美國社會底層，透過一名美國刑警的眼光，呈現出美國社會資本主義華麗外表，內在卻流動著無法治療的膿血；進步的文明表徵底下湧動的卻是無所不在的犯罪，因為無窮慾望而扭曲的人心。他披露了機會平等假象下的族群衝突，尤其因為整個社會結構上的不平等，使得大多數有色人種生存在下層社會，缺乏受教育的機會，也就失去了向上層階級流動的可能，展現出驚人的國際視野。

作者

森村誠一

一九三三年生於日本埼玉縣，畢業於青山學院大學英美文學系，之後在飯店界工作了十年，包含一九六九年獲得第十五屆江戶川亂步獎的《高層的死角》等初期作品，即是這段工作經驗的活用之作。一九七三年以《腐蝕的構造》獲得第二十六屆日本推理作家協會獎，確立了他的推理小說文壇地位。之後作品風格從解謎轉為帶有社會派傾向的犯罪、懸疑小說。一九七六年發表的《人性的證明》獲得了巨大的迴響，成為森村最重要的代表作。二〇〇三年獲得第七屆日本推理文學大獎。

劇 富士電視於二〇〇四年改拍《人性的證明》成十一集的連續劇，由實力派演員竹野內豐飾演棟居，松坂慶子飾演八杉恭子，可以說是近幾年日本推理小說改編日劇水準最高之作，其中對於仇恨與寬恕的辯證，人的資格的極致追尋，做出了成功且深入的演繹。相當值得推薦。

從孤島殺人事件開始解謎的本格推理

屋外大風雪呼嘯著，屋裡的人們緊盯著窗戶，不時回頭顧盼。有人坐著點菸，打火石的摩擦聲不斷；有人背著手反覆踱步，腳步聲來回梭巡。在這麼惡劣的天氣下，電話不通、無法外出，身邊還躺著一具屍體。更要命的是，在你成為第二具屍體之前，不知名的兇手就在身邊！

是的，就是暴風雪山莊。所有把謎團詭計當成作品裡最大而且是最華麗賣點的本格作家，幾乎沒有人不試圖寫出一部精采絕倫的暴風雪山莊模型，更別提讓這群「該死的」角色們一個都不留的孤島模式。但……，要是你的國家不下雪怎麼辦？氣氛不就先少一半？有這般顧慮的讀者們，絕對得翻開《七個證人》，好好檢視一番。

《七個證人》是蟬聯日本多年作家納稅排行榜榜首的西村京太郎，發表於一九七七年的精

入門推薦
長篇

Recommend for Beginner

15 七個證人

日本推理文壇的精采變形傑作

筆者｜心戒

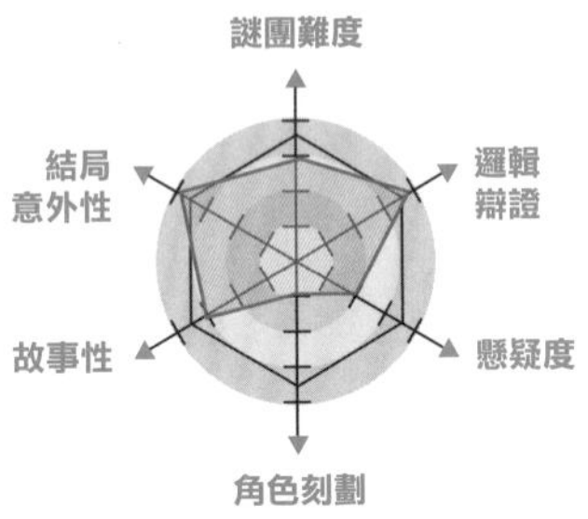

采變形作品。故事從十津川警部在昏黃夕陽下踩踏著愉快步伐回家時，意外遭襲後昏迷，醒來卻發現置身於謎樣孤島上，拉開一段匪夷所思經歷的序幕。神秘小島上僅建著一條小街，但其景象居然與東京某條街道一模一樣，不論是房子的佈局、內部的家具和擺設，閃爍的路燈，甚至連住在裡面的七名主人都一併被複製了！當這七人疑惑著為何出現於此的同時，手持獵槍的幕後人物終於現身，接下來，更是一連串緊張恐怖的孤島殺人事件……

擅長運用「暴風雪山莊」和「法庭推理」的特點

本身擁護「名偵探必要論」的西村京太郎，筆下最著名的偵探角色，分別是留美後回到日本的犯罪心理學家左文字進，以及全日本最忙碌、出差旅費最高的警察十津川警部，而本作便是讓十津川警部意外休假，卻仍得費心動腦的巧妙之作。《七個證人》雖然在典型的孤島環境下展開，骨子裡卻用了一個更有趣的點子來充實：私設法庭。在巴西奮鬥十八年的日僑佐佐木勇造，得知唯一的兒子因為捲入殺人事件，入獄含冤而死後，決心買下孤島、複製犯罪現場，並將所有目擊證人一併擄來，詳細檢視當初的證言。故事的每個章節都由當初的證人依序進行答辯作為開端，再由佐佐木提出證據推翻之，進而驗證當初這些立下誠實誓言的七名證人，究竟是誰撒了謊。但是，僅將「暴風雪山莊」和「**法庭推理**」此兩類風格擺放一起，難道不會因僅有幾個人站在無處可逃的小島上，不斷對話而顯得枯燥無趣嗎？更何況，僅

將證詞改變而無決定性的證據，真能說服眾人嗎？

此時，西村京太郎最擅長的本格懸疑技巧，才正要大展伸身手。當證詞不斷地被放大、辯證，證人們開始猶豫，甚至狐疑起當初自己信誓旦旦所「看到」的畫面，會不會一步步地將一名無辜的青年推入萬劫不復的深淵時，一把悄然消逝的水果刀不僅引起書中角色們的注意，更吸引住讀者的目光。隨著不斷有人死去（卻又不是被刀子殺死），讀者和角色們開始狐疑，到底真兇是誰？目的又是為了什麼？是為了掩蓋當年的事實，還是為了當年的情緒憤而報復？

驚人的蝴蝶效應 讓故事更有可看性

《七個證人》便是在這樣不斷變形的類型範疇裡轉換，加上西村京太郎巧妙地在關鍵時刻讓劇情急轉直下，讓不斷翻轉、被戳破的證詞改變揪住讀者的心，迫不及待地繼續往下一頁看去。

《七個證人》雖然未能讓十津川警部大展他最擅長的陸海空交通大追查，卻嚴守著邏輯推演和故事懸疑性，透過現場還原時所做的推理，將七名證人在殺人兇案發生時，為何會堅持證詞的心態，作了縝密細膩的心理描寫及深刻的解讀。

現在我已經明白，有很多證言其實都是謊言，是虛榮心或利害關係所造成的，但也給了我很大的勇氣。

一群看似私底下全無交集的證人，只因忖度著關於己身那一點點的利害關係，進而做出好似無害的些微隱瞞、更動，或是順水推舟，其結果卻像蝴蝶效應般地不斷擴大，泛著漣漪似地，將帳面上有著不良紀錄的少年推向冤藪邊緣，載浮載沈後，終至沉沒。小奸小惡所引發的極端悲哀，亦不過如此吧。

名詞解釋

法庭推理：推理小說中將焦點擺放在「律師 vs. 檢察官」模式，注重證據說明與邏輯推演時的辯證大對決者，大多被歸類為法庭推理。法庭推理小說的魅力在於，當罪證確鑿時，律師該怎麼在法庭上透過證據幫助被告洗脫罪嫌並還以清白？而檢察官又該怎麼在法庭上利用警方所搜查的證據，一舉突破律師的辯護漏洞讓犯人伏案？由於司法制度的關係，法庭推理可以說是美國的強項，不光是著名的佩利．梅森系列，螢光幕上也不斷出現法庭推理的相關影集。雖然日本的法庭推理較少，不過和久峻三筆下精采的佟茂檢察官和豬狩律師的兩大系列，也是不可不讀的傑作。

作者

西村京太郎

本名矢島喜八郎，在寫作之前，從事過各式各樣的工作。一九六五年以《天使的傷痕》獲得第十屆江戶川亂步獎、一九八一年以《終點站殺人事件》獲得第三十四屆日本推理作家協會獎。除了台灣讀者所熟知的旅情推理之外，西村也寫過許多和綁架、海難有關的推理小說。二〇〇四年獲得第八屆日本推理文學大獎。

日文書名：七人の証人
作者：西村京太郎
台灣出版社：林白出版
出版日期：一九九五年六月
日本出版社：実業之日本社
出版日期：一九七七年／二〇〇四年

入門推薦
長篇

16

亞愛一郎的狼狽

節奏輕快、異想天開的邏輯推演

Recommend for Beginner

筆者｜張筱森

出身「幻影城世代」的實力派作家

七〇年代的日本主流推理小說，一直都延續著松本清張登場以來的所謂社會派路線。雖然不少作品以現在的眼光來看，其實都帶有相當正統的解謎樂趣，不過大多數都還是被隱藏在充滿社會意識、帶著道德批判的主題之下。但是一九七五年創刊的偵探小說專門誌《幻影城》則一反當時的潮流，讓當時的讀者重新理解認識推理小說真正的樂趣所在，目前活躍於日本推理文壇第一線作家和評論家，不少人都是幻影城世代。而從以「希望能找出推理小說新方向」為目標的幻影城新人獎出道的年輕作家們，如：連城三紀彥、田中芳樹、栗本薰等人，至今仍是日本大眾文壇的實力派，本文所要介紹的泡坂妻夫也是其中一人。

毫無破綻、完美表現的短篇本格推理

泡坂是在一九七五年以本書的第一篇作品〈DL2號機事件〉獲得幻影城第一屆新人獎佳作，踏上文壇。〈DL2號機事件〉中有個男人明知飛機已經被預告機內裝上了炸彈，為什麼還是要搭乘？第一屆幻影城新人獎評審之一的權田萬治給予〈DL2號機事件〉極高的肯定，他表示本作「是篇風格特殊的作品，充滿作者個人特色，內容十分獨特。特別是故事前半段輕快的劇情推展，和後半段可以說是異想天開的邏輯推演，令人感到耳目一新。」這段話可以說是一針見血地指出亞愛一郎系列的最大特色。

本書共收錄了八篇以攝影師亞愛一郎為主角的短篇，篇篇都有著奇妙的開頭。像是〈右腕山上空〉中，從熱氣球這個封閉空間中突如其來地出現一具遭到射殺的屍體，這是怎麼回事？〈黑霧〉中，則是大量的複寫紙莫名其妙地出現在街頭，究竟是什麼人做的？乍看之下不可思議、充滿意外性的各式謎團，絕不浪費的大量伏筆，敏銳、充滿說服力的邏輯推演、乃至於最後的真相大白所帶來的絕大意外性，可以說泡坂將短篇本格推理小說的可能性發揮到最極致。短篇推理小說一向難寫，而亞愛一郎系列則是讓讀者見識到何謂毫無破綻、完美表現的短篇本格推理小說。

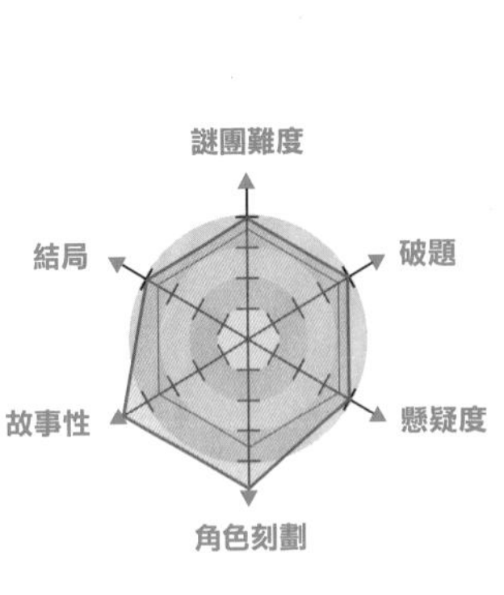

謎底必須在讀者看完三部作之後才會揭曉

雖說故事本身已經十分出色、能令讀者享受到極高的閱讀樂趣，然而亞愛一郎這個有著特殊風貌的名偵探，才是讓這個系列更受歡迎的原因。喜愛拍攝雲朵蟲鳥之類奇怪相片的攝影師亞愛一郎，身材瘦長、長相端正，甚受女性歡迎，不過毫無運動神經、笨手笨腳，從外表看來實在無法讓人感到可以倚靠。不過，他卻有著超越常人的觀察力和推理能力，在眾人為奇妙謎團苦惱之際，俐落地解決他在工作過程中所遭遇的各式案件。像這樣的反差甚大的人物塑造，以及愛一郎和其他帶著滑稽、古怪個性的登場人物之間的互動，就讓每一篇作品中都充滿著難以言喻的獨特喜感。

因為這個系列廣受好評，泡坂之後還寫出了《亞愛一郎的跌倒》、《亞愛一郎的逃亡》（均為創元推理文庫出版）等兩本，每本都是精采的短篇推理集。而泡坂在這些短篇作品中，都埋著關係到整個系列最重要的謎團的伏筆，等到三部作全部看完、謎底揭曉，再回頭重看之前作品，便又能享受到另外一種樂趣。

本書基本資料：
日文書名：亜愛一郎の狼狽｜作者：泡坂妻夫
日本出版社：幻影城ノベルス／創元推理文庫
出版日期：一九七八年／一九八五年

作者

泡坂妻夫

本名厚川昌男，一九三三年生於東京。一九七五年以＜DL2號機事件＞獲得第一屆幻影城新人獎家作出道。因為作品風格和創作布朗神父的卻斯特頓類似，有「日本的卻斯特頓」之稱。一九七八年以《失控的玩具》獲得第三十一屆日本推理作家協會獎，一九八八年以《折鶴》獲得第十六屆泉鏡花文學獎，一九九〇年以《陰桔梗》獲得第一百零三屆直木獎。筆下名探除亞愛一郎之外，尚有曾我佳臣、ヨギガンジー（CYOGIGANJI）。

作者軼事

泡坂除了是出色的推理小說家之外，另外一個身分是非常有名的魔術師，對於魔術有相當的心得造詣。他曾以本名厚川昌男出版魔術相關書籍，冠上泡坂本名的魔術獎項「厚川昌男獎」，是日本魔術界極具公信力的權威獎項，有魔術界的直木獎之稱。

入門推薦
長篇

17

Recommend for Beginner

大誘拐

跳脫俗成、顛覆常理的怪異綁架案

筆者｜希映

橫跨日本三縣的百億贖金綁架案

擁有四百平方公里山地，柳川家富有的老夫人年子刀自被綁架了，一群自稱彩虹童子的年輕綁匪竟然獅子大開口，要求一百億贖金！這場引起世界矚目的綁架案將如何被執行？

時間回到計畫之初，睡眠不足、飲食克難、滿身髒污、精神緊繃的三名綁匪躲在山裡日夜監視柳川家。晴朗的秋日，個子矮小、面容慈祥的刀自，帶著青春年少的女傭吉村紀美前往山區散步。同樣的行程已經持續了六天，到了第七天，綁匪們總算趕在刀自與紀美下山的前一刻攔截她們，帶走刀自做為人質。不過，綁匪們雖然克服了綁架案的第一個難題——綁架人質，但是下一個步驟——藏匿人質又出了差錯，無處可躲的綁匪只能求助於刀自，綁匪要求人質提供藏匿處，這種顛覆常理的事還真是難得一見，累得慘兮兮的綁匪接下來該怎麼做？原本只打算要求五千萬贖金，又為何變成一百億？

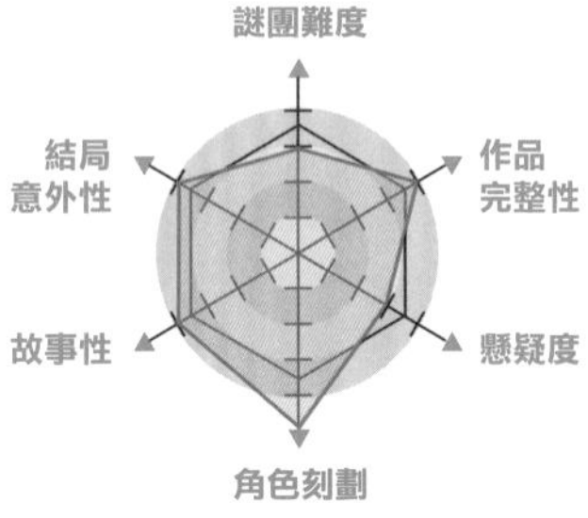

綁匪、人質、警方、家屬，在這場大誘拐中，誰具有獅子般的魄力？誰具有狐狸般的狡猾？又是誰能幽默從容像熊貓般親切？光以體積計算便龐大地難以搬運的贖金，綁匪們要如何取走？大膽地操縱媒體轉播，將警方玩弄於股掌之上，如此機智幽默、膽大心細的綁匪領袖到底是誰？

從現實世界中發想新意

一般以「綁架」為題材的推理小說，大多都將重心放在警方如何搜索出綁匪藏身之處，或是綁匪如何取得贖金的鬥智過程。《大誘拐》跳脫俗成，描寫一樁橫跨和歌山縣、奈良縣與三重縣，要求一百億贖金的破天荒綁架案。格局架構龐大，細微之處卻毫不馬虎，每條伏線都有其用意，而不僅是為了炫耀作秀。

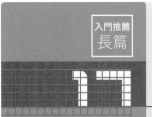

全書創意新穎，情節發展充滿強烈的幻想趣味與意外巧思，但是仔細一想卻又處處合理、不離現實。一百億乍聽之下數目龐大，是一般人無法理解的數字，更無法想像人質家屬要如何籌措出這筆錢，彷彿不是現實世界中存在的金額。但是經由書中角色以不同的思考模式來想像，一百億不過能買兩架噴射客機罷了，而五千萬連飛機尾巴都買不到。在如此宏大的眼光下展開的綁架案，天藤真從現實世界中發想出新意。

作者天藤真畢業於東京大學國文系，一九六二年以〈親友記〉獲得推理小說雜誌《寶石》徵文的佳作第二名，同年以《快樂的嫌疑犯》入圍江戶川亂步獎最終決選，當時天藤真已經四十七歲了。也許是受國文系出身以及年紀較長所影響，天藤真的文筆成熟穩健，有種從容不迫的氣勢，擅於描寫人性的幽默之處。

不用複雜詭計也能讓讀者體驗解謎樂趣

天藤真筆下人物個性鮮明，對話生動機智、文辭洗鍊。彩虹童子們雖是綁匪卻各有可親可愛之處，隨著故事演進，他們天真善良的一面也漸漸曝露出來，完全顛覆讀者對一般綁匪的刻板印象。具有堅定的意志力與溫暖的包容心，以媒體轉播為工具，屢屢做出前所未聞行為的綁匪領袖更是風采迷人、幽默聰明。年輕時受到柳川家的老夫人諸多恩惠，如今貴為和歌山縣警局長，作風嚴厲固執、強悍精幹，案發後使盡一切本事與綁匪周旋的井狩大五郎。還有慈祥親切的老太太柳川年子刀自、齊心努力籌措一百億贖金的柳川家四兄妹與愛戴柳川老夫人的人們，每個配角的形象都生動鮮明，令讀者再三回味。

沒有屍體、沒有血腥，天藤真證明了推理小說的迷人之處不在於死多少人，解謎樂趣不一定要奠基在多麼複雜難解的詭計上。《大誘拐》將「綁架」這個題材做了全新的嘗試，情節敘述巧妙，展現出天藤真獨特的個人幽默風格，也因此於一九七九年獲得日本推理作家協會獎，更榮獲「週刊文春二十世紀傑作推理小說」第一名。

作者

天藤真

本名遠藤晉，一九一五年生於日本東京，東京帝國大學文學科畢業，一九八年去世。一九六二年以〈親友記〉獲得《寶石》徵文獎佳作出道，一九七九年以《大誘拐》獲得第三十二屆日本推理作家協會獎。天藤作品數雖少，但全屬佳作。他的作品不光是幽默風趣，也有著洞悉人心的機智詼諧。此外，天藤筆下的坐著輪椅的岩井信一少年，也是日本推理小說史上的著名安樂椅偵探之一。

日文書名：大誘拐｜作者：天藤真
台灣出版社：台英社｜出版日期：一九九九年二月
日本出版社：カイガイ／創元推理文庫
出版日期：一九七八年／二〇〇〇年

華麗排場襯托偵探角色的個人品味

身為一個推理小說迷，如果被問到「哪個偵探最有錢」這個問題，我想大概每個人都會愣個好一陣子沒辦法回答吧，然後在支吾了老半天之後，才勉強擠出亞森羅蘋（有核子潛艇耶）、哲瑞雷恩（有一棟莊園在紐約耶）、凱薩琳（美國副總統的女兒，好像應該很有錢吧）之類的答案。

當然，上面這些回答只要言之成理也都不算錯，只是這個反應卻能勾引出另外一個有趣的問題：為什麼我們可以對於偵探的個性、嗜好、身分職業、推理手法、愛人甚至星座血型等等知之甚詳，卻對於各個偵探的財務狀況好像完全拿捏不住？

最主要或許是因為，從最早的愛倫坡開始，每個推理小說作家，都是矢志刻劃偵探的個人魅力，讓他／她在智力或是身體方面，處於極強壯的局面，因此可以靠個人的能力去對抗邪惡，來

入門推薦
連作短篇

18

Recommend for Beginner

富豪刑事

出手闊綽、講究門面的個人風采

筆者｜曲辰

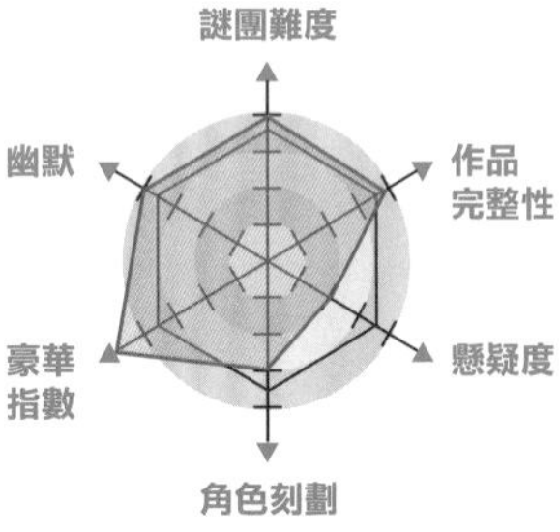

讓自身形象發光發熱。在這種狀態下，一切的外在描述，似乎都會削弱了偵探個人的內在力量。所以推理小說裡的豪華裝潢或穿著往往是為了襯托偵探的個人品味，作家或許更樂意讓他的偵探處於五窮六絕的生活中，讓個人光采更煥發一點。在這種風氣下，於一九七八年誕生的《富豪刑事》，便成了一本相當富於閱讀趣味的推理小說。

取之不盡的辦案經費使得辦案過程合理化

作者筒井康隆，被稱作是「無界限小說家」，雖然以科幻小說家與小松左京同時揚名於日本文壇，但事實上各種類型如推理、奇幻、懸疑、恐怖、架空、諷刺、政治、歷史小說統統寫過，還是純文學小說的能手，得過的獎不計其數，諸如泉鏡花、谷崎潤一郎、川端康成、讀賣文學賞全都是他的囊中物。有這種豐沛的寫作腹笥，他自然能塑造出一個空前絕後的偵探。

在《富豪刑事》這本由四個**連作短篇**構成的小說集中，擔綱演出偵探角色的是一個叫做神戶大助的年輕警察，初看到他，除了覺得他有著與警察不同的清新氣質與好看的臉之外，並沒有太大不同。但是當你注意到他所穿的是一套需價四十萬日圓的英國手工製高級上裝，以及抽一根要價八千五百日圓的雪茄時，大概就很難將他跟一旁的刑警擺在一起了吧。更別提他開的是最新型的凱迪拉克跑車，還有取之不盡的辦案經費。

靠著警察的薪水當然不可能過

這樣的生活，神戶之所以能有這麼豪華的外在條件，全都仰仗他有個極為有錢的父親——神戶喜久右衛門。故事中並未交代神戶家是做些什麼營生的，但是從一些片段的資訊中，可以猜想得到必定是相當大的企業，包括了重型工業、輕工業、服務業、科技研發等等事業體。

主角的異想天開　往往讓案子順利偵破

在這種環境下出生的神戶大助，根本就是現在所謂的「企業家第二代」，在一般的狀況下理應去接受英才教育，準備接班老爸的位置，可是這位少爺卻跑來當警察，當然有其背後的原因。之所以如此是因為神戶喜久右衛門當初為了要賺大錢，曾經做了不少讓他良心不安的壞事，日後為了彌補社會的心情，特地讓親生兒子進入警界，為社會治安貢獻出自己的精神與金錢。

或許是豪門出身，神戶大助有著迥異於常人的思考邏輯，對他而言，只要不以「億」為單位計算的錢都算零錢，所以就會發生許多令人噴飯的橋段。例如在〈富豪刑事的密室〉一文中，警察早已鎖定某個密室殺人案件的嫌疑犯，並且幾乎百分之百認定他就是兇手，卻礙於毫無證據而只能展開徒耗精力的「跟監」，對此大助提出了自己的想法：既然兇手是慣犯，又喜歡對工廠老闆進行密室殺人的伎倆，那不如就來建造一個一模一樣的工廠，也把兇手迫入同樣的境地，逼他出手，這樣就能以現行犯的理由進行逮捕了。

如此異想天開的作法當然會遭到其他警察的駁斥，但再細想卻又合情合理，加上神戶家又會負擔一切的費用，往往搜查會議的最後就是順水推舟地進行大助的計畫了。而當大助回到家向父親告知這次的「撒錢行動」時，喜久右衛門不但不會罵大助亂花錢，還會邊哭邊稱讚他「你洗滌了我的罪惡，真是個天使般的人啊」，然後為親生兒子進行必要的商業佈置與安排，而兒子偵探往往也不辱使命地將兇嫌緝捕歸案，皆大歡喜。

這種充滿不真實的情節與衝突諧仿的關係，透過筒井康隆細膩的筆鋒，卻在現實中寫實呈現，親切的口吻也讓讀者備覺認同，可以說是一本適合男女老幼闔家觀賞的短篇小說集。

名詞解釋

連作短篇：以短篇為形式，由同一位主角串連整部作品的小說。

作者

筒井康隆

一九三四年九月二十四日出生於日本大阪，畢業於京都同志社大學文學部。一九六〇年和家人合作發行同人誌《NULL》，其中刊登的〈救命〉獲得了亂步的注意，轉載至《寶石》，因此登上日本文壇。初期的作品大多為帶著黑色幽默的科幻短篇，不過也有帶著推理小說筆觸的作品。一九七八年出版的《富豪刑事》則能看出筒井對本格推理也頗有心得。之後作風不停改變，獲獎無數。此外，筒井不僅創作小說，也活躍於散文、劇本創作、選輯編選等領域。進入九〇年代後曾一度停筆，不過一九九六年之後，又開始發表新作。

劇　日本朝日電視台在二〇〇五年以及二〇〇六年兩度製播由本書改編的電視劇，該劇與原作的差異在於主角改為女性，由日本當紅青春偶像深田恭子主演，原著作者筒井康隆也在劇集內客串一角。

本書基本資料：
日文書名：富豪刑事｜作者：筒井康隆
日本出版社：新潮社／新潮文庫
出版日期：一九七八年／一九八三年

入門推薦
長篇

19

Recommend for Beginner

屬於我們的時代

青春推理小說的秀異之作

筆者｜曲辰

善於描寫細膩的人際互動與青少年的內在世界

吾等即是雛鳥，世界就是蛋殼。世界之殼如果不打破的話，吾等將無法誕生而死去。將世界之殼破壞吧！——少女革命

推理小說由於講求理性，因此冷靜的頭腦與謀略的行為是小說中出場角色的基本配備，這使得長期以來推理小說呈現的都是成人的世界，極少數的角色才會被分配給年輕人擔綱演出。在日本的推理小說發展中，一直到了一九七三年的《阿基米德借刀殺人》，才讓年輕人的熱情與哀愁進入了推理小說的殿堂中，並從此開創出一條譜系清楚的「青春推理小說」路線。

毫無疑問的，《屬於我們的時代》是其中難得的秀異之作。

本書作者栗本薰，是日本相當知名的小說家，向來以大部頭創作著稱。她相當擅於描寫人與人之間細膩的互動關係，也對於青少年、少女敏感的內在世界有著精闢的觀察，特別專精建構一個看似完整、待其底層出現裂縫，並隨著故事的發展而逐漸剝落，直至崩毀的世界。

而這些特色，其實早在她早期（一九七八年）的作品《屬於我們的時代》中，就已展露出來。在書中，栗本薰讓與作者同名同姓的搖滾青年成為故事主述者。

日文書名：ぼくらの時代｜作者：栗本薫
台灣出版社：皇冠出版｜出版日期：一九八七年九月
日本出版社：講談社／新風舍文庫
出版日期：一九七八年／二〇〇五年

衝擊性的劇情塑造了當代眾生浮世繪

小說中讓終年繁忙的攝影棚成為了第一場景，眾多少女為了追逐當紅明星Ｉ光彥的蹤跡，到了綜藝節目「Do Re Mi Fa排行榜」的錄影現場期待他的登台演出。正當現場氣氛被歌星演唱時的帥勁炒得火熱之際，坐在簡易觀眾階梯台上的一個少女卻忽然跌落地上，工作人員湊近一看，才發現女孩的背上插著一把刀。事後經調閱現場錄影帶出來一看，才赫然發現，女孩原本手上拿著揮

舞的唱片，在現場消失了。正當大家為此椿案件焦頭爛額之際，另一具屍體又在後台擺放道具的小房間裡悄然出現……

富有衝擊性的劇情、少女對於明星的迷戀、搖滾青年對抗世界的態度，這種種元素形塑了當代眾生浮世繪，讓本書奪得第二十四回江戶川亂步賞。

本書讓讀者跟著主角進入了一個絢爛卻瀰漫著令人厭惡氣氛的世界，見識到那個螢幕上光鮮亮麗，內裡卻陰濕、邪惡的世界，充滿物慾與利用支配關係，與一旁那些只是單純地喜歡著明星的女孩相較，呈現極大的對比。作者的文筆富於感性，這讓她筆下的人物有種栩栩如生之感。例如她在描寫本書的中心人物I光彥時，用了這樣的字句：「I光彥那雙黑眼珠佔大部分的眼睛，好像和什麼很相像。我想了一會兒，對了，就是和狗的眼睛很像。……整個人和態度都和狗很像。就像那種毛被梳得漂漂亮、眼睛流露出哀傷、尖聲吠叫的洋犬。他現在的表情就像被飼主丟棄一般，顯得驚惶失措。」平時被人簇擁的明星，私底下卻是這麼一副怯生生的模樣，讓讀者體會到真實的不可信。

透過綿密的筆觸交代每個世代的苦痛與傷害

在這種表象與實際上的反差效果中，作者想要講的主題也才能被彰顯出來，也就是「每個時代有每個時代不同的表徵，不要只因為些許外表、習慣的不同輕易否決掉下一個時代」，就像書中的警察因為看不慣主角們身為搖滾青年的一頭長髮，而揚言說要把他們的頭髮剪掉，再抓進軍隊受訓。

這種兩個世代間的爭執，恐怕不論哪個國家、哪個朝代都有類似的情境，栗本薰透過綿密的筆觸，交代了每個世代各有各的苦痛與傷害，外表的不同並不代表內在的不同，也不要因為這種差異，而決斷地認為下一代沒有什麼前途了。這種論調雖不少見，但在當時的日本而言，算是極為前衛的言論，更別提書中幾乎是用「怒吼」的方法來表達年輕人的不滿了。

以如今眼光來看，《屬於我們的時代》的題材或許稍微老舊了些，但在謎團經營以及結尾的滿足感而言，卻能帶給讀者至高無上的享受，或許在看完本書後，可以想想，在現今的台灣，有沒有可能發生事件如書中的情節呢？

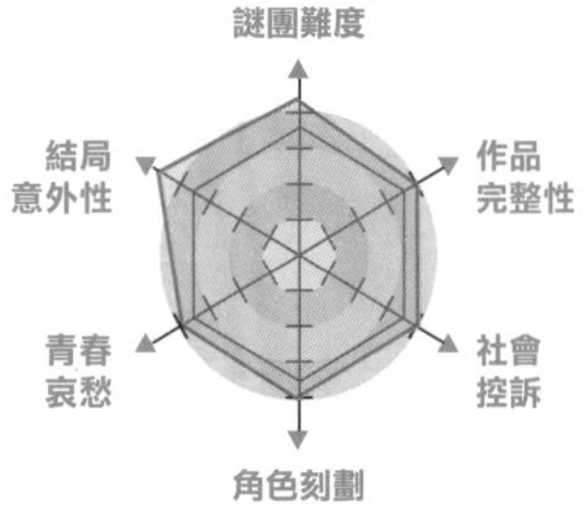

作者

栗本薰

本名今岡純代，一九五三年生於東京，早稻田大學畢業。作品風格多變，從推理、科幻、恐怖到奇幻、耽美小說等領域均十分活躍。一九七六年以中島梓的名義發表的《都筑道夫的生活與推理》獲得第二屆幻影城新人獎評論部門佳作，一九七八年以《屬於我們的時代》獲得第二十四屆江戶川亂步獎，一九八一年以《絃之聖域》獲得第二屆吉川英治文學新人獎，本作也是栗本筆下名探伊集院大介的登場作。代表作有《伊集院大介》、《豹頭王傳說》、《魔界水滸傳》等長篇系列作品。

作者逸事

《豹頭王傳說》這部小說竟然能夠持續發行一百多集，聽起來似乎有點不可思議，不過現在真的有一位日本小說家辦到了！這部以戰爭為背景的科幻小說，是日本女作家栗本薰的作品，從一九七九年發行第一集《豹頭的面具》以來，到目前為止共有本傳一百零九本、外傳二十本，總銷量突破兩千六百萬本，是世界上由同一位作家創作的最長的小說系列。

入門推薦
長篇

Recommend for Beginner

20 一朵桔梗花

在悲劇中展現強烈生命力

筆者｜希映

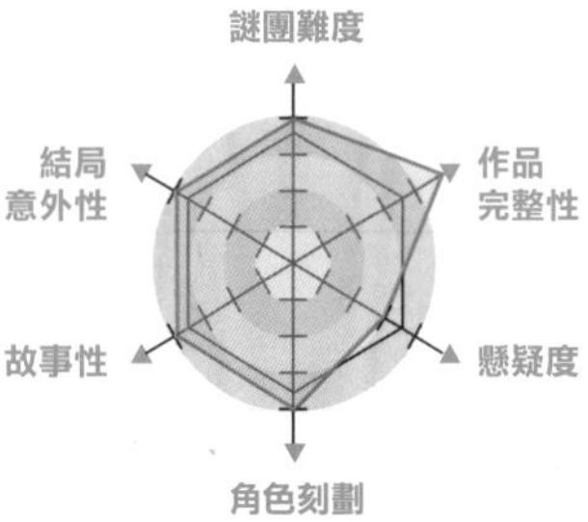

從花之盛開凋零借喻人生

花開、花謝，出生、死亡。花朵盛開的時間雖然短暫，卻彷彿用盡全力燃燒生命般展現出最美麗的一面，而後凋謝。人的一生常被拿來與之相比，可是我們究竟是為了什麼而綻放？

以生物學的角度來看，花朵的綻開是為了吸引蜂蝶前來授粉，養分從根部、葉片不斷地送至花苞，就為了讓那小巧蓓蕾盛開，展露鮮麗花瓣與甜美香氣，一旦任務完成迅即凋零。如果花朵是為了燦爛凋謝而盛開，那麼我們可以說，花之所以美麗正是因為它意識到死亡之命運，而以強烈的生命力劃下句點。

人呢？人是為了死而生的嗎？或者說，就是因為知道終將步上死亡道路，我們才能極力展現生命的頑強。人，背負著將死之宿命，在某處絢麗綻放。

以大正、昭和初期為背景的淒美短篇推理

《一朵桔梗花》便處處洋溢著這樣一股獨特的滅亡美學氛圍，闡述人的心中會因某種際遇而燃起一把熊熊烈火，將生命力燒盡。本書一共收錄五篇短篇作品，分別為〈一串白藤花〉、〈桐棺〉、〈一朵桔梗花〉、〈白蓮寺〉與〈菖蒲之舟〉，每篇各以一種花為主要意象，以連城獨到的細針鏽手法，將花朵的個性與意象細密地縫製進脈絡裡，成為故事中人物的悲劇剪影。

〈一串白藤花〉是由一名男子敘述所見的花街悲劇。某地有個叫做常夜坡的花街，男主角是鄰鎮一間布店的店主，與一名在花街旅店裡做著正經女傭的婦人過著半同居生活，兩人好似老夫老妻般習慣了彼此。某日，花街連續發生了幾起凶殺案，隔壁那位好心腸的代書卻被認定是兇手，寡默的代書先生絲毫不辯解，男主角對此無法置信，而這齣悲劇的真相就隱藏在雨後那串未謝的白藤花之中。一串白藤花彷彿宿命的燈火，朦朧照映出人們面對無奈宿命，仍為了微小幸福而努力。

〈桐棺〉則描寫一名服侍黑道大哥的年輕小廝，好似以自身為容器，將自神秘女子處染上的桐花香氣帶回給大哥。那股淡淡的香味無比妖媚，既飄渺又馥郁，蘊藏著殺意。而那年輕小廝的宿命就被桐花香氣牽引著，嗅著那香味，彷彿在迷濛夢中經歷了一段既甘美又充滿無言恨意的愛戀。

此外，〈一朵桔梗花〉裡那瓣泥濘中純白的桔梗花、〈白蓮

日文書名：戻り川心中｜作者：連城三紀彥
台灣出版社：林白出版
出版日期：一九八五年十二月三十日
日本出版社：講談社／光文社文庫
出版日期：一九八〇年／二〇〇六年

寺〉中一朵朵被埋葬的睡蓮、〈菖蒲之舟〉裡枯萎後又再度綻放的菖蒲花，亦皆美得浪漫、美得驚心動魄、美得彷彿生命被鎖在那一刻，下一瞬間便將絕滅。

連城三紀彥筆下這一系列故事是以百年前的大正、昭和初期為背景，或者該說是他想像中的，那個正值時代轉變、傳統的日式情調與人情義理尚存的憂惶年代。舊時的人們對情感的表達方式內斂不外露，而連城以優美的文筆將這深刻的情感極自然地在字句中醞釀、發酵。

兼顧文學性與推理性的精采佳作

本書最令人驚嘆的地方在於每篇故事幾近完美地兼顧了文學性與推理性，篇篇緊扣著推理小說要素，以人心的複雜面做為謎團設計，既纖細又新穎，伏筆安排巧妙，結局更是出乎人意表。

例如〈菖蒲之舟〉以歌人苑田岳葉兩次殉情未遂事件為起點，苑田深愛著名門桂川家的文緒小姐，由於與文緒的第一次殉情未死，因此苑田帶著有幾分神似文緒的酒家女朱子再度赴死，同一晚文緒也在家中自殺，結果兩位女性都死了，只有苑田一個人活了下來。但是三天後，苑田留下五十六首和歌，再度尋死，這次終於得赴黃泉。當世人都認為這三人之死是個淒美的愛情故事，然而連城三紀彥卻一步步打破原本看似堅固的情節架構，最後讀者將發現其實線索始終明明白白地擺在眼前，謎團完全被連城三紀彥說的好故事掩蓋了。

自出道以來，連城三紀彥寫出了文壇少見的文學性強烈、推理性精采的好看小說，不止迷倒眾多讀者，也成為後輩作家憧憬的目標。至今三十年的創作生涯留下許多好作品，而最能立即進入他獨特的美學世界、瞭解他橫跨愛情與推理兩領域成就的作品，首推這本《一朵桔梗花》。

作者

連城三紀彥

本名加藤甚吾，一九四八年生於名古屋市，畢業於早稻田政治經濟學部。在學時對文學、演劇、電影感興趣，畢業後考進大映電影公司的劇本研究，之後留學法國，於巴黎學習電影劇本創作。出道至今近三十年，一直維持推理與戀愛兩線並行不輟的創作，出版的作品達五十部以上，長篇、短篇集各半。由於家中是寺廟，因此他曾在一九八五年出家一年，法名智順，還俗後繼續創作至今。

得獎紀錄

一九七八年以解謎推理小說〈變調二人羽織〉獲第三屆「幻影城新人獎」，一九八一年則以〈返回川殉情〉獲第三十四屆日本推理作家協會獎短篇部門獎，並同時入圍第八十三屆直木獎。一九八四年以《宵待草夜情》獲第五屆吉川英治文學新人獎，同年又以戀愛小說《情書》獲九十一屆直木獎。作品另有敘述詭計推理小說《暗色喜劇》、《人間動物園》；戀愛懸疑小說《戀》、《愛情的界限》；國際謀略小說《黃昏的柏林》等。

以歷史為主、側重政治和軍事

如果你對田中芳樹的印象還停留在三大長篇，無論是《銀河英雄傳說》中精密算計地以要角之死製造高潮的銀河史詩，或是《創龍傳》中龍堂四兄弟對日本政經、文教等方面的辛辣諷刺與批評，更甚者，滿肚子怨恨地殷切盼望那永無止境的波斯君主養成史《亞爾斯蘭戰記》早日完結，不妨先將手中的書本放下，瞧瞧田中芳樹如何在短篇架構裡，鋪排有致地展現他動人的說故事才華與精準的問題切入角度。最棒的是，你不必擔心他會拖稿演出。

田中的小說通常被稱為「架空幻想」小說，甚至被劃入科幻小說之列，但實際上田中所描繪的主題永遠是「歷史」——只是剛好側重於政治和軍事罷了。作品時常以歷史的動盪為基底，描述關鍵人物的作為，並藉此闡述（或直銷）他本人的看法及理

入門推薦
短篇

21

白色的臉

懸疑而精煉，保證讓人驚豔

Recommend for Beginner

筆者｜心戒

日文書名：白い顔｜作者：田中芳樹
發表日期：《SFアドベンチャー》一九八〇年十月號
台灣出版社：尖端出版｜出版日期：二〇〇〇年一月，收錄於《戰場夜想曲》
日本出版社：德間文庫｜出版日期：一九九三年十月

論；或是透過主角的眼睛觀察並串連作者查證資料後對歷史事件的想法，試圖讓讀者能夠以愉快的方式瞭解歷史和人物。

透過一連串事件 正視種族歧視問題

〈白色的臉〉是田中芳樹早期作品內較少見的現實之作，第一次在雜誌上刊載作品的他，跳脫太空中的惑星單位與架空設定，以種族問題為核心，描述遭到暗殺的美國白人總統將腦部移植到黑人侍衛身上，卻引發一連串問題的警世故事。在這篇節奏勻稱的作品裡，田中將整個故事分成五段：先敘述事件的發生，接著轉折，於焉行動（揭謎），最後是動機解釋以及終章。作者將種族問題挑明了放在第二段，利用人們在膚色上的歧見對讀者提問，並大量地傾銷作者本人對於種族問題的觀察與想法。透過事件一再地衝擊，帶領讀者進入更深邃的謎霧裡，終段一口氣連續翻轉故事，並揭露先前埋下的大量伏筆，讓讀者訝異不已地睜大雙眼，驚嘆著再看一次。

佈局精采，每翻一頁 就是一個新的驚喜

莎士比亞曾經說：「What's in a name? That which we call a rose by any other name would smell as sweet?」，田中藉由腦部移植手術，讓讀者思索「若僅是膚色從牛奶變成巧克力，會影響判斷力及其他能力嗎」的本質問題，並討論是否「愈有種族偏見的人，愈害怕公然遭受指責為種族歧視者」。作者本身則化身為總統發言人夏曼和護衛妻子布蘭達這兩個角色，利用對話辯證並突顯膚色問題的嚴重性，以及作者自己的看法：

「小把戲玩得再多，只要種族歧視的觀念存在一天，他的末路是可想而知的，雖然對外發表他遭到種族歧視者暗殺是表面理由，事實卻也正是如此。」

這篇一氣呵成的作品，故事峰迴路轉，每翻一頁就是一個新的驚喜，非到最後實在很難看穿故事的真相所在。不僅如此，在精采的佈局間，作者不僅指出醫學上所必須面對的道德問題，更藉由文明社會對種族和膚色的偏見，強調歧視其實如同千百年來的歷史般，是不斷重複的。在有限的篇幅內，〈白色的臉〉懸疑而精煉，絕對是你驚豔田中芳樹高超佈局的第一選擇。

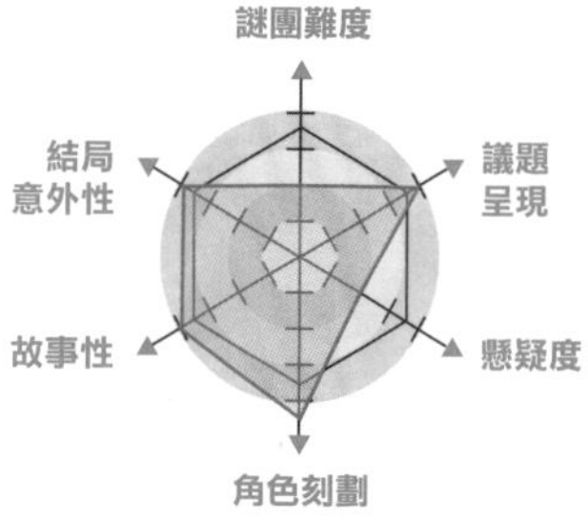

作者

田中芳樹

本名田中美樹，一九五二年出生於日本熊本縣，畢業於學習院大學文學部。一九七八年以李家豐名義發表的＜在綠色的草原上＞獲得第三屆幻影城新人獎出道。一九八二年發表長篇科幻巨作《銀河英雄傳說》，獲得廣大的迴響，迄今二十餘年人氣依舊，本作在一九八八年獲得星雲獎的日本長篇部門獎。除了《銀英傳》之外，另有廣受歡迎的長篇連載《創龍傳》、《亞爾斯蘭戰記》、《藥師寺涼子怪奇事件簿》。田中執筆速度十分緩慢，對喜歡他的長篇連載的讀者來說相當折磨。

中國歷史小說達人

田中芳樹活躍於多種領域，有科幻、奇幻、推理小說之外，他也寫從三國至明朝為時代背景的中國歷史小說。他深愛中國歷史，筆下的各色人物栩栩如生，令人難以想像是日本作家的創作，到目前為止他已經發表了將近三十篇的中國歷史小說。其中台灣曾經出版過以花木蘭為主角的《風翔萬里》（尖端出版）。

入門推薦
長篇

22

Recommend for Beginner

莫札特不唱搖籃曲

預知音樂家死亡紀事

筆者｜陳國偉

引發世人好奇的音樂神童之死

音樂神童莫札特（一七五六～一七七二）傳奇的一生，向來是古典樂迷津津樂道的話題，據說他四歲就展現了音樂的才華，具有絕對音感及高超的記憶力，六歲便做出三首小步舞曲並公開演奏，十歲成為歐洲知名的音樂神童，十一歲寫出第一部歌劇，十二歲受到大主教提名樂團首席，十四歲更接受了當時的羅馬教宗克雷門七世特封為騎士。

這一位與巴哈、貝多芬齊名，被視為古典音樂三大巨匠的傳奇音樂家，卻有著窮愁潦倒的晚年。二十六歲以獨立作曲家身分來到維也納的莫札特，與康絲坦彩婚後由於沒有固定收入，加上夫妻浪費成性，以至於連他擔任宮廷作曲家都無法改善經濟狀況，只好不停地接受委託作曲。三十五歲那年秋天，他的健康急遽惡化，不出兩個月便逝世，而手上的《安魂曲》則成為未完成的遺作。

然而他的死因卻引發了諸多揣測：十二月六日也就是去世的隔天他便被草草收屍，而遺體運送到半途時，突遇風雪大作，最後只有馬車獨自載運著靈柩前去墓園，因而連骨骸都找不到。然而對照當日的氣象紀錄，卻是無雨無雪，只有颳風。在一七九一年十二月三十一日柏林出版的《音樂週報》中更直言莫札特「死後身體腫脹得很厲害，令人聯想到是中毒而死。」一七九八年，第一位幫莫札特寫傳記的法蘭茲・尼梅契克在《莫札特的一生》中寫到，據說在一七九一年秋天，莫札特這麼對妻子說道：「我活不長了；當然，有人給我下了毒！」

因此，莫札特的死亡也就蒙上了一層又一層神秘的面紗，據說他的遺作《安魂曲》是某名具有死神形象的神秘黑衣人前來委託，更有傳言直指是因為莫札特在歌劇《魔笛》中，洩漏了他所參與的共濟會的某些秘密儀式，於是飲食中被加入水銀慢性毒殺。而台灣讀者較熟悉的，當是奧斯卡最佳影片《阿瑪迪斯》中的解釋，莫札特是被嫉妒他進而引發殺意的宮廷第一樂長薩利耶里下了毒手。

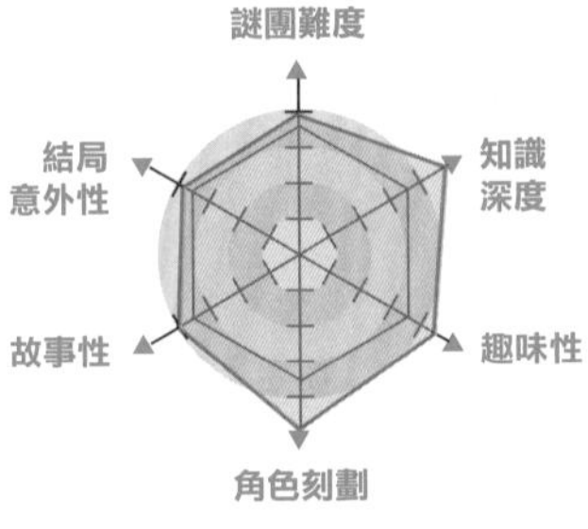

泡水焦屍與《搖籃曲》的神秘關聯

正因為莫札特有如彗星般過於燦爛的生命，使得他的神秘死亡成為研究者及創作者多方探究的題材。而其中的佼佼者，正是以《莫札特不唱搖籃曲》得到第三十一屆江戶川亂步獎（一九八五）的森雅裕。

在這本小說中，森雅裕別出心裁地以另一位音樂巨匠貝多芬為主角，在他前去樂譜行拿訂購的《安魂曲》樂譜時，巧遇了一位名為賽蓮的年輕女高音，她正與老闆爭執新出版署名莫札特作曲的《搖籃曲》，其實是她以行醫為業、與莫札特同年死亡的業餘作曲家父親菲理斯所創作。

然而這一切只是事件的開端，最初拒絕協助賽蓮的貝多芬，卻因為在維也納河畔的劇院排練發表在即的鋼琴協奏曲時，在觀眾席上發現了一具泡過水的焦屍，而這具焦屍正隱藏著《搖籃曲》的作者之謎，並遙指莫札特神秘死亡的核心。到底死亡者身分是誰？為什麼焦屍會泡過水？又為什麼被放在貝多芬的排演席上？與《搖籃曲》有什麼關係？賽蓮的父親菲理斯是真的因為受不了妻子與其老師莫札特有染的傳言而自殺嗎？這一連串死亡又和宮廷第一樂長薩利耶里有何關聯？這一切的一切，都構成了《莫札特不唱搖籃曲》峰迴路轉、高潮迭起的戲劇張力，這歷史的謎團直到最後，才能真相大白。

十九世紀歐洲風華再現

森雅裕在小說中成功地再現了十九世紀初的維也納風華，並巧妙且專業地運用了大量的古典音樂知識，人物造型相當生動。除了偵探是貝多芬之外，他還安排了貝多芬的學生鋼琴家徹爾尼，以及後來的大作曲家、但當時只有十二歲的舒伯特擔任助手。這些角色在森雅裕的筆下栩栩如生，對話風趣生動，貝多芬與徹爾尼之間的鬥嘴抬槓，尤為一絕，也大大增進了讀者的親近感。

一九五三年出生於兵庫縣神戶市、東京藝術大學美術系畢業的森雅裕，除了江戶川亂步獎外，也曾以《畫狂人狂想曲》得過第五屆橫溝正史推理大獎佳作。後來之所以不如同梯得獎的東野圭吾那麼出名，主要是因為他多採以自費方式出版作品，再加上一九九六年出版《推理小說常習犯》，引發出版界的軒然大波，讓他的小說出版更為困難。但在他有限的作品中，仍能看到他不凡的才華，不論是《再見，2B鉛筆》、《一〇〇℃的耶誕節》、《維他命C藍調》等小說，其實都是獲得好評之作。當然，《莫札特不唱搖籃曲》，絕對是你不可錯過的傑作。

作者

森雅裕

一九五三年出生於日本神戶，畢業於東京藝術大學美術系，專攻日本浮世繪畫家北齋。高中畢業後，一度轉而就業，曾做過報社快遞、琴師、土木工人等。一九八五年以《畫狂人狂想曲》獲第五屆橫構正史獎佳作，同年再以《莫札特不唱搖籃曲》獲得第三十一屆江戶川亂步獎。之後也繼續以古典音樂為主題發表了《要看茶花女嗎？》、《貝多芬式的憂鬱》等書名別出心裁的幽默推理佳作。不過雖以推理小說出道，但由於興趣廣泛使然，他的作品橫跨多種領域，並非只有推理小說。

日文書名：モーツァルトは子守唄を歌わない
作者：森雅裕
台灣出版社：台英社｜出版日期：一九九八年二月
日本出版社：講談社／ブッキング
出版日期：一九八五年九月／二〇〇五年十二月

入門推薦
長篇

23

Recommend for Beginner

卡迪斯紅星

充滿拉丁風情的冒險解謎傑作

筆者｜凌徹

一把珍貴的鑽石吉他引發一場恐怖攻擊事件

企劃顧問漆田亮，在客戶日野樂器社的要求下，為來自西班牙的著名吉他製作家拉墨斯籌劃記者招待會。拉墨斯來到日本訪問，同時也想找到一位名叫山多斯的日本吉他手，於是委託漆田亮尋找此人。漆田亮開始進行之後，卻發現其中另有隱情，不但與一把鑲有鑽石的珍貴吉他「卡迪斯紅星」有關，甚至還牽扯西班牙左派激進組織的恐怖攻擊事件。

本書的作者逢坂剛，曾任日本推理作家協會的理事長。《卡迪斯紅星》發表於一九八六年，出版後隨即拿下直木獎、日本推理作家協會獎與日本冒險小說協會大獎，是逢坂剛的代表作之一。本書並不是他在推理文壇出道的作品，卻是他初次執筆的小說。由於《卡迪斯紅星》的篇幅太長，無法受到出版社的青睞，他認為必須先成為作家才有機會讓本書出版，於是開始投稿新人獎，並在一九八〇年以〈刺客死於格拉那達〉拿下「ALL讀物」推理小說新人獎而出道。不過《卡迪斯紅星》並非在他出道之後就能立刻出書，而是到了一九八六年才得以問世，距離創作完成已經將近十年的時間。他在拿下新人獎之後仍然繼續從事原來的工作，以業餘的時間寫作並持續發表作品，一九九七年才辭職成為職業作家。

絕無冷場的情節讓人想要一口氣讀完

《卡迪斯紅星》是冒險小說，同時也包含了解謎的成分。內容環繞在主角漆田亮的身上，描寫他從尋人開始，進而被捲入國際陰謀的大事件。故事緊湊刺激，表現出色，是日本冒險小說的精采傑作。

本書的場景設定在西班牙，成為故事的一大特色。作者曾經被外派至西班牙，熟悉當地的民俗風情，因此他將西班牙寫入小說中，讓讀者能夠從小說中體驗異國的情趣。由於逢坂剛陸續發表以西班牙為舞台的作品，也讓西班牙在他的著作中佔有一席之地。

八〇年代的日本曾經興起一股冒險小說的風潮。那個時代的冒險小說，出現過許多篇幅相當長的作品，本書也是其中之一。日文原著超過八百頁的頁數（中譯本也超過七百頁），比一般的長篇多出許多。不過這樣的篇幅，卻不至於拖長閱讀的過程，反而很容易就能讀完。由於故事非常精采，使得讀者能夠融入小說之中，冒險的情境也直接激發閱讀

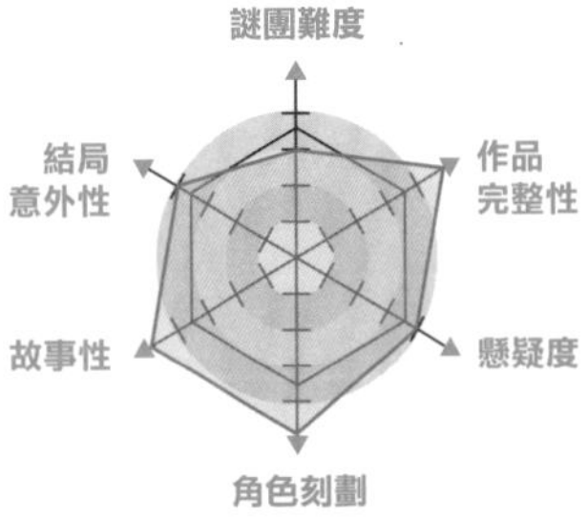

動力，因此頁數不但不會對讀者造成負擔，絕無冷場的情節甚至讓人想要一口氣讀完，更不會去意識到篇幅了。

而這樣的結果，也來自於逢坂剛對於故事的設計。小說中有著不少轉折，總是在故事發展到一個階段之後，前面的認知就被之後的新事實所推翻。拉墨斯尋找山多斯就是最好的一個例子，他尋人的目的，是因為二十年前山多斯曾經到他的工作室，並且非常中意他的吉他，但由於沒有存貨，沒辦法將吉他賣給山多斯，這件事讓拉墨斯感到非常介意，因此想要贈送吉他以示補償。但在漆田亮的追查下，卻逐漸發現事情似乎不是如此單純。這便是這本小說中最常見的發展，不斷的逆轉增加了故事張力，讓讀者更為期待未來的發展，是十分成功的劇情安排。

榮獲三大獎項殊榮的八〇年代冒險小說

《卡迪斯紅星》不但是冒險小說，同時也是推理小說，書中自始至終都有著謎團待解。儘管冒險的成分大於推理的成分，但謎團始終籠罩在主角的冒險過程中，真相也一直未能被完全掌握。雖然故事中不斷解開一些謎，但由於影響有限，並不能充分解釋事件。只有當所有的冒險過程結束，作者才終於揭曉了故事中最關鍵的真相，而這也才呼應了事件最初的起點。雖然本書的主軸還是放在冒險上，但加入了解謎的成分後，讓故事更具可看性。

本書獲得三項大獎的殊榮，可見評審對於逢坂剛的肯定。八〇年代的日本冒險小說，在台灣並沒有太多的譯本，《卡迪斯紅星》的譯介，讓我們有機會見到那個時代的頂尖傑作。《卡迪斯紅星》展現了逢坂剛著作的迷人魅力，想要閱讀精采的冒險解謎故事，並體驗當時冒險小說的熱潮，本書會是最適合的作品。

名詞解釋

冒險小說：正如字面所示，是以冒險為主要元素的小說，而素材方面，舉凡科幻、推理、奇幻、任何一種類型小說都可以加入冒險元素，成為冒險小說。日本知名的冒險小說家，除了逢坂剛之外，還有船戶與一、大澤在昌、北方謙三等眾多大師。

作者

逢坂剛

本名中浩正，一九四三年十一月一日生於日本東京，畢業於中央大學。畢業後他進入博報堂工作，並同時進行創作活動。一九八〇年以〈刺客死於格拉那達〉獲All讀物推理小說新人獎，八七年以《卡迪斯紅星》獲第九十六屆直木獎、第四十屆日本推理作家協會獎與第五屆日本冒險小說大獎。作品風格涉及冷硬、懸疑、冒險、間諜，甚至時代小說。

九七年辭去工作後，專職寫作。他熱愛吉他與佛朗明哥舞，被認為是最擅長描寫西班牙的日本作家。著作甚豐，代表系列有《百舌系列》、《岡坂神策系列》、《禿鷹系列》等。曾任日本推理作家協會理事長。

豐收的一年

本書除了同時獲得直木獎、日本推理作家協會獎及日本冒險小說大獎之外，也是同年週刊文春年度十大推理小說的第四名，同年他也發表了另外一部代表系列的第一作《百舌吶喊的夜晚》也是同年週刊文春年度十大推理小說的第二名，一九八六年真的可說是逢坂大豐收，並且奠定文壇地位的一年。

本書基本資料：日文書名：カディスの赤い星｜作者：逢坂剛
台灣出版社：皇冠出版｜出版日期：一九八七年
日本出版社：講談社／講談社文庫／雙葉文庫
出版日期：一九八六年／一九九八年／二〇〇二年

入門推薦
短篇

24

Recommend for Beginner

月光遊戲

純粹鬥智的「學生有栖」系列

筆者｜凌徹

日文書名：月光ゲーム―Yの悲劇’88
作者：有栖川有栖
台灣出版社：小知堂出版｜出版日期：二〇〇六年六月
日本出版社：東京創元社／創元推理文庫
出版日期：一九八九年／一九九四年

一場單純的露營活動引發神秘的血腥命案

英都大學推理小說研究會的成員們，來到了矢吹山進行夏季合宿。在山上的露營地，他們遇見了雄林大學與神南學院短期大學的學生，並與對方一起活動。到了第三天清晨，大家發現一名女學生不見蹤影，她沒有通知其他人，只留下了一封信便自行下山。在眾人議論紛紛之時，矢吹山噴火爆發，交通因而中斷，所有人被困在山上無法離開。就在火山爆發之後，有人遭到殺害，而且地上留有像是「Y」的死前留言。

有栖川有栖的作品由於出版社的持續引進，是國內讀者較為熟悉的新本格作家。他筆下著名的偵探有兩位，作品量較多的是臨床犯罪學者火村英生，助手與作者同名，也是有栖川有栖。由於助手的職業是推理小說家，因此火村系列也被稱為「作家有栖」系列。至於另一位偵探，則是英都大學推理小說研究會的部長江神二郎，助手的姓名也是有栖川有栖，不過這位有栖川是學生，因而通稱為「學生有栖」系列。《月光遊戲》是有栖川有栖的出道作品，屬於「學生有栖」系列，是江神二郎首次登場的小說。

師法昆恩的「死前留言」與重視邏輯風格

本書發表於一九八九年，但其實曾在一九八七年投稿江戶川亂步獎，只是並未得獎，直到後來經由另一位知名推理作家鮎川哲也的推薦，在改稿之後直接出版單行本。

由於有栖川有栖受到美國推理作家艾勒里．昆恩的影響，他的作品相當重視邏輯解謎，也強調線索的充分提供。昆恩作品中有著名的「國名系列」，有栖川有栖也仿用同樣的命名規則，持續在火村系列中發表獨創的「國名系列」作品，即是他繼承昆恩創作理念的直接證明。不過就算不看發表時間稍晚的火村英生國名系列，光從他的第一部作品，就已經處處可見昆恩的影響。

首先，本書名為《月光遊戲》，副標題是「Y的悲劇，88」，以昆恩的古典名作來做為副標，可說是最好的佐證。此外，故事中的被害者留下死前留言，而眾所周知，昆恩是相當熱衷於死前留言這一類型的推理作家。從副標題到謎團設計，都可以見到昆恩的蹤影，有栖川有栖向大師致敬的創作態度極為明顯。

故事中在解開殺人事件的謎團時，是依據線索來加以邏輯解明，這樣的解謎樂趣，可以在本書中充分體驗。對於有栖川有栖而言，昆恩重視邏輯的作品風格，當然也是他最想創作的小說類型了。

封閉空間之場景設定徹底發揮古典本格的特色

為了完成邏輯解謎的作品，有栖川有栖在本作中採用了封閉空間的場景設定，這是很容易理解的。畢竟封閉空間可以隔絕外界的干擾，一方面避免警方的介入，讓現代化的搜查技巧無用武之地，因此兇殺案只能依據智力來解決，正符合名偵探登場的條件。另一方面也能限制出場者的人數，讓邏輯推理得以針對特定的對象。因此，封閉空間的確是最適合古典本格的場景。

只是在本作中，造成封閉空間的原因，竟然是火山爆發。這麼特殊的原因，與其他同類型的作品完全不同，也讓小說從一開始就極為引人注目。而且，火山爆發對故事的影響，也不只是造成封閉空間的原因而已，登場人物在殺人鬼與強大天災的威脅下，必須離開充滿死亡威脅的露營地，險象環生的逃脫過程，更直接營造出緊張感，豐富了故事的內容，讓人印象深刻。

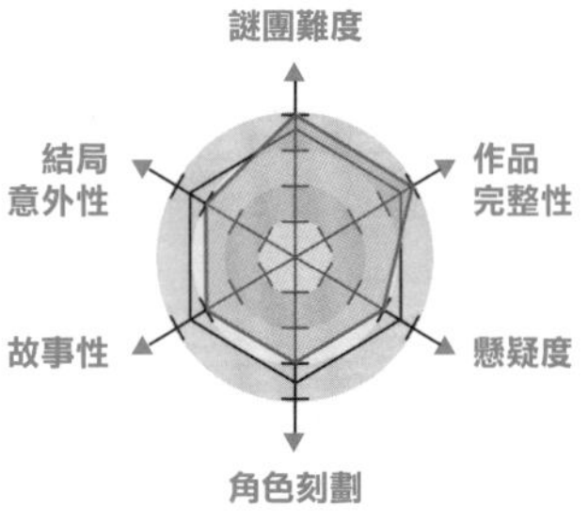

另一點值得一提的是，在新本格初期，由於作者年紀尚輕，因此容易依循當時的人生體驗，創作出以年輕人為主體的青春小說。本作也是如此，有栖川有栖完成本書的原型〈Y的悲劇78〉時，他才大學一年級，而之後投稿江戶川亂步獎時，也還不滿三十歲。作品中的人物都是學生，反映了作者創作時的心境，同時也呼應當時新本格的潮流。但不只如此，更難能可貴的是，人們在墜入愛河時的多愁善感，也成為故事中的重要設計。他運用語言的模糊性，成功描述出戀愛中男女的敏感心情，極為精采，可說是本書除了凶案解謎之外，最吸引人之處。

作者

有栖川有栖

本名上原正英，一九五九年出生，畢業於同志社大學，一九八九年以《月光遊戲》。作品風格受到艾勒里．昆恩相當程度的影響，自稱是「九〇年代的昆恩」，因此有著不少會向讀者提出挑戰書的作品。二〇〇三年以《馬來鐵道之謎」獲得第五十六屆日本推理作家協會獎。代表作品有《第46號密室》、《魔鏡》、國名系列《俄羅斯紅茶之謎》、《巴西蝴蝶之謎》、《瑞典館之謎》、《英國庭園之謎》等。曾任本格推理作家俱樂部第一任會長。

作者逸事

有栖川和綾辻行人是日本推理小說界十分有名的超級好朋友。兩人雖然在行事作風以及作品風格上都大不相同，卻從一九九九年起至今，共同合作搭檔了六部推理特別劇《安樂椅偵探》系列的劇本，激盪出極為精采的火花，令這個系列反應甚佳。

漫 月光遊戲—鈴木有布子，BLADE COMICS。マッグガーデン於二〇〇六年出版。

入門推薦
長篇

25

空中飛馬

明朗快活、餘味甚佳

Recommend for Beginner

筆者｜張筱森

日文書名：空飛ぶ馬｜作者：北村薰
日本出版社：東京創元社／創元推理文庫｜出版日期：一九八九年／一九九四年

從「非日常」題材轉向日常生活的推理

一名喜愛**落語**的女大學生「我」無意間透過學校老師認識了她最喜歡的落語家春櫻亭圓紫，而圓紫在一次餐敘上明快地解開了困擾老師數十年的不可思議體驗後，「我」和圓紫就成了忘年之交。之後，「我」偶爾會在普通不過的日常生活中遭遇一些小小的謎團，而圓紫便會發揮明晰俐落的推理才能，替「我」解決這些謎團。——本書為北村薰的出道作，是一本以「我」和圓紫為主人翁的連作短篇推理小說集，總共收錄了〈織部之靈〉、〈砂糖大戰〉、〈胡桃中的小鳥〉、〈小紅帽〉以及標題作〈空中飛馬〉等五篇短篇小說，是北村薰最重要的代表作。然而只說本書是一本極為出色的本格推理小說，是絕對無法傳達其魅力的，因為北村不僅表演了屬於本格推理的精采邏輯推演，更帶給讀者深入描寫幽微難測的人心，卻又明朗快活、餘味甚佳的感受。

在本作出現之前，絕大部分的推理小說都處理著殺人一類的「非日常」題材，然而作者卻將眼光從「非日常」移開，轉向了我們所生活的這個世界，亦即再普通也不過的「日常」生活。因此可以說本作擴大了推理小說謎團的範圍，令讀者感到前所未有的新鮮、有趣，在日本推理小說史上佔有舉足輕重的地位。對之後的創作者也有莫大的影響，以《七歲小孩》一作在台灣部分推理小說讀者心中佔有重要地位的加納朋子就被視為北村薰系統的作者。

充滿了濃郁的成長小說風味

「我」在日常生活中碰上了各式各樣的奇妙事件，像是〈砂糖合戰〉中「隔壁桌的女孩為何要不斷地往紅茶裡添加砂糖呢？」或是〈空中飛馬〉中「幼稚園的木馬，為什麼一星期中會有一天飛到天空去呢？」等等乍看之下令人百思不解，隱藏在日常生活中的小小謎團。作者能夠另闢蹊徑經營從日常生活中出發的謎團，也代表作者自身對於人性的理解有著足夠的自信。當謎底解開之際，不論是喜是悲，「我」和讀者也同時對於難以理解的人心有了進一步的認識，或許是小小的一步，卻也著實地有所成長。再者，主角初登場之際是大二的學生，隨著作品中時間的推移，「我」後來也面臨了畢業就職等人生重要大事，而這些和圓紫相處的點點滴滴也都成為「我」之後面對各種困難的勇氣來源。因此，以本作為首的「我與圓紫」系列，也帶有相當濃厚的成長小說味道。此外，由於另一名主角圓紫是落語家的緣故，本作中也出現了許多落語的知識和段子，因此閱讀過程中，也能得到另一層樂趣。

微小的謎團隱藏著人生光芒和生存哀傷

一九四九年出生的北村薰出身於日本大學推理研究社名門之一的早稻田推理小說俱樂部，畢業之後一邊擔任高中國文老師，一邊從事創作，一九八九年以本作出道。出道之初，北村是以性別、經歷皆不詳的**覆面作家**姿態登場，因為本作以女大學生的第一人稱寫成，口吻及文筆都極有年輕女性的獨特感受性，因此猜測北村為女大學生的讀者和業界人士不在少數。不過，他在一九九一年以系列第二作《夜之蟬》獲得第四十四屆日本推理作家協會獎的時候，便公開自己的身分了。雖然是男性，不過北村所構築的北村世界始終非常地溫暖、柔美，更充滿了慈悲心。就像宮部美幸為本作所下的註解：「北村薰氏創造了罕見的搭檔，他透過了女主角『我』和偵探角色的落語家春櫻亭圓紫大師的相處，讓我們知道在日常生活中那微小卻又不可思議的謎團裡，隱藏著貴重的人生光芒和生存的哀傷。」要理解這樣的北村世界，本作是第一也是最佳的入門選擇。

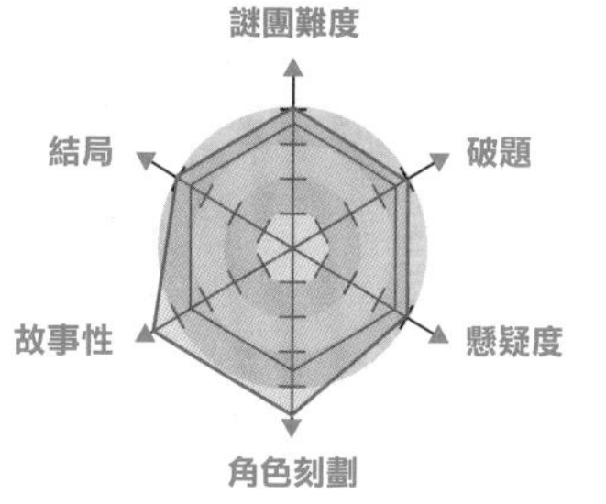

名詞解釋

落語：廣受歡迎的一種日本傳統藝術表演，風格類似中國的單口相聲。

覆面作家：經歷不明、不在公開場合露面的作家。目前日本推理小說界仍有不少覆面作家，如：北川步實（性別、年齡、經歷不明）、殊能將之、舞城王太郎等。折原一在出道初期也曾當過覆面作家。

作者

北村薰

原名宮本和男，一九四九年出生於日本埼玉縣，畢業於早稻田大學第一文學部，曾是早稻田推理小說俱樂部的成員。曾擔任高中國文教師，並於任教期間發表《空中飛馬》，九一年以同系列《夜之蟬》獲第四十四屆日本推理作家協會短篇部門獎，而北村總共為了「我」和圓紫大師，這對風味獨特的搭檔寫下了五部作品。他在日本推理文壇，以優美文風自成一格，相當講究故事性、小說結構及人物描寫。二〇〇六年以昆恩國名系列仿作《日本硬幣之謎》獲得第六屆本格推理小說大獎（評論及其他部門）。北村目前擔任本格推理作家俱樂部會長。

入門推薦
長篇

26

Recommend for Beginner

異想天開

歷史軌道上的華麗冒險

筆者｜陳國偉

三個謎團編織出奇詭而瑰麗的犯罪事件

《異想天開》原名《奇想、天を動かす》，是島田莊司一九八九年的作品，從書名上就結合了「奇想」與「天動」兩個意義，暗示著某種因人性至情所發生的奇想，連上天都因此撼動了。而奇想，正是讀者認識島田莊司，最初也是最迷人的途徑。

向來被歸類為浪漫本格的島田莊司，從出道作《占星術殺人魔法》，就展現了他魔法一般的說故事魅力。他往往能編織出奇詭而瑰麗的謎團，透過不可思議的想像，建構出引人入勝的犯罪風景。

《異想天開》的故事從一開始，就以三個華麗的謎團登場：其一是一九五七年一月，一列疾駛於北海道寒冬深夜的火車，在乘客都沉沉睡去之時，車廂走道上竟出現了跳著詭異舞蹈的小丑，隨著搖晃的列車，迷離有如夢境般的氛圍中，小丑扭動著肢體退出車廂，但不久竟傳來槍響。等到眾人從睡夢中被槍聲驚醒，前去察看上鎖的廁所時，竟發現小丑已被槍殺。然而詭奇的是，小丑的屍身旁點滿了白色蠟燭，而眾人也因而被隔絕不得進入，只好關上廁所門，當後來準備再進入時，小丑的屍體竟然已經完全消失了。

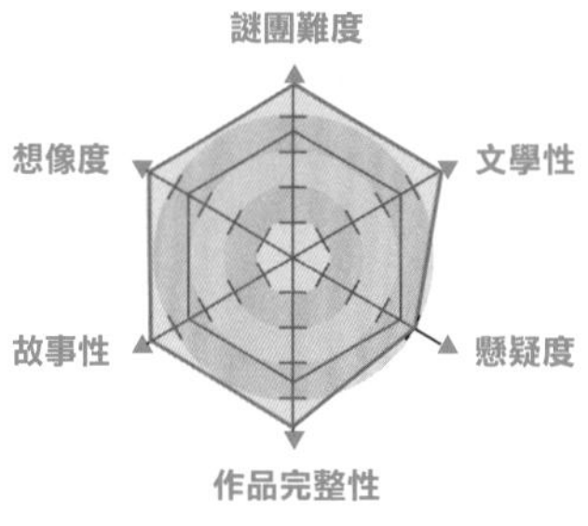

另外，在一九八九年春天的東京淺草，一名每天搭乘都營淺草線，在電車上總是吹著動聽口琴，但骯髒似遊民的佝僂老人，卻在淺草商店街的食品店付錢購買四百圓的餅乾後，因老闆娘向他追討十二圓的消費稅，憤而刺殺了老闆娘。在警察偵訊的過程中，老人始終沉默不語，連自己的姓名也不願提及，引發了警視廳調查一課的吉敷竹史的懷疑，兩個毫無關係的陌生人，何以引發突如其來的殺意？

而同樣在一九五七年北海道的寒冷雪夜，函館本線的夜間列車上，司機德大寺值勤時偷空如廁。當他進入廁所之時，車門突然敞開，竟從車外伸入巨大的手掌，將他抓向暴風雪飛舞的夜空。飛翔在空中的他發現，擒住他的竟然是有著紅色眼瞳的白色巨人，就這樣展開了不可思議的夜間飛行，跨越群山之後，最後又將德大寺放置在另一條鐵道的列車上。

從歷史背面探勘不為人知的生命悲劇

不論是消失的小丑、雪夜的白色巨人，甚至是淺草的兇殺案，都令人嘖嘖稱奇，製造出高度的懸疑性，吸引著讀者的目光；而這，竟然只是《異想天開》的序曲。到底這些異象之間有什麼關係？在時間上相隔四十年、空間上跨越數百里的事件，三者之間存在著什麼被隱匿的關聯？隨之而來更多匪夷所思的事件，帶領著讀者一步步走進時間的甬道，甚至是歷史的背面，探勘不為人知的生命悲劇。

《異想天開》被視為是島田莊司高度融合本格派與社會派風格的傑作，除了宏大的謎團外，更發揮了島田莊司對於日本社會、歷史的關懷，既批判了日本消費稅的公平正義問題，也觸及二次大戰對於日本內部族裔流動的影響。在大歷史的進程發展中，島田挖掘了被主流歷史遺忘的弱勢群體，那些被淹沒在欣欣向榮的經濟發展洪流中，載浮載沉的渺小個人，他們以不同的方式推動了歷史的巨輪，但歷史卻將他們拋棄及遺忘。而這正是島田莊司有別於其他本格推理小說家的個人關懷，也營造他小說獨特的視野與深度，造就了他當代推理大師的地位。

一流的人物造型 增添故事的豐富性

最後值得特別一提的是，島田莊司小說的人物造型功力一流，從他筆下的三大偵探：占星師御手洗潔、刑警吉敷竹史與牛越佐武郎即可明證。天才縱橫但有些藝術家癲狂性格的御手洗潔與樸直苦幹的牛越，恰好與冷靜理智的俊美刑警吉敷竹史形成強烈的對比。而在《異想天開》這部吉敷竹史系列探案的至高作中，將可以看到他更完整的性格，他為了找出口琴老人的真實身分，奔波於東京與北海道之間，踏破已然沉睡的歷史塵埃，終於露出真相的碎角，展現出超乎尋常的執著與專注。

當然，吉敷竹史與牛越因偵辦此案而會面，大大滿足了島田書迷對於作者筆下名偵探相會的渴望，也算造就了日本推理小說的另類歷史意義，這樣的歷史時刻，又有誰能錯過呢？

日文書名：奇想、天を動かす｜作者：島田莊司
台灣出版社：林白出版｜出版日期：一九九八年十月
日本出版社：カッパ・ノベルス／光文社文庫
出版日期：一九八九年／一九九三年

作者

島田莊司

一九四八年出生於日本廣島縣，畢業於武藏野美術大學。一九八一年以《占星術殺人魔法》踏入推理文壇，一九八五年以《被詛咒的木乃伊》獲日本夏洛克・福爾摩斯俱樂部特別獎。在以社會派為主流的八〇年代推理文壇，為本格派推理小說保留了一線希望。他的小說想像力驚人，往往無視於現實法則而有魔術般的情節，卻在最後全都歸攏到現實世界之中，這或許也就是為什麼他會被日本大學生們稱為「推理小說之神」的原因。

作者逸事

島田莊司有收藏汽車的嗜好，他最愛的是保時捷九一一，偶爾也會寫評論汽車的文章。此外他的社會責任感之強也是推理小說家中少見的，不僅大力提倡廢除死刑，還長期撰寫雜文批判日本政治與文化的弊病。目前長居洛杉磯。

入門推薦
長篇

27

宿命

用文字演奏的命運交響曲

Recommend for Beginner

筆者｜陳國偉

假命運之名的人為作弄？連番意外造就的不可抗拒？

你是否曾經在某些生命的重要時刻，突然感覺自己身後其實有一條看不見的命運之繩呢？

兩個有著截然不同人生的男人，一個是放棄繼承父親UR電產大企業董座，在大學醫學院從事研究工作的瓜生晃彥；一個是原本希望從醫，卻在一連串的意外後，走上父親的道路也成為刑警的和倉勇作，十年後意外地重逢了。在十年後的人生交叉點上，兩人再度狹路相逢，晃彥因涉嫌殺害UR電產新任繼承人須貝正清被調查，而勇作恰好是參與調查的警方成員。命運要安排他們再度墜入競逐的輪迴？還是清算過往人生的新回合開始？

高中時期就已相互競逐的兩人，有如火與水般地存在於同一個世界。具領袖氣質的勇作，永遠都是班上的風雲人物，也成為眾人簇擁的對象。然而冷眼旁觀的晃彥，似乎總以置身事外的姿態輕蔑這一切，而成為勇作無法忽視的存在。然而命運之神卻仍是伸出了祂戲弄的手指，將兩人的優劣無情地評點出來，不論是讀書或運動，晃彥總是毫不費力地贏過勇作，冷峻的微笑像是在譏諷著勇作積極進取的人生，宛如無意義的掙扎。

當這樣的兩個人再度重逢，生命的花園已然生長出迥異的植被。晃彥剛繼承逝世父親的遺產，開始成為一家之主，結婚已經將近六年，看起來生活美滿，繁花盛景；但反觀勇作，仍是警察組織中的一個小刑警，父親死後就是孤家寡人，工作的特殊性也讓他無法像年輕時那樣追尋愛情，生命已然是荒蕪與孤寂。然而一具屍體再度將他們的命運之繩絞纏在一起，握有公權力的勇作，首次站上了他們人生對決的制高點時，他是否應該以正義之名來進行命運的復仇呢？

然而晃彥與美佐子的婚姻，似乎有著某些不為人知的秘密，也隱藏著一條看不到的命運之繩；而須貝正清的死亡，竟與十八年

日文書名：宿命｜作者：東野圭吾
台灣出版社：商周出版｜出版日期：二〇〇五年十一月
（將於同年改由獨步文化出版發行）
日本出版社：講談社ノベルズ／講談社文庫
出版日期：一九九〇年／一九九三年

前的離奇命案，有著難以釐清的關係。到底這是假命運之名的人為作弄？還是連番的意外，所造就的不可抗拒呢？

超越推理公式探討更深刻的人性與生命議題

如此複雜的情節構圖，以及多層次的人性思考，正是來自一個天才小說家的筆端，那便是二〇〇六年直木賞的得主——東野圭吾，當代日本推理小說文壇你不能不知道的一個名字。

對於許多老推理迷而言，他是本格解謎推理的代表，以《放學後》得到江戶川亂步賞出道的他，早期被引進台灣的作品中多以此類作品為主。然而到了近期，不斷嘗試新的推理小說敘述形式的他，讓讀者看到了諸如《秘密》、《惡意》、《白夜行》、《幻夜》這一類既具有本格解謎特質，但在故事形式上已然超越只追索犯罪動機、詭計、不在場證明、只講究邏輯的情節公式，而走向更深刻的背景——人性、時代與環境，甚至是某些人也無法違逆的無形力量——宿命。

而東野圭吾樹立其小說美學與思想典範的關鍵，就是這本一九九〇年出版的《宿命》。

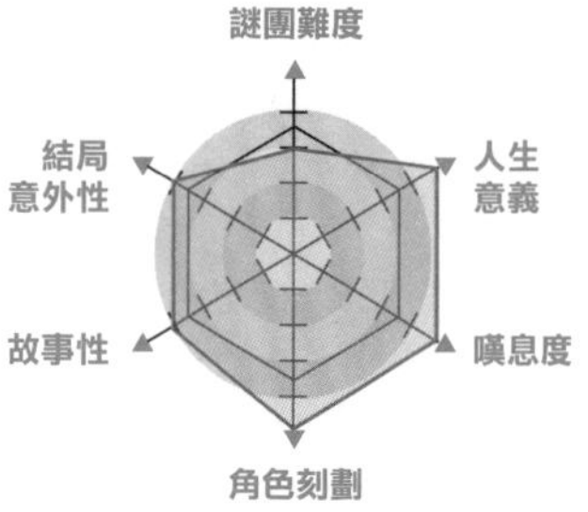

別具一格的複線甚至多線性敘事模式

自此之後，一方面東野圭吾的小說情節，不再是本格推理小說那種固定的「案件發生→偵探登場→真相大白」公式，走向複線甚至是多線的敘事模式；而小說中的殺人案件，也不再是故事唯一或真正的核心，往往在兇手現形之後，真正精采的才要開始，隱藏的真相才要揭開，而營造出東野圭吾別具一格的意外性，尤能帶給讀者額外的閱讀滿足。

另一方面，東野圭吾在小說中加入了對人性與生命的探討，擺脫了推理小說容易有的人性二元論，而大膽地探勘人性的黑暗風景，遊走於人性的曖昧地帶，深入心理的幽闇角落，呈現出更為真實的生命本質。例如這本《宿命》中，他點出某些人生歷程裡我們無法回答的問題，因為那些對於生命意外的無力與徬徨，於是無可避免地開始否定自己，而相信這是命運。那有如希臘悲劇的主旋律，讓人深思與嘆息。

也因此，在他的小說中，人物總是特別真實而立體。當他描寫出那些因無力對抗生命橫逆及心理掙扎而犯下罪愆的人們時，引發我們的，不是厭惡與憎恨，反而是同情與憐憫，因為我們在他們的臉上，看到的不是罪惡，而是自己碎裂的影子。

而這也正是東野圭吾最迷人，也是令人無法迴避而沉迷其中的文學魅力。

作者

東野圭吾

一九五八年生於日本大阪市，大阪府立大學電力工程系畢業。一九八五年以《放學後》獲得第三十一屆江戶川亂步獎，一九九八年以《秘密》獲得第五十二屆日本推理作家協會獎，二〇〇六年《嫌疑犯X的獻身》獲得第一三四屆直木獎和第六屆本格推理小說大獎。其作品風格廣泛而多變，但都不脫寫實範疇，這讓他的小說往往比別人的作品多了一分可信性。

劇 曾由有線電視台WOWOW改編為特別劇於二〇〇四年十二月二十六日播出，由藤木直人、柏原崇、本上真奈美主演。

入門推薦
長篇

28

Recommend for Beginner

新宿鮫

挑戰冷漠社會的公理與正義

筆者｜心戒

以長篇警察小說成功塑造鮫島刑警系列

穿過黑暗的巷弄，投身都市的深淵，冷硬派的偵探總是忙著在殘酷的街頭，以拳頭打探著人心最底層的險惡，挑戰冷漠社會的公理與正義……，冷硬派不都是私家偵探嗎？在歐美的環境下，私探的存在顯得理所當然；但在高密度的東方社會裡，有這種職業嗎？

當你不信邪地回想貼滿電線桿的徵信社廣告，不外乎幫你捉姦尋人，肚子都溫不飽了，哪還談得上冷酷？心存這樣疑慮的讀者，就絕對不能錯過囊括三項大獎，具有壓倒性氣勢的《新宿鮫》。

大澤在昌於慶應大學就讀期間，以短篇〈感傷的街角〉獲得第一屆《小說推理》新人獎後，輟學專職寫作，其作品多以冷硬派和警察小說等類型見長。發表於一九九〇年的長篇《新宿鮫》，在當年不僅壓倒性地囊括第十二屆吉川英治獎與第四十四屆日本推理作家協會獎，更是JICC出版局（一九九三年改名為寶島社）舉辦專家票選時的年度第一名。其後以鮫島刑警為主角所發展出來的系列作，更在一九九四年以《無間人形．新宿鮫Ⅳ》榮獲第一一〇屆直木獎。

融合公僕與私探的浪漫英雄

位於東京都的新宿區，是日本商業活動最繁榮的地區之一，不僅有金錢生意上的往來，更包含了人性尊嚴的交易，既危險又複雜。充斥其間的外來人口與居民混雜，在小小的歌舞伎町裡，燈紅酒綠的特種行業櫛比鱗次，喧嚷的笑聲讓生存在不夜城裡的人們，自有一套法則生活在白天黑夜兩樣情、犯罪率居高不下的地區。而遊走其間，孤獨堅持著己身正義的警察，正是被黑道號稱「新宿鮫」的危險男子。只是，一連串的弒警事件，讓新宿地區警報聲大作。這會是黑幫挾怨報復？還是另有隱情？而執拗追查私槍，不願加入專案小組，寧願穿梭在三溫暖與同志酒吧查案的鮫島刑警，卻不斷地被同仁排擠，更一步步地走向陷阱之中……

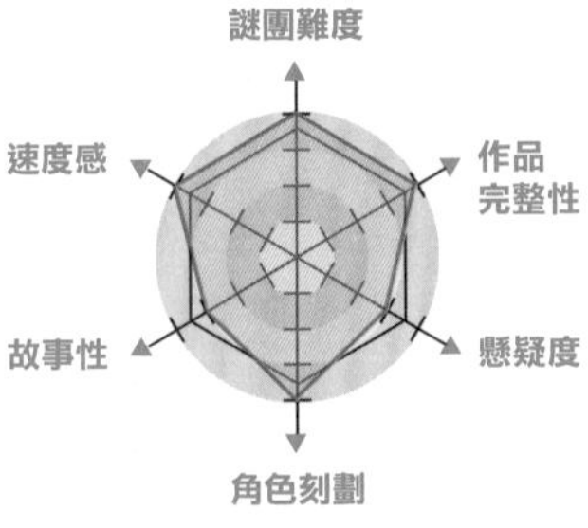

在《新宿鮫》系列中，大澤在昌漂亮地在警察小說的架構下，以冷硬派慣有的筆法，跳脫警方程序辦案的緩慢步調，改由背景尷尬、立場邊緣，握有警局高層秘密而被流放，完全沒有人想跟他搭檔的警局疏離份子鮫島刑警為主角，讓他強硬地堅持己見，並靠著一己之力，嗅察犯罪現場的血腥味道，像鯊魚般矯

健快速地在綺麗卻危險的新宿街頭梭巡，努力打擊犯罪。這個浪漫英雄成功地以蓄著及肩長髮的形象，披著警察權力的外皮，私底下卻像私探的偵察者，進行犯罪的調查與處理。大澤在昌非常巧妙地融合兩種子類型的特質，開出屬於獨特寫作風格的美麗花朵。

讓不喜歡冷硬派或警察小說的讀者也大呼過癮

敘事步調明快是《新宿鮫》最能牽引讀者情緒的重要關鍵之一，狂飆的速度感輔以巧妙的迴圈伏筆安排，高潮迭起的劇情絲絲牽動著讀者的心，讓人迫切期待地往下翻看。再加上個性鮮明的配角，無論是刁蠻卻懂得在關鍵時刻展現心細，具有獨立女性成熟味道的「誰的甜心」主唱青木晶；或是貌似庶務二課課長，在緊要關頭出人意表地表現出無窮魄力的桃井課長，恰到好處的人物設計都為劇情加分不少。而作者亦不忘警察小說本身的魅力所在，利用封閉的警察組織特性，讓主角不僅得面臨告密者的重擔，更透過弒警事件揭露警察派系間的鬥爭，整部作品在鮫島刑警苦澀無奈卻堅持保持中立，不帶先入為主的偏見眼神下，探透了事件背後的真相。不論是敘事線的排佈或希冀傳達的理念想法，《新宿鮫》在不忘推理味道與小說樂趣的情況下，文武戲碼均衡地讓人大呼過癮。

《新宿鮫》中，鮫島刑警的女友晶是個高唱搖滾樂的女主唱。對於搖滾樂，如果你不喜歡Metallica在「Master of Puppets」這張經典裡，精準的鼓擊與完美的吉他solo後的怨念鬼叫，要不要試著換換Train詩意的作品「My Private Nation」？同樣被粗分在Rock類卻有著截然不同的傑出表現。不喜歡冷硬派或是警察程序小說的讀者，翻開《新宿鮫》你就知道厲害之處了！

本書基本資料：

日文書名：新宿鮫｜作者：大澤在昌
台灣出版社：林白出版｜出版日期：一九九三年
日本出版社：光文社／光文社文庫／雙葉文庫
出版日期：一九九〇年／一九九七年／二〇〇五年

作者

大澤在昌

一九五六年出生於名古屋，慶應大學法學部中退。一九七九年以短篇〈感傷的街角〉獲第一屆《小說推理》新人獎，為日本冷酷派推理小說代表作家。出道後寫作不輟，不過一直未能獲得更高的知名度。直到一九九一年以警察小說《新宿鮫》先後獲第十二屆吉川英治文學新人獎與第四十四屆日本推理作家協會獎後，真正廣為人知。之後便以該作品主角鮫島刑警，衍出一系列作品。一九九三年出版的第四作《無間人形》更為他奪下第一一〇屆直木獎。二〇〇〇年以《對心而言太沉重》獲得第十九屆日本冒險小說協會大獎、二〇〇四年則以《潘多拉島》獲得第十七屆柴田鍊三郎文學獎。作品另有《佐久間公系列》、《打工偵探系列》等。

劇 《新宿鮫》系列曾在一九九五年由NHK改編為連續劇，由館廣、久松史奈、河原崎長一郎主演，緯來與華視曾引進台灣。新宿鮫系列，焦點在於鮫島警部個人的魅力，應該擁有「菁英」地位的他，卻有著疾惡如仇的個性，而他的行事風格也突顯出警察世界中龐大威權的腐壞黑暗，令他成為一名悲劇英雄。

入門推薦
長篇

29

Recommend for Beginner

七歲小孩

謎底解明埋藏於各篇中的伏筆

筆者｜凌徹

「日常之謎」派的推理

女大學生入江駒子，無意中在書店裡看見《七歲小孩》這本書，因為被封面的繪畫與其中的故事所吸引，於是買了下來。在駒子所購買的《七歲小孩》一書中，主角是住在鄉下的少年疾風，在他的生活中所遇到的種種謎團，由他偷偷稱呼為「菖蒲小姐」的女性為他解明。非常喜愛這部作品的駒子，決定寄慕名信給作者佐伯綾乃，信的內容則是駒子在日常生活中所遭遇的未解之謎。而佐伯綾乃就像是小說中的菖蒲小姐，在回信裡為駒子解開謎團。

「作中作」的特殊形式 隱藏大量迷因

就加納朋子的作品風格而言，比較常被歸類為「**日常之謎**」派的推理作家。

《七歲小孩》是加納朋子的第一部作品，充分反映出她在創作推理小說時所抱持的理念。本書共包含七個短篇小說，以作中作的形式呈現。每一則短篇裡，除了駒子在日常生活中所遇到的奇妙事件之外，都會再敘述一則佐伯綾乃所著的《七歲小孩》中的事件。由於小說中佐伯綾乃的《七歲小孩》本身就是解謎故事，因此每一個短篇的構成，除了是以駒子的事件為主軸之外，還會再包含疾風的事件做為插曲。所以儘管本書是短篇集，待解的謎團都是日常之謎，而非凶惡嚴重的犯罪事件，也非超乎現實的神秘怪異，但是謎團的數量卻因為作中作的設計而倍增，也使得書中處處充滿了謎。在書中，作者不但必須解決駒子的事件，同時也要進行疾風的事件，因此讀者在閱讀時，總是能夠得到雙倍的滿足。這些不斷出現的小小謎團，讓人沉浸在解謎的滿足感中，相較於規模宏大的奇想詭計，絕對是毫不遜色的。

連作短篇集謎團 串連成長篇

不過本書最值得一提的特點，其實並不只在於日常之謎的精采表現，更重要的，是加納朋子將小說設計為連作短篇集，七個短篇故事在隱藏謎團的大前提下得以串連，也使得整本短篇集具有長篇的架構與樂趣。

所謂連作短篇集意指整本小說雖然以短篇集的方式呈現，每則短篇都是獨立故事，但在短篇與短篇的持續進行中，其實隱藏著不為讀者所知的另一項共通謎團。在這種設計下，伏筆被精巧地打散，分配到各個短篇小說中，讀者必須依循著作者的安排，閱讀全書後，才能在最後篇幅中，得知貫穿所有短篇故事的真相。這正是連作短篇集的精采之處，在看似無關的每個故事中，其實隱含著某個真相，埋著許多伏筆，只有到最後謎底揭曉，讀者才能真正掌握全貌，得到不同於傳統長篇小說的樂趣。

體驗日常之謎與連作短篇集的魅力

因此，在第一個短篇〈西瓜汁之淚〉中，讀者所閱讀的內容架構是在駒子的故事中再安插疾風的故事，兩人的事件都會在每一篇的篇幅內結束。這樣的架構，在持續閱讀其後的短篇時，必然會為讀者熟悉，也習慣於故事會是如此發展。於是當謎底解明，埋藏於各篇中的伏筆集結到隱藏的真相揭露時，所得到的意外感，絕對不是一般的短篇集所可以比擬的。如此巧妙的設計與安排，正是《七歲小孩》給予讀者深刻印象的重要關鍵。

在本書之後，加納朋子繼續以入江駒子為主角，寫下了系列作品《魔法飛行》與《Space》。延續本書的風格，後續兩部作品都保有一貫的寫作特色。不僅如此，作者也在之後的作品中，繼續深入發掘連作短篇集的呈現可能性，而故事內容的精采與出色，也總是能夠得到一致的好評。《七歲小孩》不但是值得紀念的出道作，駒子系列更是表現優異的代表作品，想要體驗日常之謎與連作短篇集的魅力，加納朋子的作品是絕對不可錯過的。

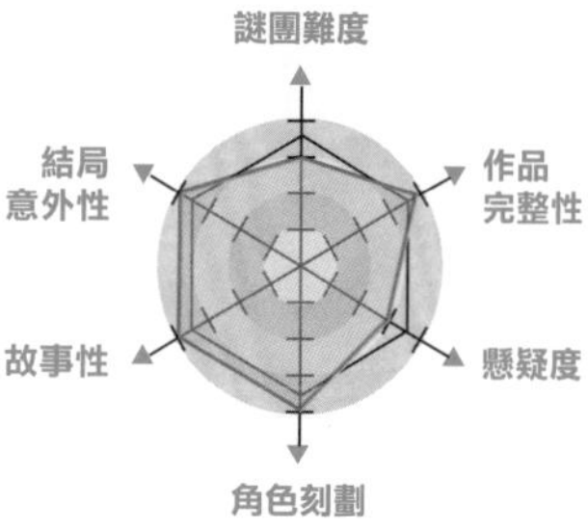

名詞解釋

日常之謎：意指日常生活中所可能遇到的謎團，並不包含殺人事件之類殘忍血腥的凶案，甚至事件本身可能也不見得是犯罪，因此多是以難以理解的奇妙現象來做為小說的謎團。這樣的特色，使得此類型的小說常會帶有清新的氣息，也因而不像一般處理殺人事件的推理小說那般的黑暗與殘酷。

作者

加納朋子

一九六六年十月十九日出生於日本福岡，畢業於文教大學女子短期大學文藝科。之後曾就職於化學工廠，一九九二年以連作短篇集《七歲小孩》獲鮎川哲也獎，正式進入日本文壇。一九九五年以《玻璃長頸鹿》獲第四十八屆日本推理作家協會獎。作品產量不豐，但部部珠璣。她慣從日常生活中的謎題出發，風格清新、柔美，為推理文壇帶來一股浪漫唯美的微風。作品另有《魔法飛行》、《掌中的小鳥》等。

本書基本資料：

日文書名：ななつのこ｜作者：加納朋子
台灣出版社：林白出版｜出版日期：一九九六年
日本出版社：東京創元社／創元推理文庫
出版日期：一九九二年九月／一九九九年

入門推薦
長篇

30

殺人黑貓館

以奇特建築物為真正主角

Recommend for Beginner

筆者︱張筱森

純粹解謎開創劃時代的新本格元年

某天推理小說家鹿谷門實接到名叫鮎田冬馬的老人希望見面的要求，鮎田老人因為一場火災失去了所有記憶。但是從鮎田自己所留下來的手記中得知，他是一棟被稱為「黑貓館」的建築物的管理員，而這棟建築物則是一名叫天羽辰也的學者委託異端建築師中村青司所建造。為了替鮎田老人找回失去的記憶，鹿谷和編輯江南出發去尋找沒有所在地的黑貓館，也要查明手記中那起令人訝異的密室殺人的真相……

先把時間拉回本作出版的前五年，一九八七年可以說是日本推理小說史上，與一九二三年江戶川亂步出道、一九五七年松本清張寫出《點與線》、《眼之壁》同樣重要的一年。不只是因為日後的暢銷天后宮部美幸在這年九月出道，她真正開始走紅大概還要兩年之後。而是一名當時還是博士班學生的年輕作家，在同年九月以一部和當時的主流推理小說格格不入的純粹解謎的推理小說《奪命十角館》登上推理文壇，使得這一年被之後的論者稱為「**新本格**元年」。而這名出道時年僅二十六歲的年輕人的名字就這麼成了日本推理小說史上的一個劃分時代的專有名詞：「綾辻行人之後」，在這之前只有松本清張擁有這樣的待遇，而當時的清張已經年近五十了。

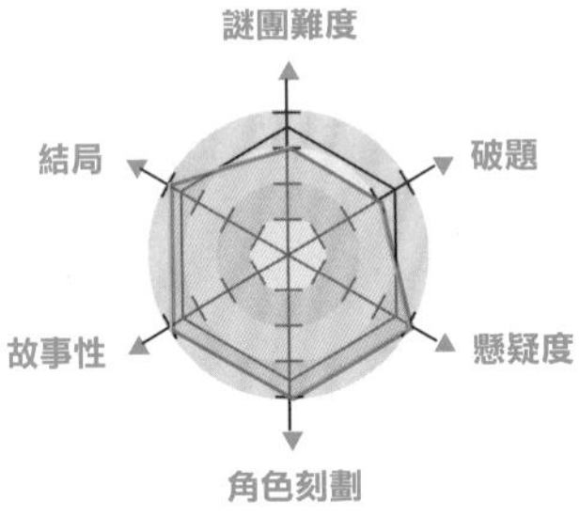

雙線敘事加上大逆轉結局令人拍案叫絕

綾辻在出道之初，其實受到相當多來自前輩作家及評論者的批評。然而，《奪命十角館》開頭那段作者化身作中人物，對當時主流推理小說的不耐及厭煩的議論，卻可以說是替和作者同輩的年輕讀者說出內心話，也因此獲得了極大迴響。使得出版社和推理小說界也不得不開始改弦易轍，擁抱這些年輕讀者，因為清張出現而沉寂已久的本格推理也終於東山再起。

作為新本格風潮中心人物的綾辻當然沒有閒著，他馬不停蹄地持續發表以《奪命十角館》中的異端建築師中村青司經手的建築物為主角的館系列。館系列有幾個重要特徵，第一當然是奇特的建築物，這些建築物才是館系列真正的主角。雖然有個叫鹿谷門實的推理作家在作品中登場，有時會由他擔任解謎的角色，然而因為面目模糊，也使得館系列成為少數不以偵探為名的推理小說系列。第二為雙線敘事、不論是過去或現在、館內或館外、虛構或現實，用來混淆讀者視聽。第三則是最後總會有個大逆轉結局，給讀者來個過肩摔。以這幾個特徵大受歡迎的館系列，在短短五年之內，就這麼一路衝刺到了第六作，也就是本作《殺人黑貓館》。

貫穿整部作品最大詭計的線索近在眼前

本作分為鮎田老人失去記憶前所寫的手記和鹿谷及責任編輯江南追尋黑貓館所在地的過程，結構並不複雜。在綾辻的散文中經常會出現「稚氣」、「天真」之類的字眼，這也可以說是綾辻作品特色的關鍵字，因為天真無邪，反而能創作出超乎讀者常識的詭計。因此館系列每部作品的中心詭計其實都非常簡單，本作尤其如此；恐怕只要累積相當的推理小說閱讀經驗的讀者都可以看穿密室殺人的其中玄機。甚至可以說貫穿整部作品的最大詭計的線索，其實都攤在讀者眼前，端看讀者能不能識破。然而這點也更能突顯綾辻對於自身在欺騙讀者這件事上是多麼地有自信，可以說是綾辻藝高人膽大的一次精采演出。再加上他熟練地拆解再生某部世界名著，替本作的謎團及人物塑造增加厚實度，搭配巧妙的詭計，也讓本作擁有了和前五部作品大不相同的特殊趣味。

本作之後，館系列便進入了長達十二年的沉默，在二〇〇四年才再度以超過一百萬字的大作《暗黑館殺人》與讀者見面。

註：本作中譯本正文之前李永熾先生所撰寫的導讀洩漏了本作的中心謎團，因此請讀者務必看完正文之後，再行閱讀。

作者

綾辻行人

一九六〇生於京都，出身京都大學推理小說研究會。一九八七年以館系列第一作《奪命十角館》出道，獲得熱烈歡迎，擁有新本格旗手的稱號。一九九二年以充滿人工美感的館系列第五作《殺人時計館》獲得第四十五屆日本推理作家協會獎。除了推理小說之外，綾辻在恐怖小說上也屢有佳作，號稱「一手寫推理、一手寫恐怖」。代表作除館系列之外，尚有《童謠的死亡預言》、《殺人方程式系列》、《殺人鬼系列》等。

日文書名：黒猫館の殺人｜作者：綾辻行人
台灣出版社：皇冠出版｜出版日期：一九九八年四月一日
日本出版社：講談社ノベルズ／講談社文庫
出版日期：一九九二年／一九九六年

名詞解釋

新本格：在日本推理小說史上，新本格這個名詞不止出現過一次，不過現在幾乎都指一九八七年之後本格推理小說的出版風潮。一開始只是一個行銷名詞，被放在一九八八年出版的《殺人水車館》的書腰帶上。綾辻本人曾對自己的作品被冠上這個老舊的字眼（！）感到不滿。講談社和東京創元社在這股出版風潮中扮演重要的角色，一九八七年之後在這兩家出版社出道、創作本格推理的作家都被歸類到新本格派。然而「新本格派」並不代表這些作家的作品有著共同而明顯的特徵，他們各自懷抱著獨自的本格推理小說的定義，有人獨鐘古典本格的創作，有人對本格推理的形式進行顛覆和破壞。因此筆者認為推理小說評論家山前讓所說的「新銳作家的本格推理」是較為妥善且適切的定義。

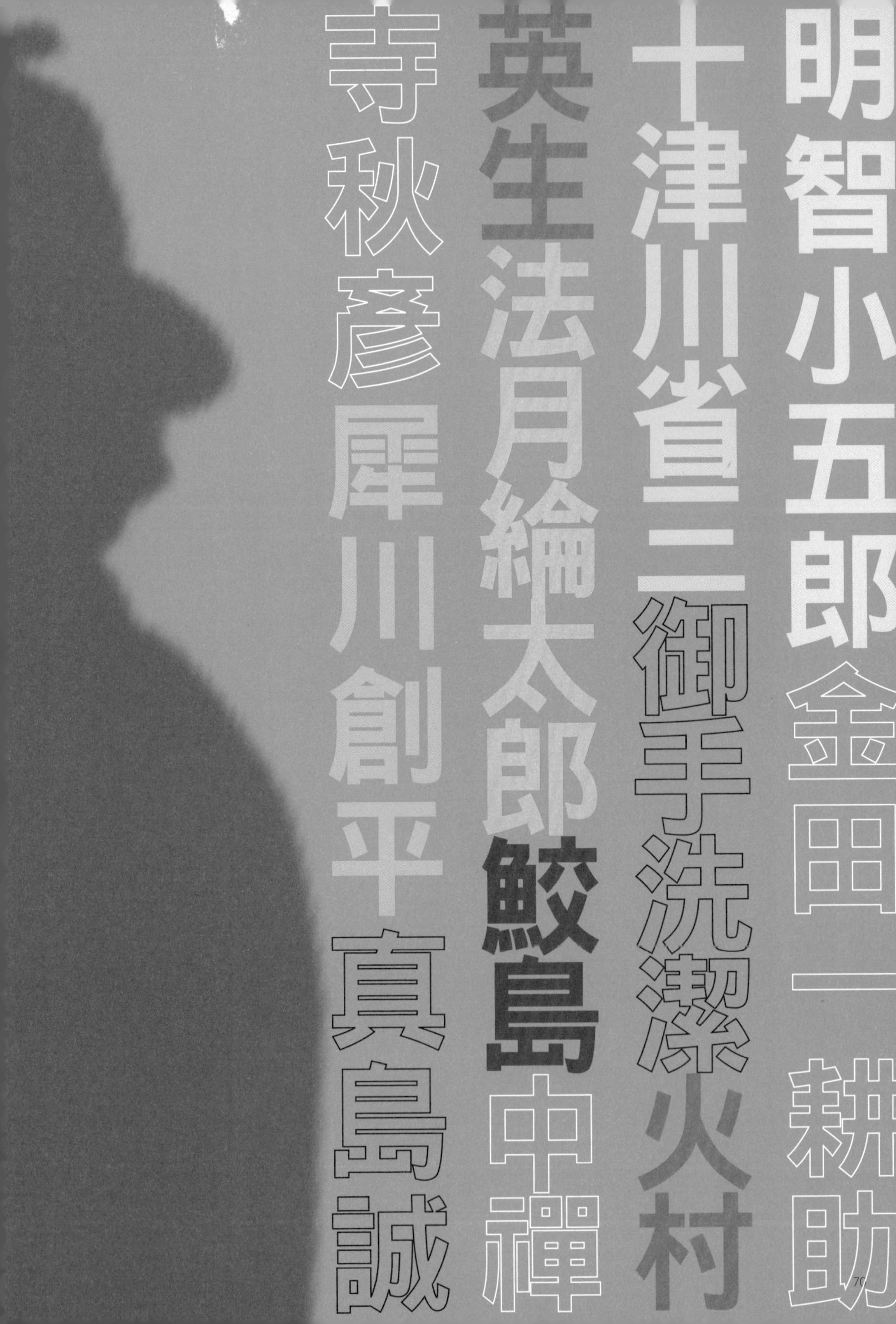
明智小五郎金田一耕助
十津川省三御手洗潔火村
英生法月綸太郎鮫島中禪
寺秋彥犀川創平真島誠

十大名偵探

TOP 10 DETECTIVES

偵探往往是大多數推理小說中的靈魂人物，
而閱讀推理小說的樂趣即在能跟偵探上山下海、出入各種險境，
搜查出一切可能的線索，解開重重謎團。
以下介紹十個日本推理小說中的名偵探，
其中有不良少年、不修邊幅的警探、學識豐富的書生學者等等。
他們各具獨特的氣質與作風，解謎技巧各擅勝場，破案才華令人驚嘆。
（文／曲辰）

1 明智小五郎

作者／江戶川亂步

做為日本推理史上第一位名偵探，明智小五郎的外型顯得過於沉穩了些，不太配得上他的「日本第一名探」稱號。

在登場作〈D坂殺人事件〉中，小五郎的書生形象相當濃厚，稱不上是美男子，但有一張看起來很聰明的臉孔，笑起來也會叫人跟著開心起來。身型細瘦，走路還會一邊搖動肩膀。頭髮過長，而且總是亂蓬蓬的不太整理，他還愛用手指搔抓頭髮，讓不甚乾淨的頭髮糾結成一團，配上破舊的浴衣與皺巴巴的腰帶，看來挺不起眼。

他自稱是「研究人」的學者，對於犯罪與偵探有著濃厚的興趣，同時還具有令人驚訝的豐富相關知識。特別對於心理學更有著獨到的見解。出場時還失業的他，日後靠著累積出來的名聲開了一家偵探社，有一個助手小林少年，還聘了一個漂亮秘書（日後娶其為妻）。

因為故事的發展，明智小五郎也從純動腦的理論派，成為需要跟人打鬥的動作派，這種轉變配合當時的社會氣氛，有著相當微妙的趣味。

登場年代／1924

登場年代／1946

2 金田一耕助

作者／橫溝正史

金田一耕助如今在台灣能保有一定程度的人氣，跟某個莫名其妙跑出來認親的孫子金田一少年不無關係，不過也讓我們重新發現了這位元祖級偵探的魅力。

一九一三年出生於東北地方，十九歲的時候在美國偵破了一樁殺人案。而後在友人岡山縣果園主久保銀造的資助下完成了學業，回國開設了一家偵探事務所，之後因為解決了幾起著名的案子而聲名大噪。

這位偵探第一次出場是在《本陣殺人事件》，從此展開他的推理旅程，一頭亂糟糟的鳥窩頭與破舊的和服配上軟帽是他的固定裝扮，緊張時就會抓頭髮的他，常讓頭皮屑滿天飛舞。看起來似乎很迷糊的樣子，卻能屢屢偵破《惡魔前來吹笛》、《惡魔的手毬歌》等等大案呢。

一九七三年，他偵破了醫院坡血案之後便前往美國，一九七五年返國後，就此度過餘生。

3 中禪寺秋彥（京極堂）

作者／京極夏彥

白天是古書店老闆，晚上是神主（類似於寺廟住持），必要時會變成一名陰陽師。如此充滿想像又衝突的設計，讓京極夏彥筆下的中禪寺秋彥成為當代日本推理小說中令人最難忘懷的偵探。

偵探本名叫中禪寺秋彥，卻因為開了一家叫「京極堂」的古書店而得此稱號，平時總是在暈眩坂盡頭的店裡獨坐看書，對於各種知識有著極驚人的胃納，特別在民俗學、宗教、哲學、心靈科學方面，都有獨到的見解。一方面也接下家中世襲的神主工作，照顧店旁的小小神社。

當謎題逐漸被解開，在破除謎障之際，京極堂便會穿上染有晴明桔梗的墨色和服，連外褂，手套、襪子與木屐也都是黑的，僅僅木屐帶子為鮮紅色。穿戴上此等裝扮，就代表到了破案最終階段，要讓大家直接看見清透的事實。

嚴格來說，京極堂或許是日本完全未受西方影響而憑著自身文化所創造的偵探形象吧。

登場年代／1952

TOP 10 DETECTIVE

4 十津川省三

作者／西村京太郎

十津川警部有個有趣的稱號「全日本最忙碌的刑警」，這一方面當然跟他嫻熟於破解時刻表詭計有關；基於「現場要走上一百遍」的苦幹刑警守則，坐坐電車、火車之類也是裡所當然的。在他到處奔波的同時，也不斷地讓讀者見識到日本各地的風土民情。

只是關於十津川的人物設定，很明顯地看得出來作者沒事先想好。大學時參加帆船社的他本來擅長調查海上案件，卻一天到晚調查陸上交通工具犯罪；血型有時是A型、有時是B型；有時中等身材、有時有啤酒肚、有時又略顯壯實；助手龜井的年紀也不確定，時而年長時而年輕。

其實最好玩的地方在於，身為東京警視廳搜查一課的警官，卻動不動就以偕同辦案、合作辦案的理由到日本各處出差，有時候還會強制出國，或許這也是閱讀該系列小說的樂趣之一吧。

登場年代／1973

登場年代／1979

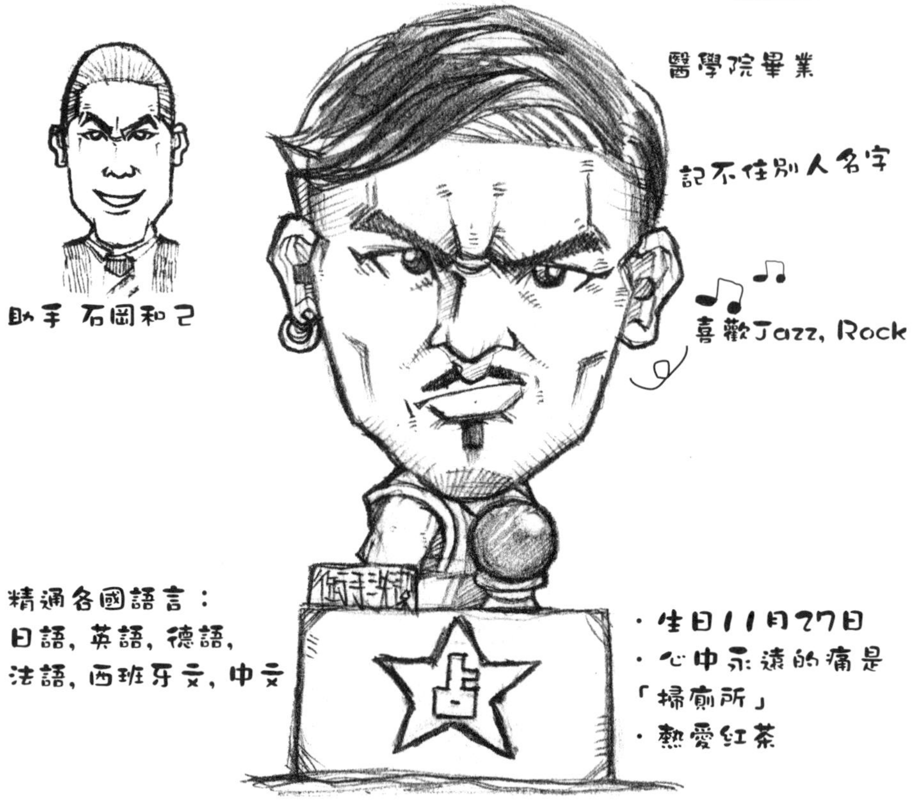

5 御手洗潔

作者／島田莊司

御手洗出場的時候在橫濱開設一間占星教室，生意相當清淡，一直到身為助手的石岡和己將他破解《占星術殺人魔法》的過程出版成書，一舉暢銷，兩人才一起搬到橫濱的馬車道同住。京大醫學系畢業的他，曾經在國外的一流大學教過書，卻因反對動物實驗而辭職回到日本（到了近期，又開始到國外的大學任教）。

他的興趣廣泛，吉他彈奏技巧高明，對於爵士、搖滾樂等音樂的鑑賞程度也稱得上是行家，嫻熟於重型機車的駕駛與裝修。不太在乎飲食，但是每天都得喝幾杯紅茶。除了日語外，還會說英語、德語、法語、西班牙語、華語，對於別人的姓名卻是過眼即忘。

個性有些瘋瘋癲癲的，還有相當嚴重的演說癖，每次都不管案情，對於政治、文化、歷史逕自進行一番漫長的演講，不僅讓助手也讓讀者感到有些吃不消。不過對於喜愛他的讀者而言，這就是魅力所在吧。

6 鮫島警部

作者／大澤在昌

身為大澤在昌筆下日系冷硬派名偵探，鮫島是個沒有名字的警部，登場時已達三十六歲的他，蓄著長髮以掩飾頸背遭武士刀砍傷的疤痕，每日慢跑健身的結果，塑造了比實際年齡小十歲的體格，結實的線條還會引來同志們愛慕的目光。

通過「國家公務員第一種考試」，列於「菁英」地位的他，與其他循職業學校途徑成為公僕的警察不同，等待他的應該是一條平坦的道路，理當將他送進警視廳才是。只是他嫉惡如仇的態度與一板一眼的堅持，受到一位瞭解公安部高層內幕的同僚請託，守護著一封不能公開的警界秘密信。

這讓警方陷於兩難，一方面不能將他驅逐出警界，以免機密外流；一方面卻也不能安排他涼差，讓他有時間調查信中的事實，既然知道這人是個燙手山芋，自然也不會有人願意與他搭檔。這也就是他總是單槍匹馬的原因了。

簡而言之，鮫島是個注定迎接悲劇的反英雄性角色。

登場年代／1990

7 火村英生

作者／有栖川有栖

在京都英都大學擔任犯罪社會學副教授的火村英生，並不像一般人對教授持有的印象是個理論派，常因警方請託而介入辦案，故此被他的助手有栖川有栖稱之為「臨床犯罪學家」。

登場年齡三十四歲的他，有一張讓女學生在課堂上偷偷描繪側臉的俊美臉孔，可惜個性古怪，讓他沒辦法露出「清爽的笑容」。火村有著不小的菸癮，嗜抽Camel牌香菸。雖然在京都獨居，不過在租屋裡養了兩隻撿來的小貓，還跟房東老太太維持很好的情誼。

屬於靈光一閃的天才型偵探，喜歡跟助手鬥嘴，特別是挑剔有栖川有栖的蹩腳推理。而曾經自曝對犯罪那麼有興趣的理由是因為「我也曾經想殺人。」

宮部美幸在《瑞典館之謎》的解說中曾經做出如下的大膽示愛宣言：「我真的是喜歡火村喜歡到想嫁給他的地步，啊，好羨慕那宿舍的老奶奶！」或許也可以彰顯火村的偵探魅力吧。

登場年代／1992

8 法月綸太郎

作者／法月綸太郎

作者叫法月綸太郎，偵探也叫法月綸太郎，稍微對推理小說史有些瞭解的讀者，大概都會想到艾勒里．昆恩吧。雖說偵探與作者同名，但兩者的理由大不相同，艾勒里是因為「大家往往只記得偵探而非作者的名字」才這樣設計的，法月則帶著濃厚「向大師致敬」的意味。

這種致敬味道，甚至帶到小說中，偵探法月綸太郎是個寫推理小說的新人，二十幾歲出道，儘管書的銷路不好，仍然遵循傳統的本格推理路線，只為了保存本格推理的火苗。單身的他與父親相依為命，偶爾會自作主張地充當父親法月貞雄警部的助手，純粹理論派的論點常與父親的思考相抵觸，這也讓小說充滿了趣味的世代對話。

小說中的法月，有著寬闊的下巴與十足日本男子漢的長相，一雙好奇的眼神總是隨時留意身邊的動靜，跟元祖艾勒里最不相像的地方大概就是沒什麼異性緣吧。

登場年代／1992

登場年代／1996

9 犀川創平

作者／森博嗣

如果要為犀川創平這個由森博嗣打造出來的業餘偵探下個關鍵字，我想我會選擇「抽菸」。

因為這個身為N大工學院建築學系副教授的男人，幾乎菸不離手，常會給人一種「得肺癌大概是指日可待」的感覺，再搭配他完全不在意衣服與褲子是否成套的癖性，整個人瀰漫著一股「理系人間」（即理科人）的味道。

與原作者相同，犀川是個憎惡日常無意義交際的人，覺得用電話溝通是浪費時間又沒有效率的行為，應該用傳真或E-mail就足以應付日常生活的對外需求。這種獨特的思考路徑，造成小說中有相當繁冗的哲學論述與辯論味道，也讓偵探本人看起來不易接近。

還好他身邊有個恩師的女兒西之園萌繪，由於父母發生空難意外，萌繪從小就認識犀川，兩人直到就讀同一所大學以後，彼此的距離火速拉近。雖然好像一直是萌繪主動示好，但在小說中男女主角絕配方程式的主宰下，恐怕大家一開始就知道他們倆最後一定會在一起吧。

登場年代／1997

10 真島誠

作者／石田衣良

假設我們有一組電腦方程式，只要將一個人的出身、教育程度、居住環境、品味等等資料輸入，就可以得知這個人成為不良少年的機率有多少。那麼，將真島誠這個在街頭廝混的小鬼資料輸入，大概會得到起碼百分之八十以上的可能機率吧。

一個學歷僅高工畢業的二十歲青年，由母親在人稱低下地區的池袋撫養長大，胸無大志、終日無所事事，只在家裡的水果店打工，看來可能就此度過餘生，卻因為自己獨特的風采及熱情成為池袋地區首屈一指的私家偵探。這種趨近於平民（甚至更偏中下階層）的設定，讓這個神探的存在散發出一股異乎尋常的魅力。

雖說真島誠具有超乎同輩的成熟、敏銳與思考能力，在面對案件時，卻仍舊以年輕人的熱情、衝勁與體力在街頭衝刺，無怪乎有人稱呼真島誠為「新世代的街頭冷硬派」了。

出人意料的大逆轉 就在最後那一片拼圖裡

「我」在車禍中除了受重傷、失去雙腿，就連過往的記憶也一片空白。為了找回失落的過去，我開始寫起了日記，卻陷入了現實與虛妄的夾縫之中。我真的是我以為的自己嗎……？如果不是，那又該是誰……？本作全篇幾乎都以患者的日記構成。「我」先是不停地猜測自己可能是誰，到抓住一點微小的線索確定自己的身分之時，卻又牽扯出一段男女三角關係和殺人事件，誰又是那個兇手？在宛如拼圖一般的追尋過程中，最後的那片拼圖卻將「我」推入了絕望與恐懼的深淵……

最恐怖的夢魘莫過於 自我認同的瓦解

綾辻作品的最大特徵就是出乎讀者意料之外的大逆轉結局，本作自然也不例外。雖然在進入

入門推薦 短篇

31

Recommend for Beginner

怪胎——四〇九號室患者

正常與瘋狂的界線逐漸模糊，我真的知道我是誰嗎？

筆者｜張筱森

日文書名：四〇九号室の患者｜作者：綾辻行人
發表日期：《EQ》一九八九年七月，後收錄於《怪胎》
台灣出版社：皇冠出版｜出版日期：二〇〇四年十月
日本出版社：森田塾／カッパ・ノベルス／光文社文庫
出版日期：一九九三年／一九九六年／二〇〇〇年

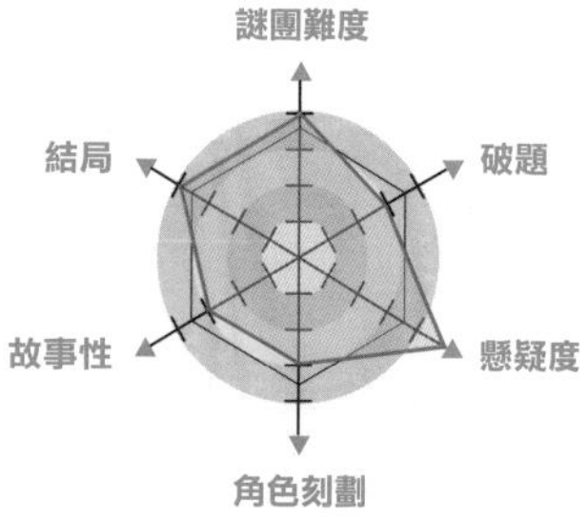

故事中盤的三角關係之際略顯沉悶，然而仔細玩味的話，便會發覺綾辻處處設計了十分精巧細緻的伏筆，一切都和那個令人驚愕的結局環環相扣。宛如散落一地的拼圖，到最後收束到結局、看清全貌的功力，充分展現出他對自己掌控這一類型的推理小說能耐的自信和優勢。

本作收錄在作者以精神病患者為主角的恐怖短篇小說集《怪胎》中，不過本作說是恐怖小說，或許與一般讀者印象中的恐怖小說大異其趣。其中沒有任何怪力亂神的場面，也沒有任何血腥恐怖的場景。但是眼看著主角迷失在現實與妄想、徘徊在正常與瘋狂的界線之間，並且隨著故事的進行愈來愈不知道自己是誰時，任誰都不得不同意自我認同的逐漸瓦解、所熟知的世界漸次崩壞，恐怕是身為一個人最恐怖也最不想碰上的夢魘。

瘋狂幻想為骨幹，理性推理為血肉的創作風格

綾辻在這篇作品中相當出色地處理了他最喜歡的作品主題「失去記憶、失去自我的人，將不再是人類」的恐懼；以及作為推理小說，他也再度成功地表演了一次大逆轉結局，帶給了讀者莫大的衝擊。而這樣以瘋狂幻想為骨幹、理性推理為血肉的創作路線，也逐漸在綾辻往後的作品中定調。

這篇作品是綾辻出道之前的創作，在成為職業作家之後重新加筆改寫。或許因為是學生時代的心血結晶，可以感受到他對本作的熱情。而改寫的成績也與其熱情相互輝映，在發表當時甚至還單獨出版成書，可以說是綾辻早期甚至是到目前為止最佳的短篇代表作品。

作者

綾辻行人

一九六〇生於京都，出身京都大學推理小說研究會。一九八七年以館系列第一作《奪命十角館》出道，獲得熱烈歡迎，擁有新本格旗手的稱號。一九九二年以充滿人工美感的館系列第五作《殺人時計館》獲得第四十五屆日本推理作家協會獎。除了推理小說之外，綾辻在恐怖小說上也屢有佳作，號稱「一手寫推理、一手寫恐怖」。代表作除館系列之外，尚有《童謠的死亡預言》、《殺人方程式系列》、《殺人鬼系列》等。

作者二三事

綾辻除了推理小說之外，興趣十分廣泛。大學時代他曾經擔任過樂團主唱，因此一九九八年發售的PS遊戲《YAKATA》的主題曲便由他主唱。他對魔術也相當有心得，也曾玩票地擔任過漫畫助手，對於恐怖電影和恐怖漫畫更是情有獨鍾，可說是日本推理作家中的恐怖電影之王。義大利恐怖電影大導達里安．阿基多以及日本恐怖漫畫大師楳圖一雄，對他的作品有著深遠的影響，後者更被他尊為心靈導師。此外，他對麻將的愛好已經到達職業級的水準，曾在一九九九年獲得第三十屆麻將名人賽的冠軍，成為第一名拿到「麻將名人」的作家。綾辻執筆速度甚慢，不過自從二〇〇四年出版《暗黑館殺人》之後，速度大有提昇。

入門推薦
長篇

32

Recommend for Beginner

異人們的館

敘述性詭計之王的上乘佳作

筆者｜張筱森

精巧細緻的佈局 讓讀者大呼過癮

推理小說自一八四一年登場以來，在推理小說家挖空心思的努力之下，發展出了各式各樣的詭計，其中無論是密室詭計或是不在場證明等讀者耳熟能詳的詭計類型，幾乎都是登場人物針對其他書中角色所設計。然而「**敘述性詭計**」卻是和這些傳統的推理小說詭計站在相反的立場，是作者和讀者之間的角力，挑戰讀者是否有可能搶在作者揭開最終底牌之前看出蹊蹺、端倪。也因此以敘述性詭計為賣點的推理小說，通常被認為不該拿出來討論，讀者如果事前知道即將閱讀的推理小說是本敘述性詭計的作品，經常會失去預期的閱讀樂趣。

然而本文要談的作者折原一卻和上述疑慮完全無緣，除了密室狂黑星警部系列之外，折原可以說是日本推理文壇上對於敘述性詭計花費最多心力的作家，幾乎所有傑作都以敘述性詭計為主，因此說他是日本推理文壇的敘述性詭計之王也不為過。讀者雖然明知折原一定會在故事的進行之間玩花樣，在閱讀過程中處處小心，卻仍舊會被折原那精巧、細緻的佈局迷惑；而當折原亮出手上的底牌之際，讀者也只有驚呼「被騙了！」的份了。

在不知不覺中交錯的 虛構和現實

沒沒無名的新人小說家島崎，某天透過熟識的出版社編輯接到了失蹤的小松原淳的母親妙子的委託，小松原的母親希望島崎能替在樹海失蹤的兒子撰寫傳記，讓她可以留作紀念。島崎勉為其難地接下工作之後，開始閱讀小松原之母所收集的龐大資料，其中包含了淳在世之時留下的小說手稿。在閱讀、調查淳的過往的過程中，島崎開始對於早熟並且熱愛文學的淳起了共鳴，因此下定決心要寫出一本能夠作為個人

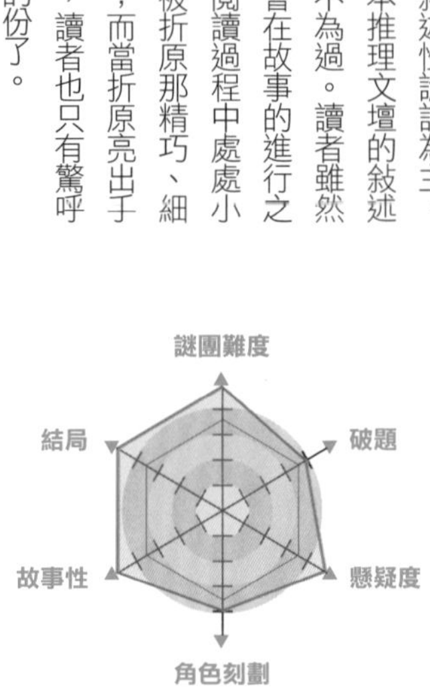

代表作的傳記。但是愈深入調查淳的過去，島崎發現，淳的周遭不斷地發生詭異的死亡。隨著調查的進行，島崎也開始察覺自己身邊也出現了可疑的人影。不只是那名搶先在自己之前調查淳的詭異的中年婦女，甚至應該只存在於淳的小說之中的異人，似乎也開始出現在島崎的生活當中，窺伺著他的一舉一動。過去和現在、虛構和現實在不知不覺中開始交錯了……

作者和讀者之間的 精采角力賽

本作以五種文體寫成，分別

為以調查淳的島崎的視點寫成的段落、小松原母親所整理的淳的年譜、和淳有關的人的訪問、在樹海遇難的某人的回憶以及淳所寫的小說。折原嫻熟地駕馭五種完全不一樣的文體，將整部作品交織成一座巨大、複雜的文字及時間的迷宮，讀者隨著島崎一次次在其中來來去去，卻始終看不到迷宮的出口。隨著宛如逐漸成形的馬賽克磁磚拼圖般的劇情的進行，淳的小說開始侵蝕著現實中的所有人的生活，甚至支配了所有登場人物的心智。當現實中的眾人漸漸地陷入瘋狂之際，折原一口氣將五種看似各自獨立的文體串起，而那充滿狂氣的結局揭露之時，竟會讓人有種暈眩之感。

敘述性詭計的難為之處在於為了和讀者鬥智，作者必須在劇情上花費非常大的力氣進行縝密的佈局和計算。但是在進行這樣的作業之際，某些以敘述性詭計聞名的作品，為了成就最終結局的驚愕程度，在劇情的推演上有時會流於較為沉悶。然而折原完全沒有這方面的問題，他不僅擅長塑造瘋狂詭異的人物，在劇情的經營上，也展現了高超的劇情設計及控制能力。本作中他順暢地轉換五種文體的使用，不斷地拋出一個又一個的謎團，牽引著讀者的好奇心，只要一翻開本書就完全停不下來。折原在本作中將敘述性詭計能有的可能性發揮到極致，猶如一場精采的特技表演。讀者要瞭解何謂「敘述性詭計」，是絕對不能錯過這部可視為折原最高峰傑作的精采作品。

作者

折原一

一九五一年生，畢業於早稻田大學第一文學部，在學期間為早稻田推理小說俱樂部成員。一九八八年以連作短篇集《五具棺材》登上推理文壇，同年以第一部長篇小說《倒錯的迴旋曲》進入江戶川亂步獎的決選，雖未能獲獎，本作卻得到了相當的好評，奠定其文壇地位。一九九五年以《沉默的教室》獲得第四十八屆日本推理作家協會獎。

日文書名：異人たちの館｜作者：折原一
日本出版社：新潮社／新潮文庫／講談社文庫
出版日期：一九九三年／一九九六年／二〇〇二年

名詞解釋

敘述性詭計：以推理小說的寫作、敘事方法或是劇情佈局所構成的詭計，務求在結局揭露之際，讓讀者感受到最大的驚愕感。推理小說史上第一本可以說以敘述性詭計為主要詭計的作品，是謀殺天后阿嘉莎克莉絲蒂的某部作品，發表之際引起了非常大的迴響，評價兩極。日本推理文壇中擅長敘述性詭計的作家，除了本文提及的折原一之外，還有中町信。

入門推薦
短篇

33

Recommend for Beginner

俄羅斯紅茶之謎

有栖川有栖對大師的致敬之作

筆者｜紗卡

艾勒里．昆恩，影響推理文學史上的傳奇組合

推理文學史上有一對合用筆名，很了不起的搭檔，分別是佛列德瑞克．丹奈與曼佛瑞．李，他們是一對同齡的表兄弟，使用艾勒里．昆恩這個筆名共同創作。昆恩最為人熟知的，就是出道前幾年一連發表了好幾部後世稱為「**國名系列**」的作品。這個系列的創作筆法均採用純粹本格解謎路線，非常強調作品的公平性。其最大特色在於全書接近書末解答篇的時候，作者會在書裡現身，提出「向讀者挑戰」，表明破案所需線索已經完全傳達給讀者，請讀者在往下繼續閱讀之前，應該先試著自己破解謎團，最後才跟作者提出的「解答」兩相對照。這當然是作者對於作品公平性相當有信心的一種設計。

昆恩對於推理文學的貢獻不只在創作方面，他們還籌辦推理雜誌EQMM，負責編選作品。特別值得一提的是，早在七〇年代昆恩就注意到日本推理文學的蓬勃發展，開始有系統地為美國讀者譯介日本作品，不遺餘力。美國推理文壇就是存在像昆恩這般高瞻遠矚的巨人，才會使他們的作品融合各家所長，直到今日仍是推理文學的最大出版國家。

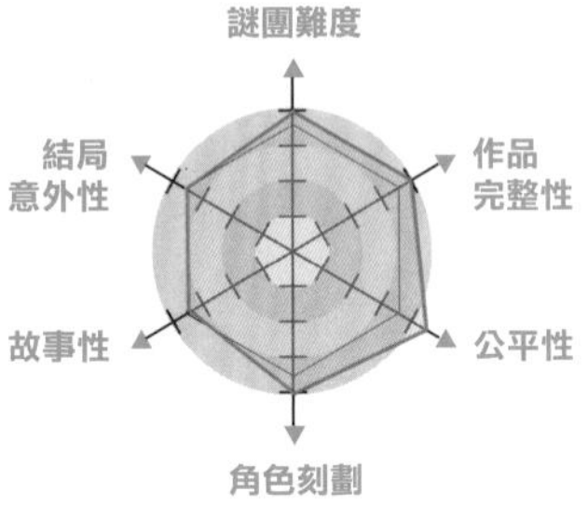

難能可貴的「九〇年代昆恩」創造日本推理文學奇蹟

世界各地的推理迷，以至於推理作家，有很多人非常尊崇艾勒里．昆恩；而對於某些創作者來說，臨摹名家的作品風格，並進而發展出屬於自己的全新特色，不啻正是向名家致敬的最好方法。世界上有心「向昆恩致敬」的推理作家一直不少，但能夠像有栖川有栖這般，敢自稱是「九〇年代的昆恩」，而且還真的頗有成就，恐怕就不是那麼容易了。

昆恩最活躍的那個時期，剛好是推理文學主流從短篇轉向長篇的時候；難得的是，昆恩作品不論長或短篇，皆是質量俱佳。這也使得後世有心臨摹昆恩的新作家，更見難度。但有栖川有栖之所以能夠打著「昆恩」的旗號，自然有其特出之處。

有栖川曾於一九八七年投稿參加江戶川亂步獎的徵選，雖然並未受到評審的青睞，但仍得到鮎川哲也的欣賞與提拔。而在多年辛勤筆耕之後，終於在二〇〇三年以《馬來鐵道之謎》拿下日本推理作家協會獎。這是一部長篇作品，屬於有栖川有栖的「國名系列」，而我們在這邊要為讀者介紹該系列中同樣非常精采的短篇〈俄羅斯紅茶之謎〉。由此可

見，有栖川的創作並不受限於篇幅字數，無論長短篇作品皆臻一定水準。

融入日本生活文化的個人風格

《俄羅斯紅茶之謎》一文其實是有栖川有栖「國名系列」的第一篇，書中主角之一就是作者的化身：推理作家有栖川有栖，這一點倒是跟艾勒里．昆恩的作品設定頗有相似之處。但是有栖川作品裡真正活躍於犯罪偵察的偵探角色，其實是犯罪社會學家火村英生。兩位年輕帥哥的搭檔設計，頗受到女性讀者青睞。

這部短篇探案的謎團其實相當單純：在一場六人聚會中，大家都喝了主人家準備的俄羅斯紅茶，然後，主人意外地中毒身亡。剩下的五人似乎都有殺人動機，但是乍看之下卻都沒有下手的機會。主人該不會是無預警地自殺吧？當然，故事的結局就是火村英生出馬，迅速看穿謎團，解決案件，一氣呵成。有栖川有栖帶給讀者的這種痛快淋漓的閱讀感受，的確不在昆恩之下。

或許有些讀者會問，除了「向大師致敬」的臨摹以外，有栖川有栖是否也已發展出自己個人風格呢？我想答案是肯定的。有栖川的作品中，除了時常出現作者本人也很喜歡的文字遊戲謎團以外，其實也悄悄地融入許多日本的生活文化。作者雖然沒有讓故事中的角色「開口講授」日本文化，但是劇中人的各種言行，其實多深受日本文化的薰陶，因而使得他們碰上某些特殊事件時，會有相當「日式」的合理反應。我想，有栖川有栖自稱為「九〇年代的昆恩」，的確是名實相符的。喜歡美國昆恩的讀者，應該也會欣賞這位日本昆恩吧。

作者
有栖川有栖
作者簡介詳見P.57

日文書名：ロシア紅茶の謎／作者：有栖川有栖
發表日期：一九九三年二月號的《小說non》，收錄於《俄羅斯紅茶之謎》
台灣出版社：小知堂出版／出版日期：二〇〇五年二月
日本出版社：講談社ノベルズ／講談社文庫
出版日期：一九九四年八月／一九九七年七月

名詞解釋

國名系列：艾勒里．昆恩自處女作《羅馬帽子的秘密》開始，創作了一連串後世稱為「國名系列」的推理小說。這系列小說有兩大特色：首先就是書名上一律以某一國家名稱搭配上某一個事物或物品，最後再以秘密（Mystery）作為書名的結尾；例如《法蘭西白粉的秘密》《美國槍的秘密》《中國橘子的秘密》等等。而該系列的另一特色為它們都是非常講求公平性的解謎推理小說，昆恩甚至會在小說偵探解答破案之前，插入一篇「給讀者的挑戰」，要求讀者可以寫下自己的推理過程，好跟故事中的推理結果兩相對照。

漫 俄羅斯紅茶—麻麻園繪理依，收錄在《人喰いの滝口あすかコミックスDX—臨床犯罪学者・火村英生のフィールドノート》，角川書店於二〇〇〇年出版。

推理入門小說的最好選擇

短篇推理小說或許可以稱作是最好的推理入門小說，由於篇幅短小，簡單易讀，讀者可以很輕易地從中發覺推理小說的樂趣與吸引人之處。如果翻開歐美黃金時期的短篇小說清單，更會發現當時的作家真是不計成本，怎樣精采、設計周密的詭計與謎團都充分利用，完全不顧效益成本。

只是礙於短篇小說的字數限制，往往不能花費過多的篇幅在鋪陳劇情、埋設線索上面，又要兼顧閱讀的樂趣，致使讓作者往往捨公平性就意外性，以致許多短篇小說有著相當精采的結尾逆轉，但再讀第二次時卻會覺得漏洞百出。

這是短篇推理小說的侷限，然而歌野晶午所寫的〈水難之夜〉卻擺脫了這個困境，將意外性與公平性做了巧妙的結合。

入門推薦 短篇

34

水難之夜

巧妙結合意外性與公平性的佳作

Recommend for Beginner

筆者｜曲辰

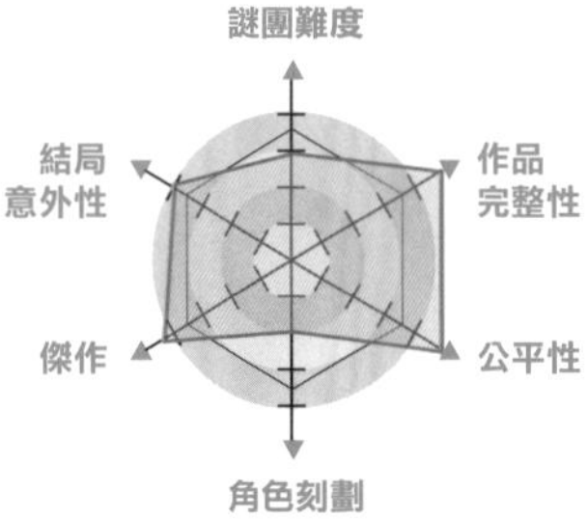

巧奪天工的情節設計令人拍案叫絕

故事發生在一個滂沱大雨的夜晚，一名披薩店的員工外送披薩到一棟附近的公寓，到了房門口敲門卻毫無回音，逕自推門進去後才驚見兩具屍體躺在血泊之中，其中女性屍體還明顯被砍了許多刀。等到報警後，經過警方調查才發現只有一人死亡，另一人只是遭人毆擊昏倒而已。死者是近來用各種手法詐欺無知人們金錢的集團首腦，他們藉由欺騙顧客買下號稱具有靈力的印章、水壺、寶塔，甚至是北海道荒地，以獲取暴利。就在調查得差不多之時，本小說偵探信濃讓二，正式登場了。

這篇小說在有限的篇幅內表現了短篇小說的況味，登場人物不多，卻能謹守公平性，佈下線索並合理收攏，最終給予讀者一個驚喜且滿意的結局。或許說來簡單，但其實能達到這樣水準的短篇小說並不多見，光在公平佈下線索以及合理收線這點上，就能讓一群作者陣亡。更別提歌野晶午竟然還提供了一個叫人覺得大感暢快的謎底，這種安排不禁令人想起日後讓他聲名大噪的《櫻樹抽芽時，想你》的劇情結構，同樣有著巧奪天工的情節設計。

個性專斷獨行的主角往往有神探化的表現

值得一提的是本篇出現的歌野晶午筆下系列偵探信濃讓二，自作者出道作《長屋殺人事件》登場至今，也累積了一定的人氣。在短篇集《放浪偵探與七個殺人》（本篇小說即收錄於此）

中，更是讓這位「放浪偵探」有了更突出的形象，我們可以看到他當過公寓管理員、在大學念到「第十年」，中間還遊蕩過好一陣子。

這種種的經歷也造成他的個性自主而決斷，毫不顧慮他人的感受，甚至還專斷獨行，冒犯警察，也讓身邊的人生氣。而信濃的推理偏向「神探」的表現，往往在某個關鍵點發現破綻，進而推翻整個謎團的假象徹底崩潰。只是他也有一點討人喜歡的地方，就是當事件未鮮明之際往往會留下一些他所不能解釋的部分，他也會坦白承認，並找到能夠給予解答的人。

姑且不論歌野其他作品的評價（嚴格來說是不到中上），但在〈水難之夜〉這篇短篇中，倒是能找到相當多不得不讀的理由。

推理迷看本書

「這是歌野晶午早期的短篇作品，以傳統的本格推理形式寫成。他筆下的神探是個性古怪的放浪青年信濃讓二——大學重讀好幾次、講話刻薄、待人態度很差。這篇據說也是信濃讓二系列中相當著名的一篇。跟其他的新本格作家相比，歌野晶午成名的過程比較漫長，雖然一開始接受島田莊司的指導從事推理小說的創作，但是讀者的迴響似乎有限，直到二〇〇三年才以《櫻樹抽芽時，想你》一書大紅大紫。」

本書基本資料：

日文書名：水難の夜｜作者：歌野晶午
發表日期：《小説現代増刊メフィスト》一九九四年四月，收錄於《放浪探偵と七つの殺人》
台灣出版社：林白出版｜出版日期：一九九六年
日本出版社：講談社ノベルズ／講談社文庫｜出版日期：一九九九年／二〇〇二年

作者

歌野晶午

一九六一年出生於日本千葉縣，畢業於東京農工大學農學部畢業。一九八八年以名偵探信濃讓二系列第一作《長屋殺人事件》出道，二〇〇四年以《櫻樹抽芽時，想你》（將改由獨步文化出版發行）獲得第五十七屆日本推理作家協會獎、第四屆本格推理小說大獎。作品有《買屍體的男人》、《世界的末日或是開始》、《名為「館」的樂園》等等。

歌野晶午身為島田莊司的私淑弟子，一般視為新本格派第一期成員，其作品反應出作者的熱情與衝動性格，充滿感性，文字運用成熟，筆調可輕可重，在新本格作家中，算是相當特殊的存在。

漫 水難之夜—風祭壯太，收錄於《放浪偵探信濃讓二事件簿——幽靈病棟》，台灣長鴻出版社，於二〇〇五年出版。

入門推薦
長篇

35

Recommend for Beginner

姑獲鳥之夏

怪物，始終在我們身邊

筆者｜曲辰

隱藏在黑暗中封印的禁忌記憶

經過了會使人產生暈眩感的眩暈坡，關口走入古書店京極堂。從店主京極堂之妹敦子口中，關口得知發生於久遠寺醫院的奇妙事件。一名婦人懷孕了二十個月仍然沒有生產，而她的丈夫，則在一年半前如同煙一般地消失在密室之中。在京極堂的雄辯下，關口轉而前往拜訪兩人在舊制高中時期的學長——偵探榎木津禮二郎。

薔薇十字偵探社，這是榎木津事務所的名稱。在關口到訪後不久，另一名委託人也隨後到達。很巧合地，此名委託人正是那名懷孕二十個月婦人的姊姊——久遠寺涼子。然而，榎木津出人意料地指出，關口和涼子以前曾經見過面，因為榎木津擁有看穿別人記憶的特殊能力。關口和涼子加以否認，堅持兩人是初次見面。

翌日，關口、敦子、榎木津來到了久遠寺醫院，所有謠言的根源。懷孕二十個月、密室消失、連續嬰兒誘拐事件，以及古書店店主京極堂的真實身分，然後，姑獲鳥的正體連同隱藏在黑暗中封印的禁忌記憶，在咒語的唸禱下即將爆發！

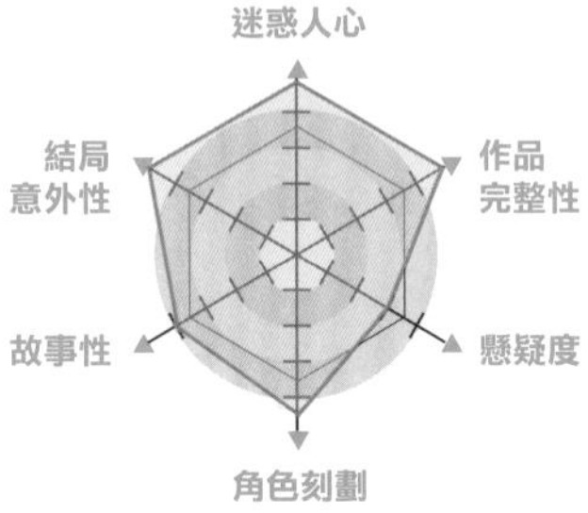

不合乎常軌的怪異情節 果然一砲而紅

如此複雜、細密的劇情，卻是日本新本格先鋒作家京極夏彥的處女作，讓人只能覺得不可思議。京極因這本小說聲名大噪，更以第二作《魍魎之匣》獲得第四十九屆日本推理作家協會獎。之後創造力與獲獎率均極旺盛，《嗤笑伊右衛門》於一九九七年獲得第二十五屆泉鏡花文學獎、《偷窺者小平次》於二〇〇三年獲得第十六屆山本周五郎獎，在二〇〇四年，終於以《後巷說百物語》與江國香織共同獲得第一三〇屆直木獎。

在京極成為小說家之前，已經是個頗有名氣的書籍裝禎設計師了，據他所說由於後來日本泡沫經濟風暴，事務所工作相當清閒，讓他在閒暇之餘就寫出了《姑獲鳥之夏》。在寫好之後，卻發現因為字數過多，完全不符合任何一個文學獎的字數限制，所以決定直接去出版社找編輯，由編輯決定是否得以出版。結果如同大家所知道的，他成為了暢銷小說家。

或許是京極這個不合乎常軌的「攜帶投稿」方式觸動了當時的講談社編輯，在本書出版的隔年，講談社便設置了「梅菲斯特獎」，沒有字數、時間、題材限制，只要寄來透過編輯認可，即可獲獎，獲獎並無獎金，只是可以確定出版並獲得版稅收入。

在這麼不合常軌狀況下出版的小說，的確也有著不合常軌的面貌。雖然本作在一九九四年出版，故事發生時間卻是安排在近現代，大概戰後沒多久的日本東京。那時市街面貌尚保持在既頹敗又新生的風格之間，雖說科學精神逐漸進入了人心，但戰敗感仍讓大家祈求得到超自然的感應。

異於現世、如同蜘蛛網般交纏的「京極宇宙」

這種氣氛下，所謂的現代怪談——懷胎二十個月的婦人與古代妖怪——姑獲鳥，尋求到了交叉點，在現世掀起謎團的波濤。小說讓主述者「我」自願也被迫進入這個波濤的中心點，從而牽引出周遭一連串的連鎖反應，從一開始就看出端倪並最終解開謎團的，則是「我」的好友——古書店店主、神主、陰陽師三位一體的中禪寺秋彥（亦號京極堂）。

小說通篇籠罩著妖異的不快感，各種事物都變得有如萬花筒般的迷離、扭曲、變形，在這之中，夾著偵探的理性聲音，從登場開始即展開的各種論辯，從宗教、哲學、民俗學、四裔學、心理學、物理學、心靈科學等等都攪和在一起，從京極堂口中湍湍流出。無法接受小說有太多異種知識的讀者，或許會因此被打擾而無法繼續閱讀，但如果能夠理解或是體會這種論述文字的內容，也就是對於故事的結局做好基礎的心理準備，這樣一來，當結局隨著陰陽師的咒文現身，正好可以獲得最大的閱讀滿足。

在出道作中，作者以驚人的天賦宣告屬於他的時代來臨，並在後續創造出一本又一本更讓人目不暇給的小說，獨有的說故事功力與描述技巧，也讓書中的人物活靈活現地出現在系列作中，關口巽、京極堂、榎木津禮二郎、木場修太郎等等都成為書迷耳熟能詳的人物。透過一本又一本小說、一個系列與一個系列的相互觀照，作品彼此構成了如同蜘蛛網一樣的精微連結，也呈現給讀者一個不同於現世的「京極宇宙」。

而這個宇宙的起點大爆炸，就是這本《姑獲鳥之夏》。

日文書名：姑獲鳥の夏｜作者：京極夏彥
台灣出版社：獨步文化｜出版日期：即將推出
日本出版社：講談社ノベルズ／講談社文庫
出版日期：一九九四年／二〇〇五年

京極夏彥

一九六三年三月二十六日出生於日本北海道小樽市，是風格獨具的怪奇推理作家，也是新本格派的先鋒人物。一九九四年以妖怪小說《姑獲鳥之夏》出道，接著以《魍魎之匣》獲第四十九回推理作家協會獎。「京極堂系列」目前共有七部，分別是《姑獲鳥之夏》、《魍魎之匣》、《狂骨之夢》、《鐵鼠之檻》、《絡新婦之理》、《塗佛之宴》、《陰摩羅鬼之瑕》等。

影 二〇〇四年堤真一、永賴正敏、阿部寬、田中麗奈等人主演，導演是實相寺昭雄。片中靈魂人物中禪寺秋彥（京極堂）由堤真一挑樑演出，原作者京極夏彥亦下海客串水木茂一角。片中氣氛詭譎，花費極大心力打造與原作盡可能貼近的視覺效果，配樂由日本配樂大師池邊晉一郎操盤，營造出妖異情調，可說是當年日本電影盛事。

入門推薦
長篇

35

恐怖份子的洋傘

在寫實社會中透出一股溫柔與哀愁

Recommend for Beginner

筆者｜Kiriko

日文書名：テロリストのパラソル｜作者：藤原伊織
台灣出版社：林白出版｜出版日期：一九九六年五月
日本出版社：講談社／講談社文庫｜出版日期：一九九五年／一九九八年

以第一人稱將多線故事合而為一

多年前男主角曾參與學運鬥爭，為了逃避過去，加上性格隨遇而安，二十年來隱姓埋名，在旁人眼裡只是個不起眼的酒鬼。

某日，發生在新宿中央公園的一起嚴重爆炸案，致使他的人生再次陷入混亂。偶然身在現場的他，因無意間留下印有指紋的酒瓶，不但被認為涉有重嫌，更成為黑白兩道追捕的對象。在一股不知名的力量牽引下，他被捲入重重陰謀；而他拋棄的過去，也再次如幽魂般糾纏……

《恐怖份子的洋傘》全書以第一人稱自述，字裡行間隱含著淡淡憂愁，卻又句句暗藏玄機。讀者在與主角一同探查爆炸案始末時，也一步步逼近他的過去，最後，潛藏在全書各處的伏筆合而為一，帶出駭人的事件真相。

唯一同時榮獲江戶川亂步獎與直木獎的作品

藤原伊織算是少產作家，一九八五年以〈臘腸狗的次元跳躍〉獲得日本純文學領域重要獎項昴（すばる，SUBARU）文學獎後，沉寂十年後再次推出了本作《恐怖份子的洋傘》，描寫與作者同世代、背負著學運包袱的人們，歷經社會變動後的起伏人生。

藤原伊織曾自述自己最喜愛的作家是太宰治，因為太宰治某些作品中所呈現的溫柔，與**冷硬派**有異曲同工之妙；而這種溫暖的

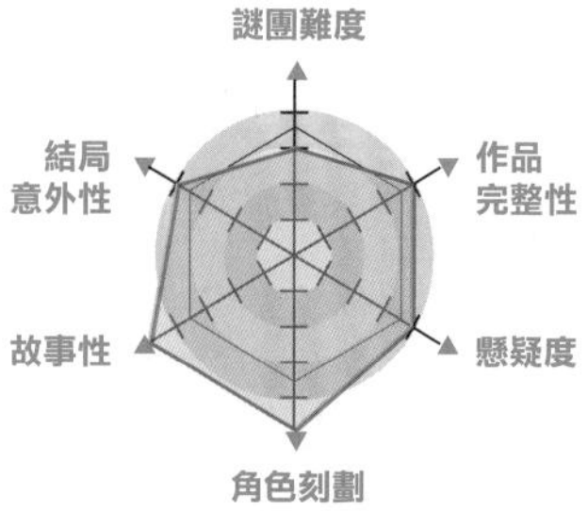

懷思、溫柔的哀愁，也確實在這部作品中流露無遺。例如故事一開始公園發生爆炸時，眾人皆驚慌逃走，唯有男主角在一片慘狀的公園裡，尋找片刻之前才認識的小女孩，希望她平安無事。

《恐怖份子的洋傘》於一九九五年拿下江戶川亂步獎與直木獎，是日本史上唯一同時獲得這兩個獎項的一本小說。此外，在當年的推理小說排行榜上也表現優異，贏得「週刊文春年度傑作推理小說Best10」第一名與「這本推理了不起」年度第六名，甚至在「週刊文春二十世紀傑作推理小說」排行榜上也名列第十九名。

強調人性溫柔與強悍的冷硬派佳作

《恐怖份子的洋傘》的成功之處，莫過於人物的塑造與描寫的功力。藤原伊織不是以高高在上的作者之姿，告訴讀者主角是一個怎樣的人物，而是藉由主角與他人的互動，剝開包圍在主角四周的層層謎團，讓讀者隨著故事推展逐漸揭明主角的一切。

書中的多名配角同樣搶眼。重情重義的奇妙流氓淺井志郎、男主角過去戀人之女松下塔子、掌握事件核心的週刊記者與背景各異的街頭遊民，加上隱藏於主角過去之中的各個人物，都在作者的刻劃下成為推動故事不可或缺的存在。

除了人物個性鮮明，《恐怖份子的洋傘》中安插伏筆的方式也非常巧妙，隨著故事的抽絲剝繭與生動的人物對話，各條線索紛紛透露出其中玄機。貫穿全書的謎團雖簡單卻又出人意表，不因故事背景寫實而索然無味。藤原伊織以高超的說故事手法使讀者專注於故事本身，但當最終謎底揭曉時，讀者又會恍然大悟，若回頭一看，其實答案呼之欲出，合理卻又意外。

故事中的場景寫實，情節緊湊，人物行事常見暴力，但當中仍透著一股浪漫與哀愁。這裡的浪漫並不僅指情愛，而是一種幻想、美麗的情懷。在如此寫實的故事背景中，男主角所做的一切只能以「浪漫」來形容；追根究柢，這種「男人的浪漫」正是冷硬派的精神之一。日本推理小說界冷硬派作品的先驅出現於六〇年代前後，發展至今，每位作家各有其重視之處，而藤原伊織想強調的，想必是人性的溫柔與強悍吧。

解釋名詞

冷硬派：出自英文Hard-Boiled，原意為形容人類的行為及思考堅忍不拔，情緒不受外界影響的特性。在推理小說中使用這個名詞，意指偵探角色的個性既冷酷又強硬。冷硬派推理小說與英國傳統推理小說最大的差別在於，內容偏重於大量的動作場面，解謎元素減至極少成分。最具代表性的歐美冷硬派作家是台灣讀者也十分熟悉的達許·漢密特、雷蒙·錢德勒、勞倫斯·卜洛克。日本方面則有生島治郎、大藪春彥、北方謙三、大澤在昌、藤原伊織等人。

作者

藤原伊織

本名藤原利一，一九四八年出生於日本大阪，畢業於東京大學文學系。一九七七年以《跳舞累了》獲第四屆野性時代新人文學獎佳作，一九八五年以《臘腸狗的時空跳躍》獲第九屆昴文學獎，一九九五年則以冷硬派作品《恐怖份子的洋傘》獲第四十一屆江戶川亂步獎，並在次年以同部作獲第一一四屆直木獎。作品有《向日葵的祭典》《降雪》等。二〇〇五年在小說雜誌《All讀物》上向讀者告白罹患食道癌的消息。

入門推薦
長篇

37

Recommend for Beginner

解體諸因

驚世駭俗的屍體肢解首部曲

筆者｜希映

獨特的謎團與意外的情節引人入勝

第一具屍體的手腳被銬上手銬，手、腳、頭與身體被分屍成六塊。——〈解體迅速〉

第二具屍體是氫氰酸中毒而死，手指、腳趾被一根根切下，全身被分成三十四塊。——〈解體信條〉

電梯從八樓降到一樓的十六秒之間，出現頭、左手、左腳被切斷的第三具屍體。——〈解體升降〉

第四具屍體……

殺人為何要分屍？兇手有時間分屍的話為什麼不趕快逃跑？《解體諸因》是一本以分屍為主題的連作短篇集，全書九篇故事中，各式各樣的出場角色討論著不同的分屍案與各種日常生活之謎，七篇看似完全無關的短篇推理故事、一篇以劇本形式展現的推理劇，最終，都被串聯在一起，在最後一篇得出一個驚人的事實。

《解體諸因》為「匠千曉系列」人物初登場的第一部作品，同時也是西澤保彥的初出版作品。「匠千曉系列」以四名年輕人為主角，描寫他們自學生時代起參與的各項案件，目前日本已出版八本系列作。西澤保彥筆下人物刻劃生動搶眼、對話風趣，搭配獨特的謎團設計與出人意料的情節，在日本得到許多死忠書迷的支持，甚至為這些虛構角色製作年表、編撰作品用語小辭典。不過，與其說《解體諸因》為「匠千曉系列」第一作，不如說是第零作，也就是系列的原點，因為《解體諸因》的實質主角應該是「分屍」，匠千曉等人只是串聯起九篇故事的配角。

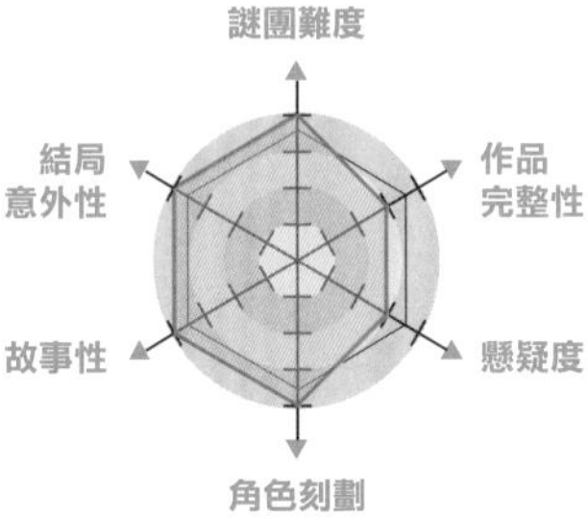

運用日常生活小細節串連一樁樁命案

雖然《解體諸因》以分屍為主題，不過故事中並不強調血腥殘酷、令人作嘔的細微描述，著眼的重點是「為什麼要分屍」、「分屍的必要性是什麼」，也就是「動機」，並非單純以分屍詭計為故事核心。新聞報導中一件件毫無關聯的殺人分屍懸案、日常生活中許多不可思議的小事件，經由每篇故事中不同的角色彼此討論，以安樂椅神探的方式推測出可能的案件真相。那名婦人為何要買下附近數家書店內所有刊登了泳裝女郎海報的雜誌？那個布偶熊的左掌為何被手帕包著，而且翻起手帕一看便能發現裡面沾上了血跡？為何那張海報不論重新貼幾次，海報上女性的頭顱部份都會被挖去？

隨著故事一篇篇進展，讀者

將逐漸發現，其實這些案件發生的時間跨越多年；那些看似互不相識的偵探角色，原來彼此各因不同的羈絆而認識；前八章中許多看似無關的小事件，在最終章〈解體順路〉裡都於意外的地方產生關聯。全書兼顧了趣味性（稀奇古怪的分屍方式與個性獨特的角色）、邏輯性（分屍動機的推測）與意外性（一切怪事都歸結在一個既合理又令人驚愕的結局），結合分屍慘案與日常生活之謎，帶給讀者輕鬆悠閒與緊張刺激的雙重滿足。

日文書名：解体諸因｜作者：西澤保彥
日本出版社：講談社ノベルズ／講談社文庫
出版日期：一九九五年／一九九七年

創意與趣味兼具的說故事功力無人能及

一九九〇年，西澤保彥投稿參加第一回鮎川哲也獎，入圍最終決選。經島田莊司引薦，一九九五年即以本書《解體諸因》出道，至今已出版四十餘本推理小說。除了「匠千曉系列」頗受好評之外，另有「神麻嗣子系列」、「森奈津子系列」以及多部非系列作品，在這些作品中更展現出西澤保彥的嶄新創意，將科幻與推理融合，在非現實的設定中合乎邏輯地解開謎團。

西澤保彥的作品兼具創意與趣味的設計、符合邏輯的推演、意外性十足的合理答案，因此受到日本讀者與各推理獎項的青睞。除了前文提及的鮎川哲也獎，西澤保彥還曾入圍日本推理作家協會獎、本格推理小說大獎，也曾多次晉身「本格推理小說BEST10」、「這本推理小說了不起」年度排行前十名。對喜好本格推理解謎樂趣的讀者來說，西澤保彥的創意是不應該錯過的；如果是希望輕鬆閱讀一個好看的故事的讀者，更是要來好好體會一下西澤保彥的說故事功力。

作者

西澤保彥

一九六〇年出生於日本高知縣，畢業於美國Eckerd大學，曾任教高知大學、土佐女子高中。一九九〇年以《聯殺》入圍第一屆鮎川哲也獎最終決選，一九九五年以連作短篇集《解體諸因》正式進入文壇，同年另發表兩部帶有科幻小說風格的推理作品《完美無缺的名探偵》及《死了七次的男人》，並陸續發表匠千曉系列、神麻嗣子系列、科幻推理系列等作品。作品多以超乎現實的獨特構思為主題，解謎過程公平、合乎邏輯，獲得許多死忠讀者的支持。

夾縫中求生存的幫派之爭

台日混血兒劉健一，在新宿歌舞伎町的黑社會幫派之間，為了生存而不斷鬥爭。他過去的搭檔吳富春，以前曾經殺害上海幫元成貴的得力助手，之後便逃亡而消聲匿跡。而現在吳富春又回到新宿，這個消息再次掀起黑幫間的波瀾。元成貴恨不得將吳富春千刀萬剮，卻又不知他的下落，於是威脅劉健一必須在三天內交出吳富春，否則就要殺了劉健一。劉健一雖然不知吳富春人在何處，但為了保命，也只能答應元成貴的要求。就在吳富春現身新宿的同時，有一名神秘女子佐藤夏美也找上了劉健一，她的出現，會對劉健一造成什麼影響，事件又將如何發展？

初試啼聲之作榮獲多項殊榮亦改拍成電影

馳星周在一九九六年以《不夜城》出道，本書立刻席捲了當時的大眾文學界，不但在兩項年度排行榜「這本推理小說了不起！」與「週刊文春推理小說BEST 10」中皆獲選為第一名，更拿下吉川英治文學新人獎與日本冒險小說協會大獎，表現非常出色。馳星周的第一本作品就得到如此殊榮，可見本書在文壇上所受到的重視與矚目。此外，《不夜城》也曾在一九九八年被改編為電影，由金城武與山本未來主演，分飾劉健一與佐藤夏美。

入門推薦
長篇

38

Recommend for Beginner

不夜城

披露社會底層黑暗面與尋求歸屬感

筆者｜凌徹

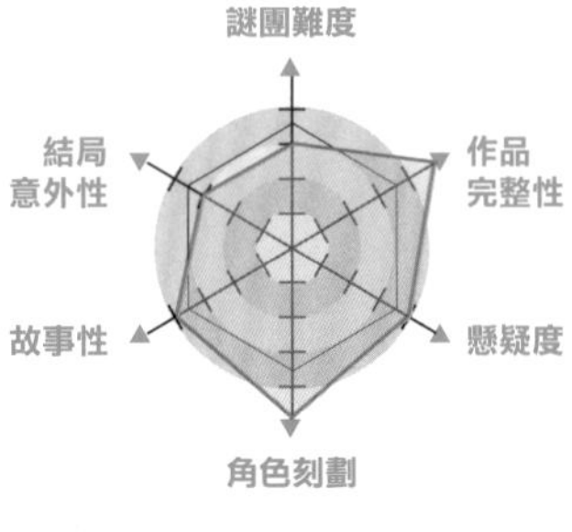

馳星周的作品通常被認為屬於**暗黑小說**，他總是將舞台設定在社會的黑暗面，極為生動地描寫人們身處其中時所衍生的罪惡。主角位處社會的底層，是無法往上爬的落伍者，只能在犯罪與爭鬥中苟且求生。

《不夜城》正是如此。劉健一是台日混血，他的出身使他無法受到別人的認同，也無法從任何地方獲得歸屬感，只能在幫派的夾縫中做盡惡事以求取生路。無法相信別人，必須靠著自己才能看見明天的太陽，所以他的所作所為根本不受法律與道德的規範，可以輕易地背叛對方，也可以用盡心機挑起別人之間的鬥爭與仇殺。我們在故事中看到的，便是一個不相信別人的人，如何以不斷的背叛來求生，而這也是黑暗社會最直接的呈現。雖然大多數的讀者可能不會身處於這樣的世界中，但我們卻也不難想像，罪惡不會消失，一旦失去禮法的約束，人就有可能會變成這個樣子。

謎樣的神秘女子是本書重要的推理元素

因此，故事表現出所有最黑

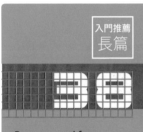

暗的一面，性、暴力、謊言、背叛、鬥爭，全都赤裸裸且毫不加掩飾地被描寫出來。這些罪惡，不只出現在故事的主線，馳星周更以眾多的支線插曲來加以補足。於是，登場人物的經歷就在主軸與插曲中逐漸清晰鮮明，這些人有著什麼樣廢退的過去，他們是如何變成現在的模樣，都在眾人的人生片段中詳細裸露。《不夜城》就在這樣的故事進行中，完整呈現出劉健一身處的新宿黑社會。在馳星周的筆下，充滿罪惡的黑暗世界變得鮮明活躍了起來，也就更吸引讀者一頁又一頁地閱讀故事了。

《不夜城》的解謎氛圍淡薄，神秘女子佐藤夏美的身分，是小說中比較明顯的謎。也由於加入了謎團的成分，使得本書得以被視為是廣義的推理小說。夏美的出現，不只讓事件有著真相待解，更重要的是令故事走向最意外的結局。夏美是作者對於故事最精心的安排，讀完全書必然能夠深刻體會。

在《不夜城》之後，馳星周又繼續推出同系列的《鎮魂歌：不夜城Ⅱ》與《長恨歌：不夜城完結篇》，並且以《鎮魂歌：不夜城Ⅱ》拿下日本推理作家協會獎，也為馳星周再度增添獎項的肯定。雖然閱讀時難以將感情移入作中人物，卻又能讓讀者深受精采故事的吸引，這是馳星周小說的魅力所在。馳星周的作品數量不少，但若要挑選一部最能表現特色的入門作品，《不夜城》必然是最佳的選擇。

作者

馳星周

本名板東齡人，一九六五年出生於北海道，畢業於橫濱市立大學。因為喜愛香港演員周星馳，因此將周星馳的名字顛倒作為筆名。一九九六年推出首部小說《不夜城》獲得第十八屆吉川英治文學新人獎、第十五屆日本冒險小說協會大獎。一九九七年則以《鎮魂歌—不夜城 II》獲得第五十一屆日本推理作家協會獎，一九九年以《漂流街》獲得第一屆大藪春彥獎。

日文書名：不夜城｜作者：馳星周
台灣出版社：台灣東販｜出版日期：一九九八年六月一日
日本出版社：角川書店／角川文庫
出版日期：一九九六年／一九九八年

名詞解釋

暗黑小說：翻譯自法語 roman noir，原義則來自於 film noir。film noir 是黑白電影時代的犯罪電影，內容圍繞在犯罪上，帶有悲觀、頹廢、暴力等色彩。而具有同樣主題的小說則被稱為 roman noir，在日本也被譯為暗黑小說。故事內容主要描寫社會底層的人物，為了生存與慾望而犯罪的過程。

漫 《不夜城》於一九九八年由山本貴嗣改編成漫畫，角川書店出版，台灣東販同年上市。

影 一九九八由日本角川公司投資，李志毅導演，金城武、山本未來、周海媚、曾志偉主演。此片是金城武赴日的第二部電影，可以說是專為金城武個人打造，徹底展現出金城武的魅力，日本影評家更表示，此部電影成功地將金城武由少男轉型為成熟的男人，奠定其在日本演藝圈的地位。本片曾獲得香港電影金像獎最佳攝影、美術指導等獎項。

入門推薦
長篇

39

Recommend for Beginner

全部成為 F

科技高度發展下的理系推理

筆者｜紗卡

推陳出新、創意源源不絕的詭計手法

古典本格推理小說的核心在於詭計。曾有人認為詭計一旦開發殆盡，本格推理也會隨之沒落。然而，許多年過去了，推理文學除了古典本格派別以外，的確也出現了許多不以詭計為主的其他子類型；但本格推理小說佔所有推理文學的比重雖然降低，卻始終沒有出現所謂「沒落」現象。

事實上，原創性的詭計雖然會隨著推理文學的發展而漸次減少，但是包裝詭計的手法卻仍舊可以推陳出新，創意依然可以取之不盡，用之不竭。尤其一般日常生活的科技發展日新月異，取材敏銳的作家通常也能夠將新時代的各種事物運用到推理小說之中。最常見的例如大眾運輸交通工具的進步，使得時刻表詭計的設計可以更具彈性與巧思；現代作家往往會混合運用陸海空等各種交通工具來安排不在場證明，這種詭計的設計不能說是原創，但至少是以不同的包裝方式，呈現給讀者新奇的感覺。

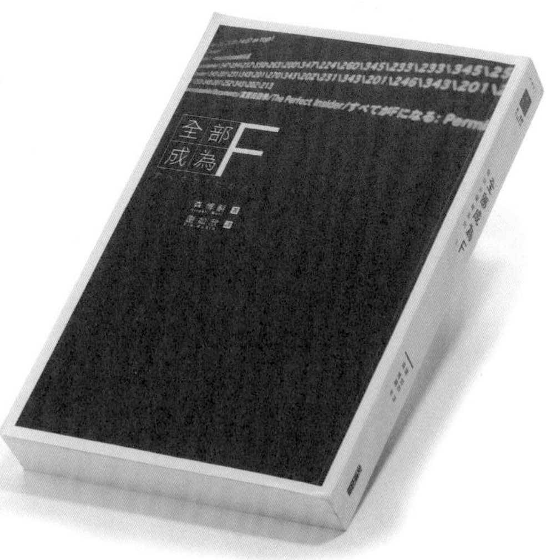

日文書名：すべてがＦになる｜作者：森博嗣
台灣出版社：尖端出版｜出版日期：二〇〇五年二月
日本出版社：講談社ノベルズ／講談社文庫
出版日期：一九九六年／一九九八年

運用科學技術來包裝詭計，甚至因此而出現「**理系推理**」一詞的代表人物，就是森博嗣。森博嗣的正式工作其實是日本某國立大學的工學院副教授（二〇〇五年離職），推理創作只是他的兼差。然而，這個兼差無疑地相當成功，使他成為既多產，又暢銷的推理小說作家。

「多層次破案」展現謎團的複雜度與線索的環環相扣

《全部成為Ｆ》是森博嗣於一九九六年參加第一屆梅菲斯特獎的得獎作，書中起用大學工學院建築系教授犀川創平擔任破案偵探，而犀川的學生西之園萌繪則擔任類似助手的角色。身為理科人的犀川，其行事風格與思考模式處處顯露出理科人的特性，

雖不能說他不懂人情或不諳世故，但待人處事直來直往，對談說話往往開門見山，不加修飾，甚至偶爾會給人冷酷無情的疏離感覺。而身為助手的西之園萌繪雖也是理科系學生，智力高，記性好，相當聰明但女性天生的溫柔與感性，在她身上更顯突出。尤其萌繪還是個嬌憨的千金大小姐，故事裡因此不時會出現令人啼笑皆非的對談與情節。於是在犀川與萌繪的絕佳搭配之下，整部作品呈現出節奏明快，筆法簡潔，但仍不失親和力的故事氛圍，十分調和。

犀川與萌繪的組合，並不同於以往推理文學「福爾摩斯與華生」的搭檔形式。過去作家會將助手「華生」的角色設計得比一般人愚蠢，乃相對來說會襯托出偵探「福爾摩斯」的聰明才智，同時滿足讀者「優於敘述者」的虛榮心。森博嗣採用的卻是「多層次破案」的架構，在《全部成為F》一書裡，作者先讓助手萌繪出面破案，但也因此留下了更多伏筆；最後才由偵探角色犀川出面講解最後的真相，一案雙破，讓讀者大呼過癮。

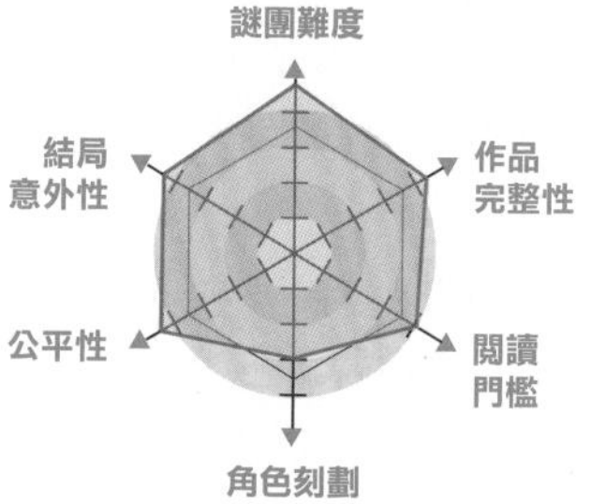

為謎團注入新元素 豐富新一代的推理文學

故事裡的主要案件發生在一座孤島的地下密室。密室殺人對推理迷來說當然不算稀奇，但是森博嗣卻利用超現實的電腦科技來包裝這個密室詭計。主要詭計密室的構成，乃是因為在這個所有系統皆由電腦主控的研究中心裡，進出每一扇門其實都會留下記錄。而電腦所控制的監視攝影機，更幾乎是記錄下相關人員每分每秒的一舉一動。再怎麼看這都是一個完美的密室，電腦可是盡忠職守地記錄下所有的事情，難道，兇手真的會穿牆？會隱形？作者在故事裡還玩了一手虛擬實境的最新科技，在現實世界中雖然未必可以達成，但此情此景及其設定在看似脫離現實的高科技研究中心內部，終究還是挺有說服力的。

除了讓人絞盡腦汁的密室詭計以外，故事案件發生的光景，更是顯得既華麗又詭異：穿著新娘禮服卻斷手斷腳的屍體，被機器人載著緩慢地向眾人行來……，乍看之下作者似乎是利用這個場景耍足了噱頭，但這當然都是兇手的安排，自有其特殊用意。在關鍵命案的場景設計上，森博嗣的確承襲了古典本格名家的大場面華麗風格，然而在謎團設計上卻又另闢蹊徑，給讀者耳目一新的感覺。

名詞解釋

理系推理：「理系推理」一詞其實宣傳意義大於實質的分類意義，因為除了森博嗣的作品以外，目前還沒有其他推理作家被歸類到這一系。「理系」指的是除了注重理性、強調邏輯推演以外，故事中的角色，皆以理性邏輯為依歸，甚至在某些層面上變得只在乎這些邏輯法則，而顯得有點不近人情。

作者

森博嗣

一九五七年出生於日本愛知縣，曾任國立名古屋大學副教授，已於二〇〇五年三月離職，專心創作。一九九六年以《全部成為F》獲得第一屆梅菲斯特獎，進入日本推理小說文壇。憑著特殊的作品風格在推理文壇佔有特殊地位，執筆速度飛快，令人無法想像他之前是兼職作家，十年來已經發表將近一百部作品（包含小說、散文、繪本）。代表作有《犀川＆萌繪系列》、《瀨在丸紅子系列》、《四季系列》等。

漫 全部成為F—浅田寅ヲ，《すべてがFになる，バーズコミックススペシャル》，幻冬舍於二〇〇二年出版。

引發新聞道德爭議的殺人案

一九九四年，普立茲獎的人物攝影獎，頒給了南非自由投稿人Kevin Carter拍攝的〈饑餓的蘇丹女孩〉，照片中骨瘦如柴垂死的蘇丹小女孩，在緩慢爬向食品發放中心的過程中，無力地瑟縮在地上；而遠方，一隻禿鷹緩緩降落，靜靜地在遠方等待著。這張照片刊登在《紐約時報》後，成千上萬的人致電詢問小女孩的生死，並引發了關於新聞道德的討論：記者應該要搶時間拍攝一張驚心動魄的照片？還是應該趕緊救人？

看過野澤尚所寫的〈希望被殺的女人〉，很難不聯想到這則新聞界的公案。故事敘述首都電視台新聞節目「Nine To Ten」的現場導播赤松直起，因接到一通陌生女子打來的「我今夜將會被殺害，希望你能舉發殺害我的兇手」的告白電話，而引發一連串緊張懸疑的故事。故事中赤松試

入門推薦 短篇

40

Recommend for Beginner

希望被殺的女人

死亡見證的邀請

筆者｜陳國偉

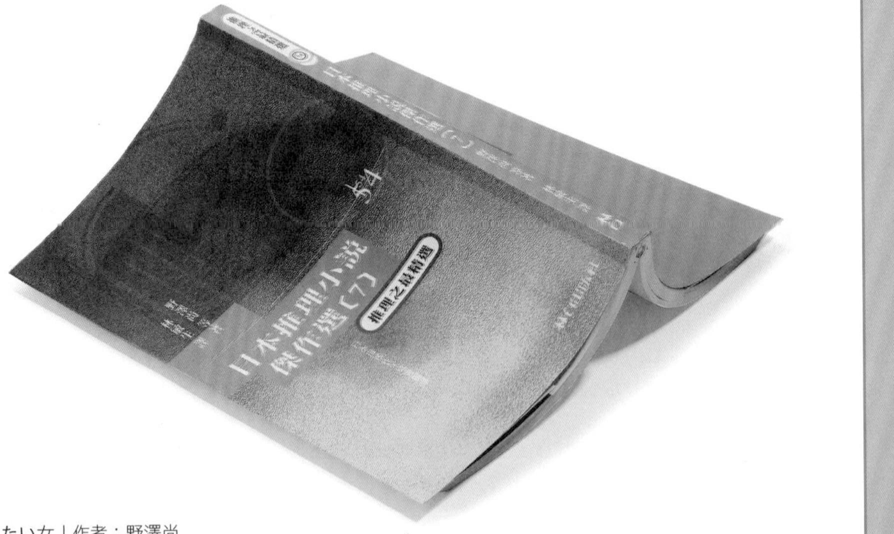

日文書名：殺されたい女｜作者：野澤尚
發表日期：《小説現代》一九九七年十月號，收錄於《砦なき者》
台灣出版社：林白出版｜出版日期：一九九九年六月
日本出版社：講談社／講談社文庫｜出版日期：二〇〇二年一月／二〇〇四年二月

圖要誘導女子透露真實姓名與相關資料，但意識到一小時內將被變心戀人殺害的女子死意堅決，執意要被戀人所殺，堅決不願意透露身分，而讓赤松直起無可奈何。

所以整篇故事一方面在赤松試圖從女子透露的蛛絲馬跡，拼湊推理出可能線索的攻防對話中進行；另一方面，電視台也陷入高收視率的誘惑及社會道德的兩難當中，進退不得。然而隨著時間的一分一秒消逝，女子的死亡時間愈來愈逼近，不論是站在人道的角度要拯救女子，或是站在冷酷的收視商業考量，赤松都得想辦法找出女子所在的位置……

真相再現的極致正是第一時間的犯罪現場

雖然本作的題材與基礎設定與野澤尚的另一本名作《虛線的惡意》相當類似，但他卻在這個短篇中討論了截然不同的議題。以挖掘、傳達第一手現場訊息為己任的媒體，其實所要捕捉的是一種真相的再現，而真相所能再現的極致，不正是捕捉到第一時間的犯罪現場？所以當死亡事件預告之際，道德的兩難在此浮現，電視台該等待著這個女人被殺，以博取最佳的第一現場實況，還是該報警處理，制止即將發生的悲劇？

〈希望被殺的女人〉最初刊登於《小說現代》一九九七年十月號，後來入選為一九九八年日本推理作家協會賞短篇部門的候補作（該屆得獎作品從缺），因此本篇先是收錄於日本作家協會所編的《殺人者——推理小說傑作選（三八）》中。後來野澤尚把它與其他三篇〈獨家報導〉、〈降臨〉、〈F的戒律〉集結成連作《失去堡壘的人》，以赤松直起作為主要視角的系列故事，反省並批判新聞媒體對現代社會的影響與傷害，具有高度的社會與人性關懷，也被視為是《虛線的惡意》的續作。

到底新聞媒體該為社會大眾「知的權利」負責？還是其實無形中已經扭曲正義與責任的意義，宰割現代人的良知與道德？這仍然是個無解的問題。我們只能知道的是，其實Kevin Carter在拍攝完〈饑餓的蘇丹女孩〉之後便趕走了禿鷹，注視著小女孩蹣跚離開，之後坐在樹下點起香菸，禱唸著上帝之名放聲慟哭。然而在得獎的三個月後，困於整個世界對其的道德譴責，Kevin Carter在約翰尼斯堡用一氧化碳結束了自己的生命。

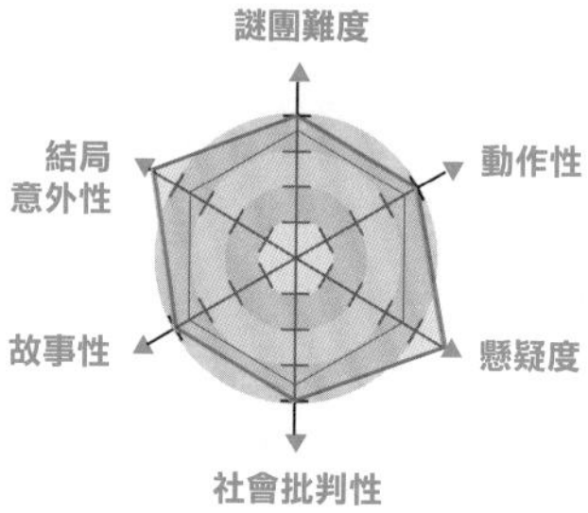

作者

野澤尚

一九六〇年出生於日本愛知縣，畢業於日本大學藝術學部電影科。為日本知名的劇作家，曾創作《戀人啊》、《沉睡的森林》、《冰的世界》等膾炙人口的劇作。曾經以《北緯35度的灼熱》和《魔笛》兩度進入江戶川亂步獎最終決選，但均落榜，終於在一九九七年以《虛線的惡意》獲得第四十三屆江戶川亂步獎，成為劇本與推理小說的雙棲作家。然而，在事業到達顛峰之際，他卻在無預警的狀況之下，在二〇〇四年於工作室自殺。

關於作者

野澤尚於二〇〇四年自殺身亡，這個消息不僅令日劇愛好者大感震驚，推理小說迷更是議論紛紛。推理小說作家既晴以「現場沒有遭到任何破壞、門窗從內側鎖住、已死亡數天」這樣一如推理小說寫法的方式在網站上宣布消息，另一位推理小說作家藍霄則說：「野澤尚最擅長在小說或劇中製造謎團，結果連自己的死都像個謎團。」野澤尚創作中的懸疑令許多推理迷折服，對於他的死更是連聲大嘆可惜。

入門推薦
長篇

41

Recommend for Beginner

虛線的惡意

媒體道德的崩壞寓言

筆者｜陳國偉

游走在新聞道德邊緣的事件真相

《虛線的惡意》是野澤尚於一九九七年獲得第四十三屆江戶川亂步獎的作品。故事敘述首都電視台的新聞節目「Nine To Ten」中的「事件檢證」單元，由於勇於揭發社會黑幕而擁有相當高的收視率，其中最大的功臣是身為剪輯師的遠藤瑤子，由於她的敏銳及有如魔法般的剪輯技巧，所以往往能夠透過新聞畫面的重新串接，直指案件的核心與黑幕，甚至大膽暗示熱門案件的凶嫌。

雖然這樣有如製造新聞般的做法，引發電視台主管及輿論的批評，然而卻也無意間為案件撥開了迷霧，讓犯人無所遁形，所以如此游走在新聞道德邊緣的行為，仍然得以持續。直到有一天，一名郵政省官員將一卷秘密拍攝的影片交給瑤子，其中記錄政府弊案牽引出的凶殺案線索，及相關人士離開被偵訊的警局時所露出的詭異笑容。

緊緊抓住這個笑容的瑤子，利用她的剪輯魔法，再度透過電視螢光幕，將影片所拼湊出的真相，傳達給社會大眾。然而她沒有想到，就從這個笑容不斷地被重複播放開始，她所認知與相信的世界，開始全盤崩壞；隨之而來的，是一個又一個的生命在媒體的放大鏡下，找不到呼吸與辯駁的生機；而相關人士的現在與過去、遠藤瑤子的自我與家庭，也都被迫攤開在世人眼中，逐一地毀壞下去……

批判新聞真實與虛構本質的「虛線」

《虛線的惡意》原名為《破線のマリス》，其中的「破線」，指的就是由五二五根虛線交織構成的電視螢光幕畫面；「マリス」也就是英文的「malice」，指的是在新聞人員的專業教育中，應該被教導的能力與道德——學會從記者的言詞及影像中「清除惡意」，消除有意識的惡意中傷。因此野澤尚便是以他最熟悉的電視圈為題材，用這五二五條光纖的「虛線」，作為批判新聞真實與虛構本質的意象。

然而，表面意象上的華麗並不是野澤尚的最終目的，事物的核心，也就是意象深層的生命意義、社會思考、人性反思，才是野澤尚要表達的主要宗旨。在一步步追索事件真相的過程中，野澤尚深刻地批判了民營電視台為求生存，如何透過傳播媒體企業的結盟，進行商業利益的交換；以及在媒體科技與產業日趨進步的過程中，美其名是讓觀眾得知更多的真相，卻是為了創造更高的收視率，讓廣告帶來更多的商業利潤，甚至不惜在競賽節目中造假。被視為民主社會第四權的新聞媒體，也就如此墮落與崩潰，所謂的「真相」早已不存在。

全書除了引人入勝的本格推理式謎團外，俯拾可見的深沉思考，都讓野澤尚趨近於社會派的脈絡，也成為當代日本推理小說的異數。不僅剖析了日本社會新聞倫理的問題，更讓我們看見血淋淋的人性。

對社會高度關懷的推理佳作

在日本被稱為「文學的、哲學的、推理的」野澤尚，因以本書獲得江戶川亂步獎，由原來的劇本家身分，跨足於推理文學界。他在推理小說中，往往灌注對社會的高度關懷，如在《擁抱不眠的夜》中處理的是泡沫經濟崩潰後，日本人如何面對自我，以及如何重拾對於家庭價值。《Limit》則是以現代人親子關係為主題，探討在高度社會化的日本社會，親子關係如何質變與逐漸淡薄，甚至觸及器官捐贈的敏感議題。其餘像《深紅》、《失去堡壘的人》，也都是引起話題的爭議之作。

正因為長期撰寫電視劇本，因此野澤尚的作品中，具有強烈的畫面感及視覺意象，並且相當能掌握情節的跌宕起伏、塑造戲劇性的高潮。

野澤尚長年從事戲劇劇本工作，早期以愛情劇居多，如《情生情盡》、《相逢何必曾相識》、《戀人啊！》、《青鳥》，獲得江戶川亂步獎之後，便開始以推理劇為主，如一九九八年由中山美穗與木村拓哉演出的《沉睡的森林》，得到八項日劇學院獎，其中包括一座劇本獎；隔年由竹野內豐與松嶋菜菜子主演的《冰的世界》，則再度讓他獲劇本獎，聲勢登上最高峰。

二〇〇二年起，由於對民營電視台的收視率追逐感到厭煩，於是轉為NHK執筆編劇。二〇〇四年六月，在改編司馬遼太郎小說《坂上的雲》尚未完稿的狀況下，竟不明原因地於工作室自殺辭世，得年四十四歲，為日本藝能界與推理文壇留下無數疑問與驚嘆。

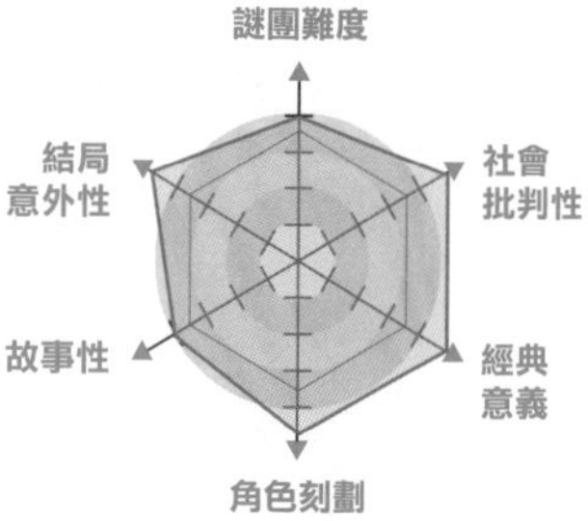

作者

野澤尚

作者簡介詳見P.101

日文書名：破線のマリス｜作者：野澤尚
台灣出版社：台英社｜出版日期：一九九八年七月
日本出版社：講談社／講談社文庫
出版日期：一九九七年／二〇〇〇年

影 一九九九年由井坂聰執導，黑木瞳飾演女主角遠藤瑤子。此電影曾入圍東京影展，有不錯的評價。

入門推薦
長篇

42

Recommend for Beginner

池袋西口公園2：計數器少年

放浪少年版的現代羅賓漢

筆者｜曲辰

矛盾特質構成主角的個人魅力

要講「池袋西口公園」這個短篇系列作，可能得先從書中的偵探開始說起。

先想像一下，一個二十歲上下的男孩，帶著一頂骯髒的鴨舌帽，講話如同青少年一般的直率，眼神好奇地探索身邊的世界，總帶著一股蓄滿力量的衝動走路。這樣的形象似乎很符合相當多的不良少年特徵，但在《池袋西口公園》一書中，他卻是整個池袋地區最富盛名的行動型偵探——真島誠。

真島誠是個放到現實世界來，絕對能被分類到蝙蝠那邊去的青少年。說他像不良少年，可是對古典音樂卻有著敏感近乎是行家等級的認識，還能說出「《天方夜譚》中的三角鐵用得太多」這種話；但若要歸類到成熟而富於品味這邊，他的價值觀與世界觀又顯得太稚嫩衝動了些。

這種矛盾的特質構成了他個人的魅力，以不良少年的姿態展露著澄澈的眼神；與本地黑道交好又能堅定著自身的正義感；辦案姿態彷彿老警官似地多次走訪案發地點，可是又每每在最終關頭靈光一閃解開謎團。不過事實上真島誠最迷人的地方，或許在於他永遠站在弱勢族群的那一邊，不屈不撓地代替他們對抗一些明知道不可能對抗的勢力。筆者並不是要說他是個高貴的騎士——那是錢德勒用來形容馬羅的，他比較像是小時候在路上遇到野狗，總會有一個人陪你站在一起，面對並抵抗不明所以向你咆哮的陰冷白牙，而他就是那樣的人。

不良少年幫派創造嶄新的都市神話

他的姿態放得很低，不是要幫你做些什麼，只是若不跟你站在一起，他沒辦法繼續快活過生活而已。所以我們可以看到，他幫助老人把連續搶劫犯抓住，為了讓他們在養老院能繼續安心地待著——〈銀十字〉；屢屢遭受不公平毆打的遊民們，也因為他而能繼續安心在路上遊蕩——〈骨音〉；女人也是他的守護範圍，在〈西一番街外帶〉裡的單親媽媽就因為身為日本人不能任意被客人帶出場而遭受到暴力對待，也在阿誠與媽媽的通力合作下算是解決了；對於小孩，真島誠的守備範圍更是廣大，從救過動兒少年從綁匪處脫身，到在日本的緬甸少年的家庭生計，都在他的關懷之內——〈計數器少年〉〈黑色頭罩之夜〉。

有趣的是，這種迷人之處剛好也是小說脫去寫實面貌的表徵，因為我們實在是沒有辦法相信在如今的大都市中，還能有這麼一

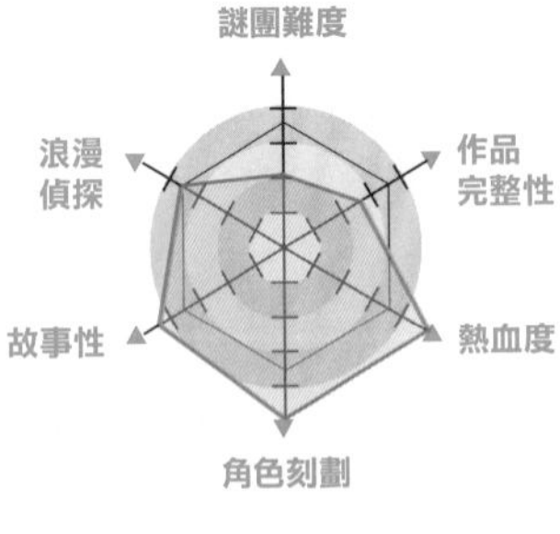

日文書名：ウエストゲートパーク｜作者：石田衣良
台灣出版社：木馬出版｜出版日期：二〇〇四年九月十日
日本出版社：文藝春秋／文春文庫｜出版日期：一九九七年／二〇〇〇年

個俠義面貌的年輕人，為了公義在做些什麼。這種不可信透露了我們的渴望，也就讓小說從故事轉為傳奇，將一則則的真島誠冒險變成嶄新的都市神話。

除了真島誠外，小說中的配角也各有特色，搭配上主角的行動，讓人看著有種在看電影《不可能的任務》的感覺，需要找來各式各樣不同的人們才能解開謎團直抵結局。而最受歡迎的配角恐怕是引領池袋地區不良少年幫派「G少年」的「KING」安藤崇了，心靈如冰山般冷酷、行動如蝴蝶般輕盈、美貌如玻璃娃娃，不僅肩負著永遠的人氣王寶座，旗下的子弟兵也得在必要時提供給真島作為行動後盾；另外還有猴子，池袋三大幫派的羽澤組的年輕新星，作者還特別為他寫了本外傳；其他還有吉岡警部、無線電少年、Zero One等等固定配角，雖然偶爾出現，卻在讀者心中各自佔有一片天。即使是可能只出現在某篇小說中的某個小角色，有時都能立體到忽然一句話或是一個動作神準地打中你的某個脆弱部位，從此一無反顧地烙印在你心中，好像天上的流星一樣，只一熠耀卻永久無法忘懷。

節奏明快、人物個性鮮明的寫實佳作

描寫人物的功力精深肯定是作者石田衣良的強項，但另一方面他具節奏的文體切割、近乎直覺的描述語句，構成了一種充滿感覺的氛圍，讀者好像真的投身其中，無能超脫出那個書中的世界。〈水中之眼〉的情節就算再怎麼荒誕離奇，在石田的細心鋪陳下全都成了肯定語句；《電子之星》的同名中篇小說，也傳遞著那種人生破敗到最後的地步，會是怎樣的一片荒蕪，傳達出的感覺是如何的揪心。

或許可以這麼說吧，想像在池袋這個地區，許多的人物在其上星羅棋布，矩陣化的都市空間中有著豐沛的情感竄流著，每個人物與人物之間有個清楚或不清楚的連結，而當一陣光芒閃過，那條連結就會啵地亮一下稍顯緊密。那道光芒，就是真島誠；沒有那道光芒，就沒有《池袋西口公園》。

作者

石田衣良

本名石平庄一，一九六〇年出生於日本東京，畢業於成蹊大學經濟系。曾任職廣告公司、自由工作者等。一九九七年以《池袋西口公園》獲ALL讀物第三十六屆推理小說新人獎，二〇〇一年以《娼年》、二〇〇二年以《骨音》分別入圍第一二六屆及第一二八屆直木獎，並於二〇〇三年以《4teen》獲第一二九屆直木獎。被稱作「新感覺派」的石田衣良，擅長描寫人心的各個層面，特別是那種都市中的疏離感，在他筆下表現地淋漓盡致。

劇 二〇〇〇年導演堤幸彥集合了當紅偶像長瀨智也、窪塚洋介、山下智久、加藤愛等人，打造這齣池袋神話。在日播出當時，獲得日本年輕人的強烈共鳴。劇中眾多拍攝景點，也成了日劇迷必去的朝聖地。

漫 《池袋西口公園》由有藤せな改編成漫畫，秋田書局於二〇〇一～二〇〇四出版。

入門推薦
長篇

43

Recommend for Beginner

OUT主婦殺人事件

分屍，你下得了手嗎？

筆者｜希映

什麼動機讓尋常女子犯下驚世駭俗的罪行

在便當工廠上夜班的四名普通女子，為何有勇氣聯手完成一樁殺人分屍案，甚至將此當做家庭代工，賺取非法報酬？

山本彌生是一個三十四歲的平凡主婦，個性天真、情感豐富，卻因為丈夫嗜賭、玩女人，數月不曾拿薪水回家，將存款花用殆盡，迫使她為了撫養兩名孩子而必須在便當工廠上夜班。不僅如此，丈夫也時時對她拳腳相向，在不堪家庭暴力的折磨之下，她因一時衝動殺了他……

香取雅子為人理性又堅強，在同伴中被認為最值得信賴，然而面對被高中退學的兒子、對社會適應不良的小職員丈夫，她只是個無力又失敗的四十三歲孤獨女人。接到彌生殺人後求援的電話，雅子非但沒有勸她去自首，反而冷靜又溫柔地給予安慰與協助。

以勤奮工作來維持自尊的吾妻良江已經五十七歲了，卻必須獨力撫養中風癱瘓的嘮叨婆婆與對窮困家境感到羞恥的高中生女兒。丈夫過世後領到的保險金已用盡，在窘迫的經濟與欠雅子人情的壓力下，良江答應幫助雅子將彌生的丈夫分屍……

至於崇尚虛華不實的外表，已經三十三歲卻謊報更低年齡，其貌不揚的城之內邦子為了購買華服與轎車而債台高築。她為了借錢還高利貸而來到雅子家，卻因此捲入事件中，拿了彌生的錢幫忙丟棄裝有屍塊的垃圾袋。

這四人各有無奈，但是，向彌生伸出援手的雅子是發自內心的憐憫，抑或為了尋找自己的出口？而個性軟弱自私的邦子，是否會帶來什麼不可知的變數……

一具屍體讓每個人找到自己的出口

故事中除了這四名實際或間接下手分屍的女性，另描寫精悍俐落卻又看似溫柔大哥的酒店經營者佐竹光義、年輕貌美如可愛小動物的酒店紅牌小姐安娜、為自身歸屬所苦卻仍然單純天真的巴西籍便當工廠員工宮森和雄、現今光鮮亮麗其實年輕時曾是飛車黨小混混的高利貸經營者十文字彬，這些人所要尋找的自由各不相同，卻都因為一具被分屍的屍體而產生關聯。他們奮力去愛、去恨，最終，每個人走向不同的出口。有人仍陷在泥沼般的生活之中、有人墮入更深沉的地獄陰闇處，然後，有人死去。

《OUT主婦殺人事件》細膩地刻劃出街頭巷尾常見的尋常人在平凡生活中各自不同的孤獨、苦悶、黑暗、吶喊與呼救。人心是

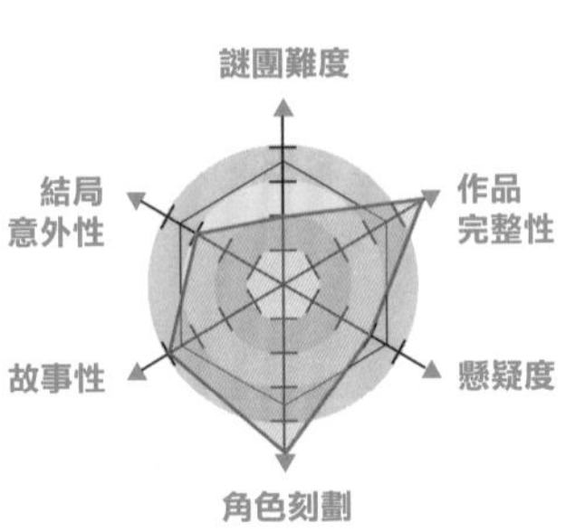

複雜的，而每個人心中都躲藏著一頭或數頭無法被衡量、無法被解釋明白的怪物，牠們尋找著出口、想望著靈魂的自由，企盼被毀滅卻又渴求被救贖。

如解剖刀似地剮探女性內在的陰暗面

桐野夏生目光銳利、筆鋒冷酷的寫作手法有其獨特魅力，不僅受讀者肯定，也獲獎連連。本書《OUT主婦殺人事件》除了摘下日本推理作家協會獎，更獲「週刊文春二十世紀傑作推理小說」肯定，名列第十八名。

而她之所以被視為日本推理文壇的女性冷硬派．犯罪小說先驅，有「黑暗小說女王」之稱，正是因為她以描寫各種不同女性生存的姿態著名，筆下的女性角色堪稱十人十色，各有不同面貌，唯一相同之處就是內在各有其陰暗的一面，而桐野的功力就是將那深藏著的、不可言喻的一面硬生生地從她們體內拉出，攤開在讀者眼前，告訴讀者，這就是「妳」。「妳」，是無可躲藏的。

作者

桐野夏生

一九五一年生於日本石川縣金澤市。九三年《濡濕面頰的雨》獲得第三十九屆江戶川亂步獎，本作為日本女性冷硬派小說之濫觴。九七年以《OUT主婦殺人事件》獲第五十一屆日本推理作家協會獎，九九年《柔嫩的臉頰》獲第一二一屆直木獎，二〇〇三年則以《異常》獲第三十一屆泉鏡花文學獎，二〇〇四年以《殘虐記》獲第十七屆柴田鍊三郎獎。同年《OUT主婦殺人事件》獲美國愛倫坡獎最佳小說部門提名，雖未獲獎，但已創下日本推理作家的新紀錄，國際聲譽扶搖直上。作品風格銳利、冷酷，為日本的犯罪小說帶來了全新潮流。其他尚有《被天使捨棄的夜晚》、《光源》、《玉蘭》等（將由獨步文化出版發行）。

影　一九九九年由星田良子、平野真導演，田中美佐子、飯島直子、渡邊惠理子、原沙知繪等人主演。

日文書名：OUT｜作者：桐野夏生
台灣出版社：台灣東販｜出版日期：二〇〇〇年十二月一日
日本出版社：講談社／講談社文庫｜出版日期：一九九七年／二〇〇二年

入門推薦
長篇

44

巷説百物語

群魔亂舞的鄉野奇談

筆者｜凌徹

Recommend for Beginner

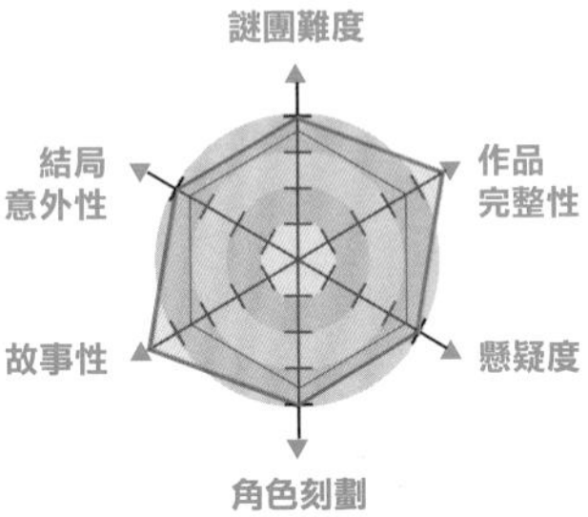

以妖怪作亂為故事表象的短篇推理

《巷說百物語》是京極夏彥的妖怪小說，故事背景設定在兩百多年前的江戶時代，書中共收錄七部短篇作品。這個系列在一九九七年隨著妖怪雜誌《怪》創刊而開始發表，幾乎每期雜誌中都會刊載一篇巷說百物語的系列作。在《怪》的持續出刊下，至今已經累積了超過二十篇的小說，完整呈現出巷說系列獨特的作品世界。

《巷說百物語》中的每一篇都以妖怪的名稱來做為篇名，例如〈白藏主〉、〈芝右衛門狸〉等等，妖怪的名字未加修飾，直接就用為小說的篇名。重要的是，妖怪並非只是篇名而已，它更是小說的主題，在故事的進行中，絕對會與篇名中的妖怪產生關聯。看著這些具有傳統與特色的妖怪，如何在京極夏彥的構思下，化成一篇精采的小說，是閱讀巷說系列的樂趣之一。

本書的內容，環繞著四名主要角色，也就是又市、阿銀、治平與百介所展開。故事有著基本模式，通常是又市一行人做了某些舉動，由於這些行為的真正意義未被說明，旁觀者無法理解他們的目的何在。例如在〈洗豆妖〉中，在小屋中避雨的一群人，開始說起怪談來打發時間，阿銀和中年商人分別說出自己的故事，卻似乎對和尚圓海造成了某種影響。儘管行動本身的意義不明，但熟悉這個系列的讀者卻都知道，他們又在進行某種騙局，只是不到最後，難以得知真正的目的何在。

由於又市常會將因為他們的行動而發生在人們面前的怪異現象歸因於妖怪，因此當他們達成目的時，巷間也就多了一則鄉野奇談。當洗紅豆的小鬼出現，就會有人落水而死。狸幻化為人。三顆頭顱在漩渦中相互纏鬥。以妖怪所引起的怪事做為表象，造成人們錯誤的認知，欺瞞不知情的一般大眾，又市因而得以達成他真正的目的。

隱藏在怪異下的真相只在故事結局揭曉

當然，巷間的奇聞只是表象，讀者不會相信那些怪異現象來自於妖怪，就像不可能相信狸會變成人一樣。真相隱藏在怪異之下，只有在故事的終盤才會由又市揭曉。為什麼他們要這麼做，為了什麼目的，想達成什麼結果，這些都會在最後全盤托出。當能夠掌握事件的全貌之後，讀者也才能知道，他們的種種騙局與設計，原來是如此地巧妙。

很明顯地，巷說系列與一般的推理小說有著不小的差異。又市

日文書名：巷説百物語｜作者：京極夏彥
台灣出版社：台灣角川｜出版日期：二〇〇四年十一月二十六日
日本出版社：角川書店／角川文庫
出版日期：一九九九年／二〇〇三年

一行人所做的不只是謎的解明，謎的創造才是他們的行動中最關鍵的核心。當然，《巷說百物語》仍然屬於推理小說，真相在最後同樣是會被揭曉的，讀者也能夠在故事完結時，知道所有行動的真正目的。然而，對於故事中的一般大眾而言，在又市他們達成目的之後，不但未能得知隱藏的真相，反而只見到怪異的發生。由於又市等人的介入，使得初始的狀況開始起了波瀾，並逐漸往怪異的方向走去。當所有的詭局完成後，剩下的只有妖怪變化的怪異現象，從而增添了巷間的鄉野奇談。這種特別的設計，也成為巷說系列的一大特色。

影視動漫的改編增添了原著的豐富性

另外，巷說系列是京極夏彥的著作中最常被改編的作品，從漫畫、動畫到電視劇，改編的範圍相當廣泛，也各自呈現出異於原著的風貌。由於原作只是提供故事的素材，改編者有相當大的彈性可以自由更動故事，因此最後的成品與原本的小說多少都會有些不同，甚至還有故事內容大幅偏離原著的情況出現。同樣的素材，由不同的人加以處理，會成為何種不同的故事，這是觀賞改編作品的興味所在，而巷說系列有著相當不錯的評價。改編作品豐富了巷說系列的世界，提供欣賞故事的另一個途徑，也讓小說讀者有機會能夠體驗不同於原著的作品空間。

京極夏彥在《巷說百物語》成書之後，繼續創作後續的系列作品《續巷說百物語》、《後巷說百物語》與《前巷說百物語》，而且在二〇〇四年以《後巷說百物語》拿下直木獎。得獎的殊榮肯定了小說的傑出表現，的確是實至名歸。巷說系列述說了許多精采的故事，也展現了京極夏彥優異的故事設計能力，妖怪與解謎的巧妙結合，必然能讓讀者得到最佳的閱讀感受。

動 二〇〇三年以京極夏彥的妖怪小說《巷說百物語》為藍本，由藤岡美暢、高橋洋和等人改編成動畫，共十三話。不同於時下的精緻畫風，怪異的筆觸營造出強烈的和式風格。

漫 《巷說百物語》一書於二〇〇一年由角川書店改編成漫畫，繪者為森野達彌。

作者

京極夏彥

作者簡介詳見P.91

以建築物為舞台的建築偵探系列

想像一下這樣的人物組合：一個臉龐總是被極長的瀏海遮住大半，卻仍舊看得出美貌輪廓的青年；一個看起來青春無敵，整天像隻小獵犬般衝來衝去的活力美少年；還有一個是身材魁梧、肌肉結實，乍看像頭野熊的冒險系青年；如果再加上一個睿智、沉穩的紳士風度美中年，就是篠田真由美「建築偵探」系列的主角團隊了。

這系列之所以被稱做「建築偵探」，當然是因為每個案件都牽涉一座或多座建築物，而跟綾辻行人的「館」系列不同的是，這邊的建築物僅僅是提供一個舞台，包裝並安排故事的上場，並不會自成一個封閉空間，讓所有人不能逃出。

建築偵探櫻井京介身為建築所研究生兼建築迷，對於各種建築風格歷史不僅知之甚詳，更瞭解其背後的文化意涵與展示意味，

入門推薦
短篇

45

櫻闇

讓人際之間產生延伸性連結

筆者｜曲辰

Recommend for Beginner

透過建築本身，他往往能如鷹隼一般的透視出真相。

滿天飛舞的櫻花成為本書中最浪漫的場景

在〈櫻闇〉一書中，故事發生在一個春日午後，當時被神代宗教授領養的京介一個人看家，有個長相如杜賓犬的人前來尋找教授未果，便強行將京介帶到一個充滿對稱風格的豪宅去。儘管富麗堂皇，卻讓京介嗅到了「墳墓」的氣味，也才發現這裡囚禁了曾經握有日本最大經濟權柄的老人一位，眾多人在他周圍徘徊，意圖謀取那老人殘留下的權柄碎片。

與那些追逐利益的野狗感到格格不入，京介走到能看見中庭的窗戶前，定眼凝視一個女子穿梭在垂枝櫻間為那個老人沏茶。奇特的事情發生了，老人喝完第一杯茶後，隨即暴斃身亡，但最有可能下毒的女子卻從頭到尾都被京介監視著，沒有任何下毒或令人起疑的動作，那到底是誰、用什麼樣的方法下的毒呢？

作者篠田真由美架構出一座無生氣的豪宅，再讓日本人最為鍾愛的櫻花植栽其中─還是有著如柳樹般隨風飄搖枝條的垂枝櫻，清風襲來，滿天飛舞的櫻花花瓣成了小說中最浪漫的場景。這樣的空間環境，恰好反應出偵探內心的變動，也讓我們發現洋樓配上和風的獨特魅力。

緻密的筆法鋪排出帶有陰影的哀愁意味

初讀「建築偵探」的人，很難不被書中作者經營的場景與文字給震懾了，篠田以她所擅長的細膩描寫功力、緻密的筆法鋪排出一種帶著陰影的哀愁意味，外在舞台如此恰如其份地表現出眾人內心的不穩定與焦躁，巧妙構成了「建築偵探」系列最大的特色：一場人與自我、人與外在的對話錄。

而當讀者不只單讀一本，而是

跟著系列追讀下去，篠田作品的另一個特色就跟著出來了，她對人物的描寫與刻劃向來有獨到之秘，專精於鋪陳人與人之間的互動與關係微妙的變化，並且讓人際之間有著延伸性的連結，不管過去未來都有著奇妙的共鳴。

大概也是因為如此，在寫出了多部長篇與短篇後，篠田真由美將心神投注在櫻井的第一助手「蒼」（僅有名無姓）的身上，為他寫了本《Sentimental Blue》，可以說是本系列的番外篇吧。

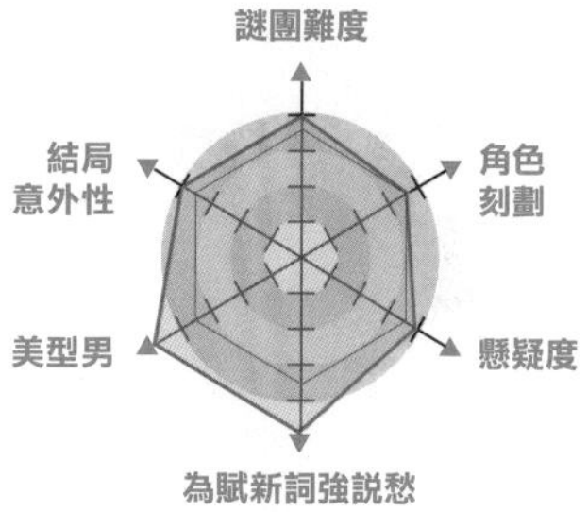

本書基本資料：
日文書名：桜闇｜作者：篠田真由美
發表日期：一九九九年，收錄於《櫻闇—建築偵探櫻井京介事件簿》
台灣出版社：尖端出版｜出版日期：二〇〇六年
日本出版社：講談社ノベルズ／講談社文庫
出版日期：一九九九年／二〇〇五年

作者

篠田真由美

一九五三年出生於日本東京，畢業於早稻田大學第二文學系，專攻東洋文化。一九九一年以《琥珀城的殺人》獲選為第二屆鮎川哲也獎決選作品，並於此年正式進入日本文壇。九四年，發表建築偵探櫻井京介系列第一部《黎明之家》。將建築知識與謎團結合，每集都以不同建築物為場景，嶄新的創意使該系列人氣不墜。作品另有《黎明之家》、《魔女死之屋》等。

作品風格

在推理小說的作者中，篠田真由美以她靠獨門的功夫，透過人與空間的互動，形成一套特殊的「建築偵探」學。在尚未成為推理作家前，篠田真由美本人相當喜歡旅行，相當著迷異國文化，也出版多本旅行文學，所以對於異國的建築結構非常有研究，同時也融入她個人的相關推理作品中。

在推理世界裡，空間一直是詭計中重要的元素，最型態就是「封閉」型態，也就是推理讀者熟知的「密室」一詞。篠田真由美讓「封閉空間」變得更有想像力，她以豐富的建築學知識，開創出獨有的「建築偵探」。

漫 由秋月杏子改編成漫畫，收錄於《建築偵探事件簿2—櫻闇》，二〇〇三年台灣長鴻出版社曾引進出版。

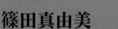

腦筋急轉彎

看漫畫讀推理

在台灣，漫畫往往被視為是不入流、難登大雅之堂的創作品，要不然就被當成小孩子在看的玩意，殊不知在歐美日等國的地位未必比文學作品來得差。以偵探推理類的創作來看，不少偵探推理類漫畫其實都是頗優秀的作品。而一提到偵探推理漫畫，即使對推理作品毫無概念或毫無興趣的人也能想得到兩部漫畫：《金田一少年事件簿》及《名偵探柯南》，或者再加上一部《偵探學園Q》吧！

在「我以名偵探爺爺的名聲發誓」這句話盛行的那個時期，金田一宛如就是推理的代名詞，甚至導致有出版社藉機推出橫溝正史的金田一耕助系列。金田一所帶起的偵探推理漫畫的除了引起一連串少年漫畫的偵探推理風外，也使得佐藤文也和天樹征丸的後續合作作品《偵探學園Q》持續受到歡迎。至於堂堂邁入第十年、毫無變回工藤新一跡象與可能的柯南就更不必說了：漫畫和周邊產品大賣，連電影版都拍了十部，據說電影版的製作甚至已經確定至少會做到二〇〇八年。

其實，除了大家熟知的《金田一少年事件簿》、《名偵探柯南》和《偵探學園Q》，還有非常多優秀的偵探推理漫畫。目前在日本評價最高、甚至凌駕於前面三部大家熟

知的老牌偵探推理之上的作品，當推加藤元浩的《神通小偵探》（日文原書名：Q.E.D. 証明終了）。這部漫畫的兩位主角人物設定相當貼近校園：男主角燈馬想是「十五歲就從MIT畢業，回到日本念高中的超級天才少年，但對感情方面的事卻是木頭一根」；女主角水原可奈是他的同班同學，她的設定是「老爸是刑警，個性開朗到少根筋，行動力超越男生，還有野獸般的運動神經」。

每當謎底要揭曉前，都會出現Q.E.D.的字眼，就表示要進入解答篇了。在這之前，作者會把主角燈馬所獲得的全部訊息都盡量畫出，讓讀者也能跟其中的主角得到一樣的線索，所以Q.E.D.除了有數學上的「故得證」含意外，在這邊也有「向讀者挑戰」的意味。

如果想一窺偵探推理的世界，又苦於懼怕閱讀現今愈來愈厚重的偵探推理小說中的文字，或許以偵探推理漫畫來入門會是不錯的途徑。

（文／好人）

下午三點……
總統府
推理急轉彎
總統府之黑金疑雲
不得了了
小勇弟死於非命了！
第一家庭的愛犬 小勇弟
意外死於總統府內
黑金
啊！
小勇弟！
沈思中…
檢驗中…
法醫權威 楊肉鬆
我發覺了
一些不尋常的線索，
第一勇弟嘴角含有幾根來歷不明
的白毛，研判勇弟被害前，疑似
與兇手搏鬥，
第二屍體尚有餘溫，研判被害
死亡時間不久。
疑點一
疑點二
請問有
查出什麼
疑點嗎？

經過警方看過所有監視影帶
發現議員邱二嫌疑最大！
最可疑的人是
議員邱二，抓他！
喔伊喔～
檢警訊問中。
邱二審訊完走出家門，記者也聞訊趕來。
你們一定要擠成這樣嗎？
議員、議員，你是否因為對阿扁不爽，爆料也沒有得到回應，於是殺了他的愛犬…
香蕉日報記者
……
議員、議員，先前曾傳出
你家貴賓阿美在總統府花園被勇弟咬傷，你是否因此懷恨在心？
不捨…
其實一切都是誤傳，我昨天下午三點我人帶著阿美在二二八公園散步…
看，這照片就是最好的不在場證明。
爆料習慣了，照片一定要放這麼大…
咻
啊！我的假髮！
推理急轉彎大家來搶答
「老闆不是我殺的」
那老闆到底是誰殺的？
邱二因為有不在場證明，
到底兇手是不是他？
請將答案寫在讀者回函卡上，我們將於十二月三十一日，選出最有創意的答案公佈在城邦花園網站上
www.cite.com.tw
優者將得到宮部美幸系列書一本
圖／出山 文／鯨魚

殘酷悽慘與纖細憂傷的「黑白乙一」獨領輕小說風潮

一九七八年出生的乙一在一九九六年以短篇恐怖小說〈夏天、煙火、我的屍體〉獲得由集英社主辦的第六屆「JUMP小說．非小說大獎」（之後改變型態為「JUMP小說大獎」），登上了文壇。當時年僅十七歲的他，雖然出道作受到部分前輩作家的熱情歡迎，然而因為年紀以及出道獎項的關係，能夠發表作品的媒體絕大部分都是以青少年為目標讀者的書系。雖然早期乙一都在青少年讀者為主的媒體發表作品，然而他的作品卻意外地輕易跨過讀者年齡的限制，迅速地在某些成人讀者中獲得了絕佳的口碑。出道之初，乙一的創作基調便分為殘酷、悽慘的「黑乙一」以及纖細、憂傷的「白乙一」兩種路線，本作便是「白乙一」路線的重要代表作。

入門推薦
短篇

46

Recommend for Beginner

形似小貓的幸福

在深刻的孤寂感中帶著一絲幽默

筆者｜張筱森

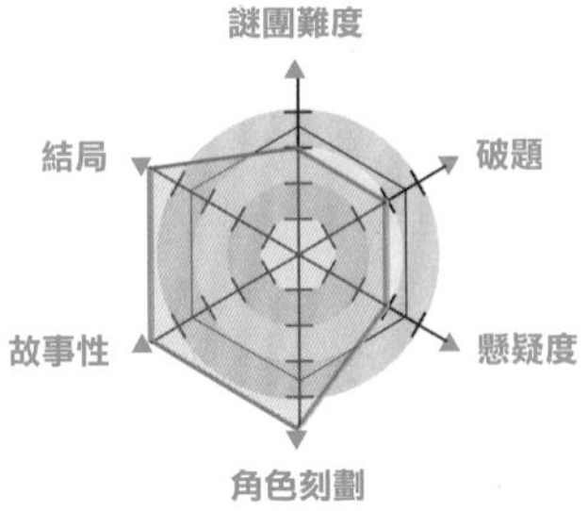

寡默少言的故事主角幾乎是作者的寫照

一名渴望一生都離群索居的人學生「我」，向親戚租了一棟房子。原本希望獨自一人默默過日子的他，發現屋裡竟有一隻前任房客留下來的小貓。透過小貓，「我」察覺到遭人刺殺身亡的前任房客似乎仍然活在這棟房子裡，雖然並非「我」所願，兩人一貓卻仍開始了一段奇妙又幸福的同居生活。然而，隨著時間的流逝，「我」發現了一件事……

乙一曾在收錄本作的《被遺忘的故事》的後記中，表示他對本作有著十分深厚的感情。寡默少言、自絕於這個世界的主角「我」幾乎可以說是作者本人的寫照，也因為這樣的個性，乙一在本作當中所建構出來的主角世界始終都灰濛濛、不見天日，一股深刻的孤寂感始終揮之不去。然而，他和前任房客無言地搶奪電視頻道控制權的場面，不僅帶著一絲幽默，甚至像是「具有殺菌作用的溫暖陽光和有如乾爽的新毛巾般的和風」似地，瞬間讓整個故事溫暖了起來。前任房客的開朗、溫柔讓一開始略顯陰沈的故事，逐漸轉向清爽明亮。

心酸卻又無比幸福的結局感動人心

雖然是帶著非理性的靈異內容的作品，乙一卻在此露了一手出色的推理小說的表演。礙於短篇小說的篇幅，不可能發展出非常龐大、誇張的詭計和謎團，因此事件的真相十分簡單。但在揭露謎底之前，乙一相當細心地在故事中佈置了各種伏筆，再加上他獨樹一格的人物塑造，也令簡單的謎底顯得更加厚實，是非常優秀的短篇推理小說示範作。

　解開了謎團，前任房客終究得離去，但是透過她留下的訊息，「我」獲得了重新面對這個曾經那麼地令人憎恨的世界的力量。雖然曾經那麼孤寂、憂傷地活著，最後終究能得到心酸卻又無比幸福的救贖，這樣的結局感動了無數的讀者，也讓乙一被稱為「描寫心痛的高手」。要瞭解白乙一為何能獲得龐大的支持，本篇作品是絕對推薦的入門佳作。

作者

乙一

本名安達寛高，一九七八年出生於日本福岡。一九九六年以〈夏天・煙火・我的屍體〉獲第六屆JUMP小說・非小說大獎出道，之後再以連作短篇集《GOTH 斷掌事件》獲第三屆本格推理小說大獎。乙一作品風格多變，自在地悠遊在推理、恐怖小說之間。最新作品為創作生涯的首部長篇推理小說《鎗與巧克力》（講談社MYSTERY LAND）

日文書名：しあわせは子猫のかたち—HAPPINESS IS A WARM KITTY
作者：乙一｜台灣出版社：台灣角川
發表日期：二〇〇一年一月，收錄於《被遺忘的故事》
出版日期：二〇〇四年七月二十七日
日本出版社：角川書店｜出版日期：二〇〇三年

以「兇手動機為何」為主軸的社會派

艾德蒙・克里斯賓（Edmund Crispin 1921-1978）在他有趣的搞笑作品《玩具店不見了》（The Moving Toyshop）中，曾讓主角凱德根與愛掉書袋的牛津大學教授費恩吵吵鬧鬧地就技術層面討論「到底兇手是誰」？

「你的理論要面對以下的困難——雖然夏曼有機會在一一：二五到三〇分之間或一一：五〇的時候勒死這個老婦人，但她還是在一一：三五到四〇分之間死亡的。」

「喔，那好吧。」凱德根忿忿地說：「如果夏曼沒殺她，那究竟是誰呢？」

「當然是夏曼了。」費恩說。

如果你對推理小說的印象，還停留在前面那偵探與助手針對細微末節吵得不可開交，機關算盡搞得你頭暈眼花的地步，以「兇手動機為何」作為書寫主軸的社會派，應該是個不錯的嘗試方向。但該挑誰呢？以短篇作品出名的橫山秀夫，絕對是你不可忽視的選擇。

入門推薦
短篇

47

Recommend for Beginner

動機

揭露平靜海波下的洶湧暗潮

筆者｜心戒

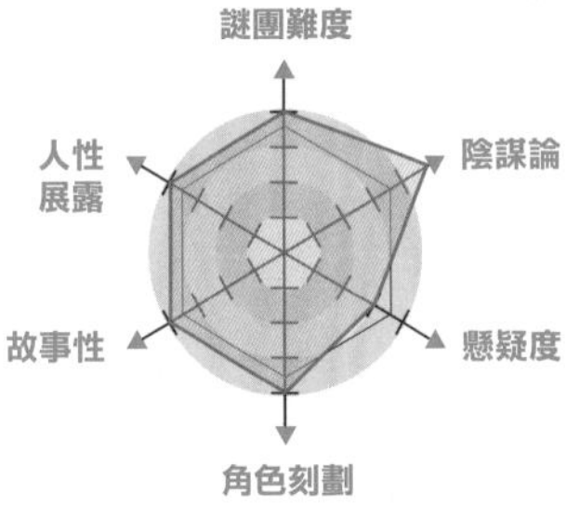

以新聞記者的角度揭露爾虞我詐的人心算計

以〈動機〉為名的同名短篇作品為例，四十四歲，現任J縣警本部企劃調查官的警視貝瀨正一，腦筋一片空白地正往縣警本部衝刺。原本好意將警察手冊做統一保管，以便同仁在下班後不需額外擔心手冊丟失的風險，可以暫時卸下責任，輕鬆地融入社會與家庭，現在卻成了最糟的醜聞導火線。原本就有大量反對聲浪的統一保管新政策，實施不到一個月，U警局所保管的三十本手冊竟然在一夜之間不翼而飛？然而，保險箱的鑰匙明明掛在夜班值勤人員正對面的牆上。這會是外人懷恨趁亂所做的手腳嗎？還是一直反對將警察之魂做回收的刑事部內賊？即將在兩天後召開記者會公開這奇恥醜聞，貝瀨警視決定漠視監察官的調查，賭上自己的名聲、家庭和前途，私下查個水落石出……

出身記者的橫山秀夫，非常習慣將事件擺在正義與良心化身的巨大組織中，如警局、報社、法院……等。當事件引爆的效應足以撼動整個組織根基時，主角必然得在時限內惶恐地刺探與追尋，試圖解決此謎團。否則，不僅是個人面子與仕途不保，社會大眾勢必會對此機構拋出質疑眼神。時限內的緊張感一方面能讓讀者忍不住地往下翻閱，更得以在短時間內窺看組織內部的運作與問題所在。但橫山秀夫想給的往往不只這些，除了部門間的明爭暗鬥、爾虞我詐的人心算計，橫山秀夫更喜歡在疑雲重重的雙面刃問題內，加入人心的不定元素，讓「為什麼」的動機揭露成了最終撼動觀眾心靈的炸藥。

陷入兩難的事件 考驗讀者推理功力

《動機》裡身為警察第二代的貝瀨，不僅得懷疑身邊謹守崗位的同仁，更糟的是，最明顯的兇手居然是屆臨退役，一直以剛正不阿形象維護警察組織信念與傳統的長輩大和田。如果兇手真的是他，整個警察組織是不是幾乎瀕臨崩潰了？比對退休後又臨喪妻，在一瞬間崩潰的警察父親，這會是大和田害怕退休後自身後追上來的腳步聲，而犯下的嚴重錯誤嗎？

在橫山秀夫看似冷靜的報導筆調下，兩難的事件總交織著個人與組織間愛恨情仇的糾葛情愫，透過人心的懷疑揣測，讓整個謎團蒙上曖昧的陰影。只是作品在兇手以委婉方式吐露動機為何的時候，倏地又回到了信念與心情上，動搖了充滿恨意的貝瀨，用溫暖的心意包裹住憤恨的心情。橫山秀夫就是有辦法在無垠冬季的平靜海波下，揭露出潮底翻騰的暗流，再告知春天即將到來的消息。

名詞解釋

警察小說：英語為police procedural，以警察集體調查行動為主的推理小說。不以特定的某個人物為名偵探，而是深入地描寫警察組織中的每個人物調查案件的活躍模樣。推理小說史上可以說成功地達到此一定義的第一部作品是，麥可班恩於一九五六年發表的八十七分局系列第一作《恨警察的人》。不過橫山秀夫的警察小說則和此一定義不同，他不以警察的視點描寫外側的世界，而是以警察的視點描寫警方內側的故事。

作者

橫山秀夫

一九五七年生於東京。國際商科大學（現在的東京國際大學）畢業。曾任職於上毛報社，之後轉業為自由作家。憑藉著多年的媒體記者經驗，開創出新型態的警察小說。一九九一年《羅蘋的消息》獲得第九屆日本山多利推理大獎佳作，一九九八年以《影子的季節》獲得第五屆松本清張獎，二○○○年《動機》獲得第五十三屆日本推理作家協會獎。二○○二年的《半自白》更熱賣五十五萬冊。

日文書名：動機｜作者：橫山秀夫
發表日期：《オール讀物》一九九九年四月號，收錄於《動機》
台灣出版社：臉譜出版｜出版日期：二○○六年一月二十五日
日本出版社：文藝春秋／文春文庫
出版日期：二○○○年／二○○二年

劇 二○○一年由上川隆也、伊東四郎、麻木久仁子、清水宏次朗等人演出，中山史郎導演。連續劇《影子的季節》系列改編自橫山秀夫的短篇推理小說。除了〈動機〉、〈影子的季節〉外，另有〈密告〉、〈失蹤〉、〈事故〉、〈刑事〉、〈清算〉等，共七篇。

入門推薦
長篇

48

骨牌效應

一枚炸彈引爆了環環相扣的連鎖反應

Recommend for Beginner

筆者｜曲辰

毫無關聯的事件在解謎之後呈現驚人結局

東京車站附近，一家保險公司分社為了達到當月業績，在最後一刻得到一份合約，而要趕在開往總公司的巴士啟動之前送到司機手上；為了慰勞員工，經理出錢請部門裡的女職員買甜點請大家吃；兩個年輕的天才女演員在某齣劇的選角會上狹路相逢，爭取重要角色；大學推理社團要選拔新社長，大家為了證明自己的解謎能力展開了競技；在網路上認識的徘句同好彼此相隔遙遠，兩人約在火車站見面，對方好像遲到了；一個女生為了怕男友提出分手，準備了毒藥等待約會到來；這些瑣碎的平常事務，都因為一個抗議團體放置炸彈在無形間被連結起來，朝向參與其中的人都無法想像的方向發展了……

一連串看似平常而又毫無關聯的事件，構成了恩田陸筆下《骨牌效應》的世界，也讓這本小說成為一個沒有死者、沒有被害者、沒有偵探角色的獨特推理小說，只是透過故事與故事間的微妙連結，讓讀者不斷處於片面的已知狀態，擁有了比故事中角色知道多一點點的資訊，也因此為了角色們採取的行動緊張不已。

換言之，說這本小說沒有偵探是錯的說法，嚴格說來，應該說偵探就是讀者本身，只是讀者無法指出兇手在哪，卻可以隨著故事的推進猜測、推理故事的下一步要到哪裡去，而人物與人物間的連結又會如何出現，小說的進展本身變成閱讀過程中最大的謎團，解開前面的疑惑隨之而來是對結局的期待更為擴大，這種種條件交織後，讓本書成為一拿起來就很難放下去的小說。

「懷舊的魔術師」筆下的角色鮮活動人

如果把這本小說放在作者恩田陸的創作歷程中看，會發現這的確是本相當特殊的著作，於此之前與之後都沒有類似的作品出現，但同時也會覺得，這本小說的出現似乎是水到渠成的，很像是融合了作者的能力加上一點點天賦的創意而誕生的。

先來介紹作者恩田陸，本名熊谷奈曲，自小就是個推理小說迷，從早稻田大學畢業後，她便立志成為推理作家。不過好玩的是，她的出道作卻是於一九九一年第三屆日本奇幻小說大獎決選作品之一的《第六個小夜子》。不過這也開創了她廣泛而厚實的寫作軌跡，從推理、奇幻到驚悚、科幻、懸疑、愛情小說無所不包。被人稱呼為「懷舊的魔術師」的她，向來嫻熟於描寫人的內心與外在環境的觸發，在對過去懷念之時仍不忘展望未來。

所以我們可以發現，《骨牌效應》中，作者相當用心地去挖掘每個人的過去，這個過去不一定會說出來，而是在某個舉動、言語、行為中，我們隱約可以看到這個角色背後的故事。作者是溫柔的，安靜的守候每個人的故事，並不會張狂地讓每個人自顧

日文書名：ドミノ｜作者：恩田陸
台灣出版社：台灣角川｜出版日期：二〇〇二年十二月二十三日
日本出版社：角川書店／角川文庫
出版日期：二〇〇一年／二〇〇四年

恩田陸

本名熊谷奈由，一九六四年出生，為推理小說迷出身的推理作家。九一年以出道作、日本奇幻小說大獎的最終候補作品《第六個小夜子》受到注目；以驚悚、科幻、懸疑、超自然小說的多方面創作展現才華，主要作品包括曾獲日本SF大賞第二名殊榮的《光之帝國》、《月亮背後》、《球形季節》、《三月，紅色深淵》、《骨牌效應》等。〇五年並以《夜晚的遠足》獲第二十六屆吉川英治文學新人獎、第二屆書店大獎第一名。

作品影像化

日本TBS電視台曾在二〇〇一年七月～九月製播改編自恩田陸作品的《NEVER LAND》，由三宅健及今井翼主演。內容描述一群慘綠少年的內心世界，以及彼此互相扶持的過程。從本劇可以看出恩田向來擅長描述少年、少女脆弱敏感的想法及行動，而且總是以溫柔的眼光關注著這段猶如易碎的玻璃一般的年少歲月。

自地叨絮起自己的過去。這種回顧在面臨到小說中的事件時，即為一種感動的力量，讓讀者可以見到人物在遭遇事件前後的心境變化，每個人的人生似乎也因此而有所牽連、有所轉變。

懸疑的情節隨時掌控讀者的呼吸

這種特殊的結構安排，讓小說呈現一種獨特的因果關係，一個人的發展不再取決於他自身的決定，而在於他遇到了怎樣的事情。所以每個角色的命運不再是在自己手裡，而是在其他人同樣也被捲入的世界中。這樣子的世界卻無形中表現了現代人的世界觀，彷彿是不斷建立在與他人的互動、與環境的關係。過去的人即全人的時代早已過去，如今不可能獨立而存在。

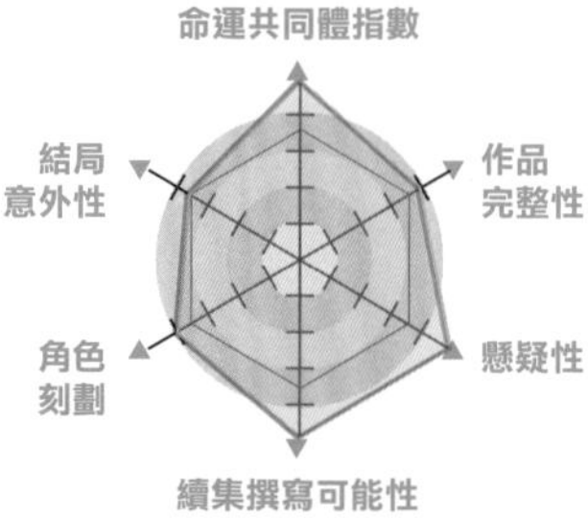

故事的筆調相當緊湊，作者運用富於節奏的段落切割，掌握了讀者的目光。敘述語句大體來說簡單而完整，不特別細膩卻又能勾勒出人物、事件、環境的面貌。適當的剪裁讓小說並未變成如巴爾札克那番龐大編制的《人間喜劇》，反倒像一個個極短篇集中起來流暢易讀。

雖然說書中人物形象往往是幾筆帶過，但由於整體閱讀滿足感幾乎滿分，讓人在讀畢小說故事後，得以感受到一股在心中滋長的豐富。這本小說讓我們發現，其實懸疑不一定要殺人、驚悚也不一定要噴血，小說家最可貴的，是讓讀者的呼吸被情節緊緊掌控住。這點，恩田陸的《骨牌效應》做到了。

入門推薦
長篇

49

Recommend for Beginner

模仿犯

宛如一幅精緻工筆的平成上河圖

筆者｜心戒

從垃圾桶內佈滿紫斑的斷肢揭開序幕

故事是這樣展開的——少年塚田真一即便狐疑著今早的報紙為何比平常晚到，仍然被蘇格蘭牧羊犬洛基拖著，展開每日清晨固定的遛狗行程。跟著面熟卻叫不出名字的鄰居打招呼、踩著不變的途徑，唯一的轉變卻是突然的狗吠，以及隨之被掀起的好奇心。於是，少年走進了事件中心的大川公園，在翻倒的垃圾桶中，一隻佈滿紫斑的女性斷手映入眼簾，大剌剌地召喚著他……

就是這合該無事的清晨突兀的插曲，揭開厚達一千四百頁的序幕，輪番讓四十三位有名有姓有背景的人物登台演出，交織著人性的光輝與險惡，構築出宮部美幸近來榮獲六冠，迅速改拍成電影的大作《模仿犯》。

隨著寫作技巧與經驗的增進，宮部美幸從《火車》《理由》一路寫來，總是採用極度透明卻又冷調的筆觸，搭配其欲書寫的眾生百相，讓讀者驚奇不斷，不停地想深入挖掘，卻又在掩卷後深深感嘆。然而，宮部美幸並非喜歡耍弄特殊場景與詭計的作家，亦非偏愛沉重濃濁，幾乎脫離解謎樂趣的書寫者。在《模仿犯》裡出現的每個角色，切切實實地如同你我身旁熟悉的街坊鄰居：轉角豆腐店的老爺爺、街坊老字號藥房的兒子、商店街外那家蕎麥麵店的女兒……。不論是寫著美食專欄的不得志女記者，還是補習班的明星男教師，宮部美幸筆下瞄準的，是翔實透過這些我們每天可能在過馬路時錯身的各色人物，描繪出一幅平成年間的清明上河圖。

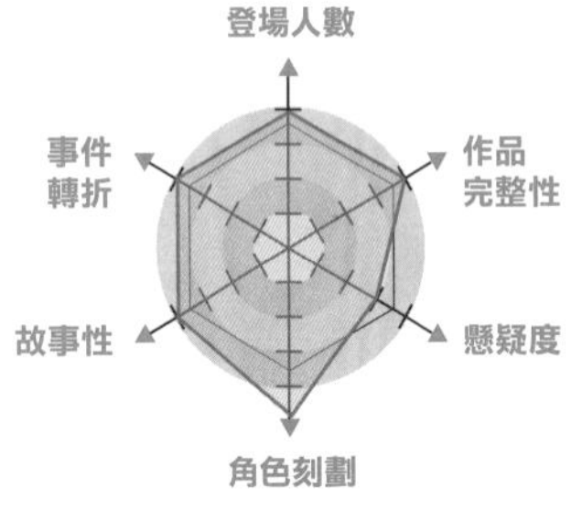

以緩緩擴大的事件層層堆砌出社會眾生相

宮部美幸非常喜歡在鋪排故事時，將主軸事件發展路上經過的、不慎牽扯進來的關係人，都給予最大的好奇心並描述其隱藏在敘事主幹外的私面相。也因此，隨著凶案登場，面臨孫女失蹤的豆腐店老闆有馬義男，竟擔任起追查兇手的角色；而發現斷手的塚田真一，在不經意下被女記者前畑滋子得知其為去年滅門慘案裡僅存的少年後，一心想寫出好報導的她，決定在這般巧合中，從發現都會魔爪下死亡女性屍體的少年切入，展開一連串描寫現代社會殘酷面相的報導。

然而，就在這一切即將步入軌道，看似主要角色們即將連結一起的同時，作者大筆一揮，竟告知讀者「兇手有兩名，而且已經死亡」的驚愕消息？這……，故事才進行到前四分之一的厚度而已啊！

隨著第二部的揭露，宮部美幸

進一步將原本躲在電視機前收看新聞的人們拉上抬面，不僅從兩名兇手的身世寫起，添佐其周圍人、事、物的種種影響，更將看似只影響當事者家屬的事件緩緩擴大，像套圈圈般地層層堆疊。

繼承鐵工廠家業卻夾在婆媳間的年輕少東、奮力奔走尋求真相的刑警武上悅郎，甚至是出書為童年玩伴辯白的教師網川浩一，這些人生看似與事件保持著不直接影響的角色，隨著凶案發展，各自展開了讀者無法想像的轉變。甚至到了故事第三部，宮部美幸更藉由嗜血的媒體與捕風捉影的報章雜誌，將事件的影響力擴及全日本，並抨擊媒體八卦的本性，與自以為是的報導寫法。事件就在作者不停翻轉之下，在最後爆發出巨大的能量，不僅帶出模仿犯的真意，更特寫了隱藏其背後的「絕對之惡」。

日文書名：模倣犯｜作者：宮部美幸
台灣出版社：臉譜出版
出版日期：二〇〇四年十月
日本出版社：小學館／新潮文庫
出版日期：二〇〇一年／二〇〇五年

從惡意產生的連鎖反應 引出生命的真正價值

如果說《火車》像透過凸透鏡，將焦點集中在金融制度和人們極度想藉由金錢翻身的雙面刃上，《理由》則反過來以家庭價值為凹透鏡焦點，藉由海蟑螂事件做延伸擴展，探討每個人背後不為人知的成家動機與對家庭關係的冀求。那麼，《模仿犯》更像塊三稜鏡，將這連續殺人事件一分為多，照耀出光譜內含括男女老少的社會大眾，對於絕對之惡的動機所產生的連鎖反應，並帶出生命存在的真正價值。

展開《模仿犯》，就如同展開一幅精緻工筆的平成上河圖，隨著流水逝去，這個以清冷筆觸，左手寫推理，右手著時代小說的日本「國民作家」，想寫的並不只是個謀殺故事，而是你我周遭努力過生活的庶民百態浮世繪。

作者

攝影／塔下智士

宮部美幸

一九六〇年出生於東京。一九八七年以《吾家鄰人的犯罪》獲《ALL讀物》推理小說新人獎；一九八九年以《魔術的耳語》（獨步文化出版）獲日本推理懸疑小說大獎。一九九二年以《龍眠》獲日本推理作家協會獎，並以《本所深川怪異草紙》獲吉川英治文學新人獎；一九九三年《火車》獲山本周五郎獎；一九九七年《蒲生邸事件》獲日本SF大獎；一九九九年《理由》獲直木獎。近期作品有《勇者物語》《孤宿之人》等（將由獨步文化出版）。

影 本書於二〇〇二年夏天改編成電影，由森田芳光執導，中居正廣、藤井隆、津田寬治木村佳乃等人主演。

入門推薦
長篇

50

Recommend for Beginner

半自白

藏在天使掌心的另一半真相

筆者｜陳國偉

挑戰單一敘述視角的接力賽

所有閱讀推理小說的讀者，往往都期待著兇手自白時刻的到來，因為那將是整本書的最高潮，自白之後，真相也隨之大白。

可是，如果一本推理小說的開場，就是兇手自首並自白，那故事該如何繼續下去呢？橫山秀夫的《半自白》，就是這樣一本小說。

之所以稱為「半自白」，那是因為兇手的完全自白，只是某種意義上，眾人所期待的自白。

這到底是怎麼一回事？

橫山秀夫在《半自白》中，採取了一個非常特殊的形式，來敘述這個警察學校的教師梶聰一郎的殺妻案件，沿著一般案件發生之後，得知消息與接觸案件的「身分」順序，透過偵訊官志木和正、檢察官佐瀨銛男、記者中尾洋平、辯護律師植村學、受命法官藤林圭吾、監獄看守長古賀誠司等六個不同身分的觀看角度，連綴起犯罪者被逮捕後事件的曲折歷程，拼湊完整的真相構圖。

在推理小說中，主要敘述者往往不脫偵探、犯罪者與記錄者三種，橫山秀夫採用的敘述模

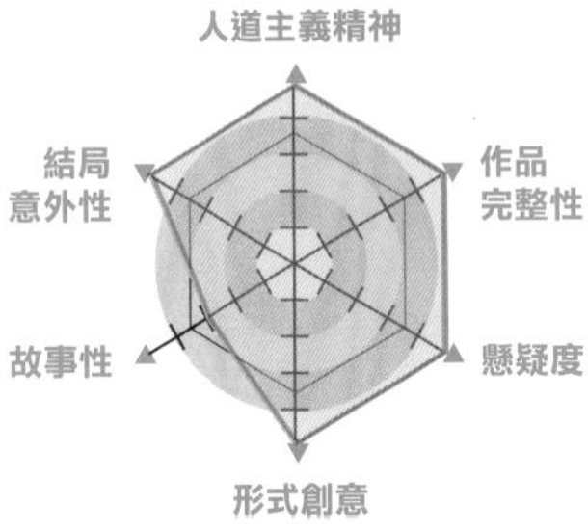

日文書名：半落ち｜作者：橫山秀夫
台灣出版社：商周出版｜出版日期：二〇〇四年十月
（同年將由獨步文化出版發行）
日本出版社：講談社／講談社文庫
出版日期：二〇〇二年九月／二〇〇五年九月

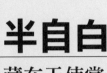

式，挑戰了讀者習慣的單一敘述視角，他所更換的六種敘述者身分，既是轉換，但又是接力，以意想不到的方式一步步逼近真相的核心，相當精采。

幽微的人性光芒點燃道德與人性的議題

然而最令讀者難忘的，還是梶聰一郎殺害妻子的原因。得到阿茲海默症日益嚴重的妻子，在死於急性骨髓性白血病的兒子的忌日，再度發病。白天已經前去掃墓的兩人，到了晚間妻子卻全然遺忘，並陷入瘋狂。她認為自己身為一個失格的母親，也失去了做人的資格，於是對著丈夫這麼說道：「殺了我吧！殺了我吧！我想在沒忘掉俊哉之前死去……，至少讓我以一個母親的身分死去……，求求你！」如此驚心動魄、為維護身為人尊嚴的悲哀請求，讓不忍妻子痛苦的梶聰一郎，動手結束了她的生命。

橫山秀夫透過這樣幽微的人性光芒，點燃了道德與人性的兩難議題，令人低迴而動容。

雖然如此，但令人意外的是，梶聰一郎的自白並不完全。如此摯愛妻子，品格令人尊敬的人，卻在將妻子殺害後，放著妻子的遺體不顧，而消失了兩天，被懷疑去了風化場所。而面對檢警的偵訊，梶聰一郎堅不吐實，因此，為了維護警察組織的聲譽，他做出了警方期待的自白，然而不論對於他或警方而言，這都只是疑雲重重的「半自白」。

以素實而直接的力量重拾對生命的信念

在此橫山秀夫展現了他在擅長的警察小說類型中，對於警察組織一貫的批判視野，面對警方這個犯罪真相重要的探勘者及守門人，橫山讓我們看到了警方所要追索的，其實只是能滿足他們的真相，而非大眾所希望知道的事件真相。而每一個在組織科層中的單一個體，都必須為了維護組織的榮辱而生存，就連像梶聰一郎這樣因犯罪走到人生盡頭的人，都必須將他生命最後的尊嚴，貢獻給組織。

與一般推理小說最大的不同，《半自白》是一部故事愈講到後段，謎團反而愈來愈濃厚、愈來愈吸引人的傑作。隨著不同身分的偵察者勾勒出真相的輪廓，反而更讓梶聰一郎消失的兩天更增添了不同的神秘性。而梶聰一郎所宣示的「我只會再活一年」，那隨著監獄生活愈趨清澈的眼神，以及祥和平靜有如初生嬰孩的臉孔，都讓人好奇再三，到底他心裡在想什麼？是什麼原因讓他願意背負著恥辱再活一年，又是怎樣的信念讓他決定只要活一年？

這本被《週刊文春》評選為「2002年Best 10」第一名、《這本推理了不起！》評選為「2003年Best 5」第一名的傑作，雖然沒有血腥場景、沒有做作的鬥智場面、沒有異想天開的謎團，也不依賴令人擊節讚賞的詭計，但《半自白》以它的素樸，那真實而直接的動人力量，讓我們看見了人性光芒，重拾對生命的信念。

橫山秀夫也讓我們相信，在這個已經道德崩毀、價值敗壞的時代，在世界的角落裡，仍隱藏著一些單純的善良，那些生命的溫柔力量，其實從未完全消逝，仍然在我們妥協於現實的人性裡喃喃自語，訴說著它們的「半自白」。

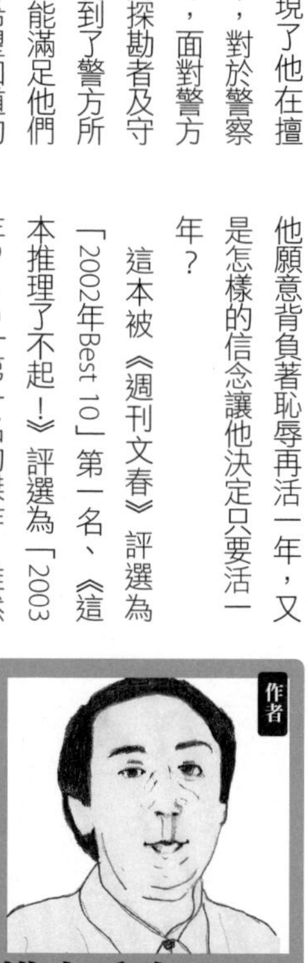

橫山秀夫

作者簡介詳見P.119

影 當年台灣的推理雜誌曾經連載過本書，沒想到竟遭腰斬，在當時的書名譯為《現職警部殺人事件》。不過，本書在日本熱賣五十五萬冊，東映電影公司曾經改拍成電影，導演佐佐木清更以此片得到第二十八屆日本電影學院獎的最佳影片。此片吸引了一百五十萬人觀賞，片中男主角寺尾聰是老牌的演技派，並以本片榮獲四十七屆藍絲帶電影獎的影帝頭銜。

入門推薦
長篇

51

昆蟲偵探

日本推理界的異色作品

筆者｜凌徹

Recommend for Beginner

野生動物研究家的創新嘗試

將昆蟲與推理加以結合，這種奇特的設定，讓《昆蟲偵探》成為非常獨特的一部作品。

作者鳥飼否宇，曾在二〇〇一年以《中空》拿下第二十一屆橫溝正史推理小說大獎，這也是他進軍推理文壇的第一本小說。此後，他持續創作不斷，每年都有作品問世。而他不但是推理作家，更是一位自然觀察者與野生動物研究家。這樣的經歷，應該正是他能夠創作本書的重要因素。

書名非常貼切地描述出小說的特色。沒錯，本作中絕大多數登場的角色，都是昆蟲。偵探是熊蜂，助手是蟑螂，警察是螞蟻，光是這樣的設定，就足以讓人深感興趣，更別提其他讓故事生動有趣的眾多昆蟲了。

當推理小說從人間來到昆蟲世界之後，原本熟悉的名詞，當然也就必須改變。犯蟲、被害蟲、目擊蟲、嫌疑蟲、依賴蟲、證蟲，每次在小說中讀到這些充滿新意的名詞，總是會讓人莞爾，也不得不佩服作者的創意。

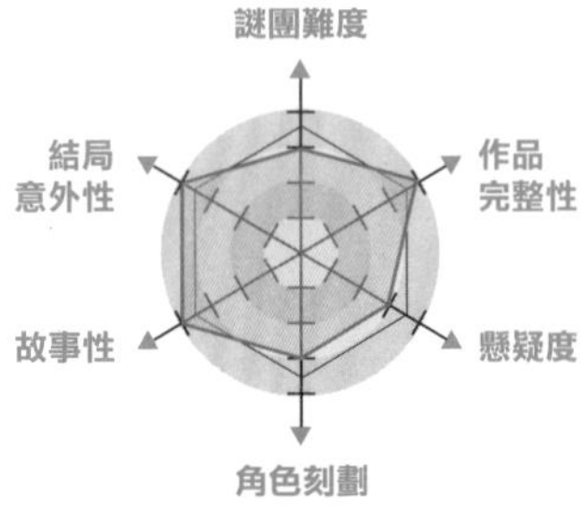

令人會心一笑的巧思設計

由於這樣的設定，這本短篇集中的每則故事，都令人覺得新鮮感十足。除了偵探、助手與警察是固定角色之外，每一次都有不同的昆蟲登場。多采多姿的昆蟲世界，就在故事中隨著案件而出現在讀者面前，讓人得到不同於傳統推理小說的奇妙閱讀體驗。

本書不只是以昆蟲做為號召，光是看到每一篇小說的名稱，相信都會讓熟悉日本推理的朋友會心一笑。例如〈蝴蝶殺蛾事件〉、〈哲學蟲的密室〉、〈晝之蟬〉，都是鳥飼否宇借用知名的推理小說書名，再加以調整之後，做為《昆蟲偵探》中每則故事的篇名。橫溝正史的《蝴蝶殺人事件》，笠井潔的《哲學者的密室》，北村薰的《夜之蟬》，就在作者的巧妙設計下，轉變為昆蟲世界的偵探事件。這樣的篇名，當然會勾起讀者的好奇心，也自然有其一定的吸引力。

鳥飼否宇並非只是單純地仿用前人的書名而已，篇名本身如實反應了故事內容。以〈蝴蝶殺蛾事件〉為例，正是描述一隻蝴蝶被懷疑殺害了一隻蛾的事件。

在雜木林中的樹液酒吧，蝴蝶似乎在飛行中撞上了蛾，導致蛾從空中墜落掉到地面，觸碰牠也沒有反應。但是蝴蝶卻聲稱自己完全沒有碰到蛾，牠沒有殺蛾，牠是清白的。當偵探來到現場時，卻發現蛾的屍體竟然不見了。奇妙的殺蟲事件與屍體的移動，真相究竟為何？

透過解謎過程學習昆蟲知識

正如上述，小說的篇名並不只是單純模仿過去的名作，而是與故事內容有著直接的關聯。當然或許會有讀者擔心，故事中是否涉及被借用書名的原著謎底。關於這點，鳥飼否宇只是以篇名向前人致敬，故事內容並不會提及原著的謎底，所以就算沒有讀過原作，還是可以安心閱讀。

由於這些事件都是發生在昆蟲世界，所以作者運用了大量的昆蟲知識來架構整個故事。相關的昆蟲知識是謎團設計的重點所在，也成為解謎的關鍵。由於昆蟲的生態與人類不同，所以其中當然就會發生一些事件，是在人類世界的推理小說裡絕對不可能出現的。於是，千奇百怪的昆蟲習性，就在作者匠心獨具的設計下，發展成一樁樁神秘難解的事件。作者藉由廣博的昆蟲知識，成功地拓展了推理小說的邊界，這樣的昆蟲推理，讓推理小說的世界變得更加多元，也顯得更為豐富。

從昆蟲世界的設定中所能獲得的另一個優點，就是讀者可以學習到昆蟲的知識。由於作品是以這些知識做為場景設定與核心謎團，因此不需要閱讀專業書籍或是科普讀物，只要從包裝成偵探故事的小說中，通過解謎的過程，讀者很自然地就能瞭解昆蟲的生態與習性，這也是閱讀本作的額外收穫。

像這樣的異色作品，就算在百花齊放的日本推理界，也是不多見的。《昆蟲偵探》的嘗試，打破了推理小說的傳統界限，呈現出具有可看性的精采故事，是相當值得給予肯定的一部作品。

本書基本資料：
日文書名：昆虫探偵｜作者：鳥飼否宇
日本出版社：世界文化社／光文社文庫｜出版日期：二〇〇二年／二〇〇五年

作者

鳥飼否宇

一九六〇年出生於日本福岡，畢業於九州大學理學部。因為姓氏的關係，他自中學起便開始觀察野鳥，本身不但是推理作家，更是一位自然觀察者與野生動物研究家。曾任職於出版社長達十八年，四〇歲時離職，遷至奄美大島，希望能過晴耕雨讀的生活。二〇〇一年以《中空》獲第二十一回橫溝正史推理小說大獎，正式進入日本文壇。作品另有《桃源鄉慘劇》、《太陽與戰慄》、《激走福岡國際馬拉松》、《密林》等。

故事情節與犯罪手段環環相扣

大學社團的聚會在松永俊樹的住所舉辦。聚會結束之後，社團成員們一起離開。在回家的途中，廣谷亞紀發現自己的手機遺忘在松永家，於是折返去拿。松永的住所裡沒有人回應，室內沒有開燈，大門也沒有上鎖，亞紀認為松永已經睡著，於是自行入內，而且怕吵醒松永，也沒有開燈，找到手機之後就離開了。隔日，警方找上了亞紀，她才知道松永在聚會之後被殺害，而且在他家中的牆上還留著「幸虧妳沒開燈，撿回了一條命」的血文字。讓人驚訝的是，這竟然與某則都市傳說的內容極為雷同。

熟悉都市傳說的朋友，對這樣的故事應該不會陌生。黑暗中的殺人魔，幸運逃過一劫的主角，在故事結束時給予讀者最強烈的震撼，儘管這個傳說的重點並不在於如何解明殺人事件，但在推理小說家的眼中，故事與犯罪的

入門推薦
短篇

52

Recommend for Beginner

都市傳說

當都市傳說變成真實的犯罪事件……

筆者｜凌徹

緊密關聯，卻在在是一篇推理小說的素材。法月綸太郎注意到了這一點，並以此完成了本部作品。

師法艾勒里．昆恩的邏輯推理手法

法月綸太郎向來以艾勒里．昆恩為師，他的作品仿傚昆恩，小說中的偵探與作者同名，一樣是「法月綸太郎」，而且有位職業是警察的父親，階級是警視，這種設定與昆恩如出一轍。不僅如此，他的作品更是強調邏輯推理，著重於如何從種種線索中推導出事件的真相，本作即是他的創作精神最具體的展現。

事件開始於知名都市傳說的故事結束之後，在原本的傳奇中，雖然有被害者與殺人魔，但兇手的身分不是傳說的重點，也不需要說明。只是如果這個事件並非傳說，而是推理小說中的事件，那麼犯罪的真相就必須要解釋。如此一來，原本的傳說要如何包裝成推理小說，而且其中所存在的線索，是否能夠推導出讓人驚訝的結局？這成為最值得讀者關注的焦點。

從解謎中欣賞都市傳說的多元化樣貌

事件解明是推理小說的基本，但在本篇小說中，作者的企圖卻不止於此。都市傳說是素材，但在故事解明之後，卻又添加了新一層的意義。原本的傳說，經過了本篇小說的事件處理，發展成另一種與原版有著微妙差異的都市傳說。讀者不僅能夠從推理小說中得到解謎的樂趣，更能欣賞到都市傳說往不同方向發展之後，會呈現出何種變形。法月綸太郎的表現，讓人讚嘆。

以知名的都市傳說為藍本，賦予推理小說的架構與意義，並將原作加以延伸發展，是其精采之處。本作拿下二〇〇二年第五十五屆日本推理作家協會獎（短篇部門），更被翻譯

為英文，以〈An Urban Legend Puzzle〉為篇名，刊載於二〇〇四年一月的美國EQMM雜誌上，可見其受人重視的程度。

名詞解釋

都市傳說：當現代化逐漸入侵我們的生活，過去人們傳誦的民間故事，於是改變型態，成為都市傳說再度流傳於人們的口耳之間。都市傳說大致可分為兩類，一類就是所謂的謠言，例如人行指示燈的小綠人走滿一萬步會跌倒就是這種類型；另一類就比較接近「傳說」的地步，通常與超自然事物或非人們所能理解的現象有關，日本流行於小學生間的人面犬（有張人臉的狗）與裂嘴女（嘴巴裂開直到耳朵下端）即為範例，通常在資訊越流通、人口越稠密的地區越容易產生。

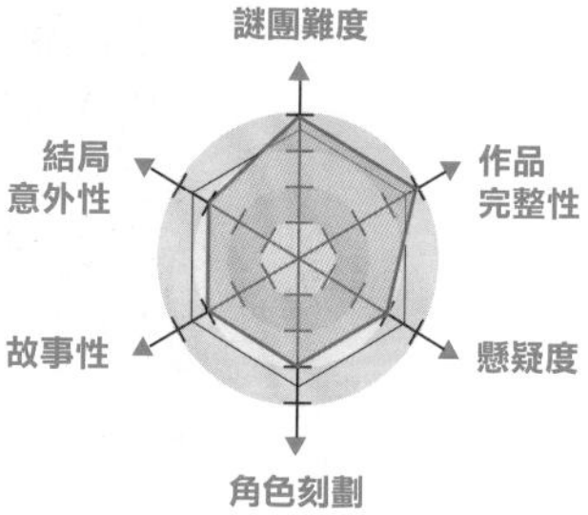

本書基本資料：

日文書名：都市伝説パズル｜作者：法月綸太郎

發表日期：《小説現代増刊メフィスト》一九九九年五月，收錄於《法月綸太郎の功績》

日本出版社：講談社ノベルズ／講談社文庫

出版日期：二〇〇二年／二〇〇五年

作者

法月綸太郎

法月綸太郎，原名山田純也，一九六四年出生於日本島根縣，畢業於京都大學法學部。曾加入京都大學推理小說研究社，在此結識綾辻行人、我孫子武丸等人，私交甚篤。一九八八年以《密閉教室》獲得島田莊司推薦出道，被視為新本格第一期成員之一。二〇〇二年以《都市傳說》獲第五十五屆日本推理作家協會獎短篇部門獎，二〇〇五年以暌違十年的法月綸太郎長篇推理傑作《去問人頭吧》獲得第五屆本格推理小說大獎。作品另有《雪密室》、《一的悲劇》、《二的悲劇》、《法月綸太郎的冒險》。

漫 都市傳說—風祭壯太，收錄於《都市傳說之謎》，台灣長鴻出版社於二〇〇五年出版。

入門推薦
長篇

53

月之扉

散發出聖潔月光般的動人氛圍

筆者｜曲辰

Recommend for Beginner

量少質精的新本格派新秀

通常來說，大眾小說的作者為了要在最短的時間之內寫出最精采的作品，往往都會選擇自己熟悉的環境與背景，這就是為什麼新本格第一期作家的出道作多半以大學為背景；而為了在最短的時間內凝聚最大的人氣，作者們會採行另外一個方法——經營系列，靠著讀者與系列人物間的熟稔，企圖獲得一定的掌聲，這種招式以森博嗣最為精深，閒來無事還會讓不同系列裡的人物來個友情出演。

如果有這樣的認識，那麼，石持淺海在日本推理文壇的存在，便跟著奇特了起來。

先來介紹一下作者，石持出生於一九六六年，愛知縣人，九州大學理學院畢業後任職食品公司。一九九七年在鮎川哲也主編的《本格推理11》首度發表作品〈暗箱之中〉，但真正出道要等到二〇〇二年長篇小說《愛爾蘭薔薇》獲選為KAPPA NOVELS發掘新人的「Kappa-One」計畫的第一部作品才算成功。之後他的作品幾乎年年擠上日本推理小說排行榜前十名，以一個新人而言成績可謂不俗。

事實上，截至二〇〇五年為止，儘管寫了四部長篇小說，但四部的場景、登場人物、謎團重

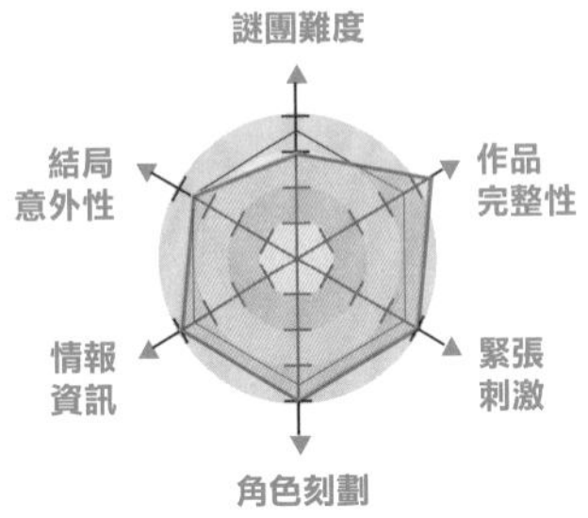

日文書名：月の扉｜作者：石持淺海
台灣出版社：如何出版｜出版日期：二〇〇六年四月
日本出版社：カッパ・ノベルス／光文社文庫
出版日期：二〇〇三年／二〇〇六年

點卻各不相同，這一方面或許是石持本身產量不豐的原因，但同時卻也展現了他身為作家的自信與氣魄。

複合式封閉空間 營造出緊迫的懾人氣氛

《月之扉》的場景設定在琉球那霸機場等待起飛的大型客機上，三名擔任琉球地區頗有盛名的青少年教育營的工作人員，以挾持嬰兒做為要脅，綁架了整架飛機的兩百多名乘客。他們很快地與警方搭上線，並提出了要求，希望警方能將某個羈押在牢內的犯人在時限之前帶到琉球機場。統括來說，這個要求十分啟人疑竇，因為往往綁匪會要求將人犯「釋放」，而不僅僅是「帶來」而已，並且還有時間上的但書，更讓人匪夷所思。

正當警察展開緊急商議並且狐疑於綁架犯動機的時候，機上的廁所內忽然出現了一具屍體，明顯是被利刃割傷流血過多致死，這讓本來已掌控情勢的劫機犯亂了陣腳。為了取信於機上的乘客，抓住兇手勢在必行，不過他們三人仍須同時看管手中的小孩以達到恫嚇的效果。所以再度出乎人意料的，他們指定了其中一名乘客作為臨時偵探，要求對方限時查出殺人兇手。

作為營造「封閉空間」的能手，石持在本書中充分運用自己的才能，營造出複合式的封閉空間，一方面大型客機本身就是一個絕佳的密室，加上警方封閉了琉球機場形成雙重密室的穩定結構——也就是說，廁所裡的死者其實是位於三重密室中；一方面劫機犯與乘客間的微妙緊張感，構成了心理上的障壁，恐懼與緊張讓彼此毫無溝通的餘裕，這種精神障壁就某種意義而言或許還比物理上的封閉空間來得堅固。

處在這種封閉空間中，個人不再只是個人，一舉一動都會干擾到其他人，群體成為一個極不穩定的流體炸彈，稍有不慎就可能引爆自焚，而唯一的安全閥卻是劫機犯手中的三個嬰兒，這樣一來，擔負有釋放乘客壓力的偵探角色格外的重要，而他的一舉一動便成為了眾人注目的焦點。這種心理壓力，巧妙地與小說本身的懸疑性結合在一起，讓讀者很難不一口氣看完。

幻想與現實謀合的巧妙設計

《月之扉》的另外一個特色，其實是在於小說本身的幻想性。雖然從登場舞台、人物設定、角色衝突，這一切都具有一定的寫實程度，但作家安排小說中的教育營領導者有著超乎常人的能力，而眾人皆信服於這種能力。於是，幻想與現實找到了謀合的基礎，故事情節也跟著發散出如月輪般的光芒。

這樣的設定反而對讀者形成了考驗，如果讀者相當配合地投入作者提供的線索與設定之中，那在迎臨結局的到來時，才會同時感到驚訝與悲哀，並在尾聲中感到一種龐大的聖潔。若果讀者沒辦法配合作者，疏離於書中情節的話，勢必會覺得《月之扉》是本過度拉長又沉悶的小說。

或許這是讀者在預備閱讀之前，所需要先知道的一些前置知識吧。

作者

石持淺海

一九六六年出生於日本愛知縣，畢業於九州大學理學院。高中在學期間即開始創作推理小說，九七年起陸續在《本格推理》發表〈暗箱之中〉、〈衝破地雷陣〉等作品。二〇〇二年以長篇小說《愛爾蘭薔薇》獲選為光文社「Kappa-One」計畫的第一部作品。他擅長將象徵意象置於故事中，敘事明快，重視邏輯論理。出道不到十年，即受到許多推理評論家肯定，〇五年他的作品更是打入日本三大推理小說年度排行榜的前三名。作品另有《水迷宮》、《月之扉》、《緊閉的門扉》等。

入門推薦
長篇

54

Recommend for Beginner

我和貓柳先生的夏天

老少咸宜的普級版推理世界

筆者｜凌徹

一場難忘的夏日冒險

六年級的風太，在暑假開始的前一天，遇見了自稱是未來推銷員的貓柳先生。只要一百圓，貓柳先生就會告訴你「未來」。貓柳先生莫名其妙地住進了風太的家中，和他一起度過小學生涯的最後一個暑假。就這樣，在這個暑假，風太和貓柳先生一起解開了他們所居住的髮櫛町裡種種奇怪的謎團，從吃人小學、無頭幽靈、消失森林到人魚寶藏，風太的暑期自由研究，讓他經歷了一場難忘的冒險。

以神秘的消失事件取代殘忍的殺人事件

本書的作者勇嶺薰，是當今日本推理文壇中，最專注於少年推理的作家之一。這種特色，來自他不同於其他推理作家的經歷。勇嶺薰曾經是小學教師，為了讓不喜歡讀書的小朋友能夠開始閱讀，於是提筆創作。由於他的小說從一開始就是以未成年的學生為讀者群，少年推理很自然地成為他最主要的創作類型。

為了貼近未成年的讀者，在他的故事中，也多半採用小學或中學的男、女孩為主角，例如本作的風太，就是小學六年級的男生。這在他的作品中，並不是特例，而是最常見的設定。因此，讀者很容易就能將自己投射到故事之中，因為在小說裡所寫的，似乎正是讀者自己的體驗。這樣的人物設定自然也更符合本作身為少年推理的特質。

此外，在他的小說中，為了能讓小學生讀者安心閱讀，通常都不會發生殺人事件，因此與一般的推理小說有著明顯的區隔。避開了殘酷的犯罪，取而代之的，是種種不可思議的謎，而且這些謎團都能夠激起小朋友的好奇心。在刻意迴避殺人事件的情況下，勇嶺薰最常使用的謎就是「消失」。在本書中，吃人小學

日文書名：僕と未来屋の夏｜作者：勇嶺薰
台灣出版社：麥田出版｜出版日期：二〇〇五年二月
日本出版社：講談社ミステリランド｜出版日期：二〇〇三年

的傳說，追根究柢，其實就是小偷消失在校舍中的謎團。而風太最初所遭遇到的事件，也正是他家裡飼養的狗在森林中消失。他對於消失事件的偏愛，由此應可略知一二。

這是可以理解的。由於不在故事中採用衝擊性最強的殺人事件，他自然必須另覓途徑，找尋同樣具有魅力的謎團，才能依此完成推理小說中的解謎架構。而且，為了符合少年推理的本質，謎團不但得迎合未成年讀者的喜好，更重要的是易於理解。消失事件符合了這樣的需求，也因此成為他愛用的元素。

冒險情節滿足了讀者的童年渴望

當然，他的謎團設計能力也絕不只侷限於消失事件而已。例如徘徊在消失森林裡的無頭幽靈，以及某個男人在酒醉之後，無意間闖入空無一人的商店街，而在男人酒醒回家後，竟然發現已經過了一個星期的時間，諸如此類的不可思議事件，也都在他的筆下成為非常吸引人的故事。不倚靠殺人事件，而專注於創造更具魅力的謎團，這不只能讓少年少女們感到興趣，就算是成人讀者來閱讀，所得到的樂趣也絕不輸給一般的推理小說。因此，儘管他的小說通常被標榜為少年推理，但仍然擁有一群成年讀者，這樣的魅力，也絕對可以從本作中充分體會。

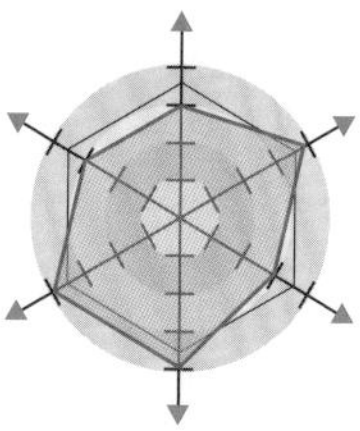

除了解謎之外，冒險也在故事中扮演了重要的角色，而這更豐富了閱讀的樂趣。找尋人魚寶藏，讓風太的暑假在冒險經歷中劃下完美的句點。對於讀者而言，不但可以從故事中得到解謎的趣味，更滿足了童年時所渴望的小小冒險旅程，樂趣十足。

《我和貓柳先生的夏天》屬於「**迷思少年**」書系，而這個系列企劃的主旨，就是獻給少年少女與曾是少年少女的大人。這本小說，的確是完全符合這項宗旨的作品。在暑假時，暫時脫離學校的制式生活，快樂地度過悠哉的假期，必然是許多人共同的期望。在本書中，勇嶺薰讓所有的讀者體驗了一段精采無比的暑假生活。沒有血腥，沒有醜惡，留下的只是難忘的回憶，讓人回味無窮。不分年齡的感動，這正是勇嶺薰的作品最值得推薦給所有讀者欣賞之處。他的小說，也絕對是最適合少年少女們體驗推理世界的精采傑作。

名詞解釋

迷思少年：麥田出版社所推出的少年推理系列，翻譯自日本講談社的「Mystery Land」書系。本書系在日本從二〇〇三年開始出版，麥田則於二〇〇五年引進台灣。系列主旨是「獻給少年少女與曾是少年少女的你」，邀請六名知名的推理作家，專門為童心未泯的大人們與少男少女所撰寫的推理小說，情節峰迴路轉，結局出人意表，風格奇詭懸疑，書中還有名畫家繪製彩色插畫，這六名推理作家分別是島田莊司、勇嶺薰、有栖川有栖、篠田真由美、小野不由美、殊能將之。

作者

勇嶺薰

一九六四年生於日本三重縣，於三重大學教育學院畢業後，在小學擔任教師。為了讓班上討厭看書的學生也能享受閱讀的樂趣，他立志要親手寫出所有孩子都愛看的書是日本目前最受兒童歡迎的推理作家。一九八九年以《怪盜小丑先生》獲得講談社兒童文學新人獎出道，代表作品有《名偵探夢水清志郎事件簿》系列、《虹北恭助的冒險》系列、《都會的湯姆歷險記》等。二〇〇一年辭去多年的教職，現為專職作家。

入門推薦
長篇

55

重力小丑

像爵士樂又像鄉村搖滾

筆者｜曲辰

Recommend for Beginner

連續縱火案牽扯出越來越多謎團

如果可以，希望你在看《重力小丑》這本小說之前，先去CD架上挑一張適當的音樂，最好是那種帶著搖擺感覺有點閒適可是又會有幾個連續音節重重打到你心裡的絕妙作品，爵士或許是不錯的選擇，不然那種很清淡的鄉村搖滾也是不錯的。

之所以要懇請你如此做，是因為這是一本或許讓人在看的時候會起相當程度共鳴的作品。

小說以發生在仙台市的連續縱火案為主軸，主角泉水的弟弟春發現縱火案發生前周遭的建築物必定有塗鴉，於是跟哥哥一起偵察。但在調查的途中，泉水發現弟弟的生活中有越來越多的謎團，謎樣的筆記本、不斷重複看著一遍又一遍的電影錄影帶，這些到底代表了什麼？

作為一本長篇推理小說，僅僅有無人傷亡的連續縱火案，這樣的謎團顯然是不夠的，而作者的企圖似乎也不是在縱火案或塗鴉上（儘管之後這兩者的謎團還是得到了解釋），毋寧是將這個案件作為一個樞紐，輻輳出多條故事線，讓我們能夠來回於泉水與春的人生，撿起過去的重要事件，重新拼湊出兩人的形象，並以這種理解去看待兩者「正在」進行的行為以及事件，如此一來，當故事的結局來臨時，其背後的巨大人性以及生命意義，才會如浪濤般席捲讀者的閱讀經驗。

精細的章節切割巧妙掌握讀者的閱讀節奏

為了要能夠多面敘事，作者將全書分成了五十七個章節，最短不過兩頁，最長也頂多十四、五頁的篇幅，乍看之下頗為零碎，且標題間也明顯互不相涉，多的是不明所以的名詞與英文縮寫。可是一旦真正進入書中的世界，便會對作者精細的控制章節長短感到欽佩，以章節的切割巧妙掌握讀者的閱讀節奏，並能將某些精巧的橋段獨立出來給予讀者完整的感動與震撼。好像拼圖一樣，只有將小說中全部段落拾掇成一個整體，許多感覺扞格之處或沒有意義的描述，忽然間好像打開了電源一般，在夜空中屬於它的位置熠耀地閃爍著。

這樣一本小說，雖然與慣常所見的推理小說不甚相同，不過卻碰觸到了些什麼，帶給讀者最大的感動之餘仍讓人認可它的推理小說身分。這也就是日本評論界盛讚作者伊坂幸太郎是推理小說先鋒者的緣故。

一九七一年出生的伊坂幸太郎，於一九九六年以《礙眼的壞蛋們》得到第十三屆山多利推理小說獎佳作，並於二〇〇〇年以《奧杜邦的祈禱》奪得第五屆新潮推理小說俱樂部獎正式出道。結構綿密、文風細緻的他，著作雖不算多，卻能屢次奪得日本文壇重要的獎項，諸如吉川英治新人獎、推理作家協會獎，還入圍直木獎數次之多，因此也被譽為推理界最有可能繼東野圭吾後得到直木獎的推理作家。

伊坂的作品往往超出習見推理小說範疇甚多，如《奧杜邦的祈禱》中，有個會說話、能預知未來的稻草人，它的被殺也成為書中最主要謎團；《死神的精確度》中，主角則是人人畏懼的死神，看著死神於世間與人們的互動成了系列作品最大賣點。

著重於角色關懷與探討親情本質

《重力小丑》也是，名為推理小說卻沒有偵探、沒有死者，作者似乎對描繪犯罪興趣缺缺，取而代之的，是對書中角色的關懷與對親情本質的討論。泉水與春名義上是兄弟，不過卻是某個暴力事件造成不幸結果而衍生的關係，所以小說中描述兩人的牽絆就顯得格外重要，從默契、相處、小動作上均可以見到兩人的關係密切程度，透過這種子輩的緊密連結，回過頭來看到春與毫無血緣關係的父親的互動上，才會有額外的感觸，而對於父親在書末說出的那句話，才會讓讀者有著如雷殛般的感動。

在《重力小丑》中，無疑的，伊坂創造出一對可以與宮部美幸《繼父》中雙胞胎兄弟同列推理小說史上最可愛兄弟檔的組合，但與《繼父》中的一派天真、稚嫩不同，泉水與春要擔負的是更為龐大的人生，他們也得要對自己和對方的人生負責，這同時構成了他們倆性格上的魅力。

於是奇蹟發生了，當小說完結時，讀者不是發出滿足的喟嘆，反而會對於要離開這對兄弟檔發出壓抑的悲鳴。

這，就是《重力小丑》的魅力所在。

日文書名：重力ピエロ｜作者：伊坂幸太郎
台灣出版社：商周出版｜出版日期：二〇〇四年八月
（同年將改由獨步文化出版發行）
日本出版社：新潮社｜出版日期：二〇〇三年

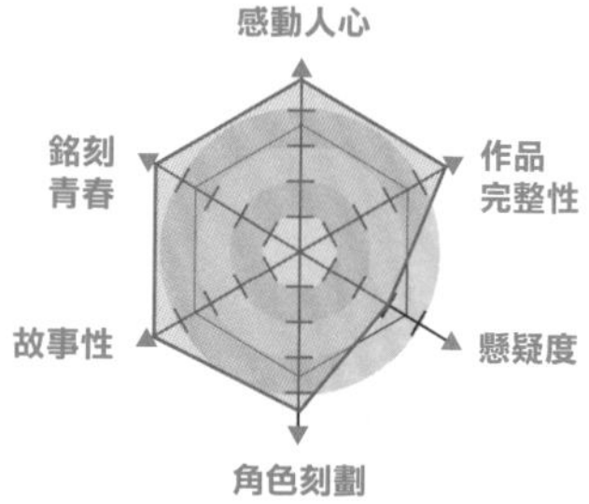

作者

伊坂幸太郎

一九七一年出生於日本千葉縣，畢業於東北大學法學部。熱愛電影，深受柯恩兄弟、尚・積葵・貝力斯、艾米爾・庫斯杜力卡等導演影響。九六年以《礙眼的壞蛋們》獲日本山多利推理大獎佳作，二〇〇〇年以《奧杜邦的祈禱》榮獲第五屆新潮推理俱樂部獎，躋身文壇；同年作品《海海人生》出版上市，各大報章雜誌爭相報導，廣受各界好評。〇三年以《重力小丑》獲選為直木賞候補作。作者知識廣博，取材範圍涵蓋生物、藝術、歷史；文筆風格豪邁詼諧而具透明感，內容環環相扣。是近年來日本文壇上少見的文學新秀，備受矚目。作品有《奧杜邦的祈禱》、《死神的精確度》、《Lush Life》等（將由獨步文化出版發行）。

利用都市傳說將附會殺人合理化

推理小說中有一種次類型，我們稱之為「附會殺人」，也就是殺人的形式、順序、方法，可能與某首歌謠、某本書、某種象徵相合（如《童謠的死亡預言》、《獄門島》）。特別的是，小說家也喜歡用「傳說」作為附會的媒介，讓一個民族文化中固有的傳說故事角色成為真實世界的殺人形象，這在故事氣氛營造以及引人注目部分都能獲得相當的成功。

但是到了現今的社會，如此附會傳說恐怕除了寂寞的小山村外，就不大會有人相信這類怪力亂神之說了。所以這種說故事型態必須做個改變，讓附會的物事不再是那麼遙不可及，也讓故事進入了現代社會。朱川湊人就找到了「都市傳說」作為新的媒介，並寫出了得到「ALL讀物推理小說新人獎」的作品〈貓頭鷹男〉。

入門推薦
短篇

56

Recommend for Beginner

貓頭鷹男

創意始終來自於人性

筆者｜曲辰

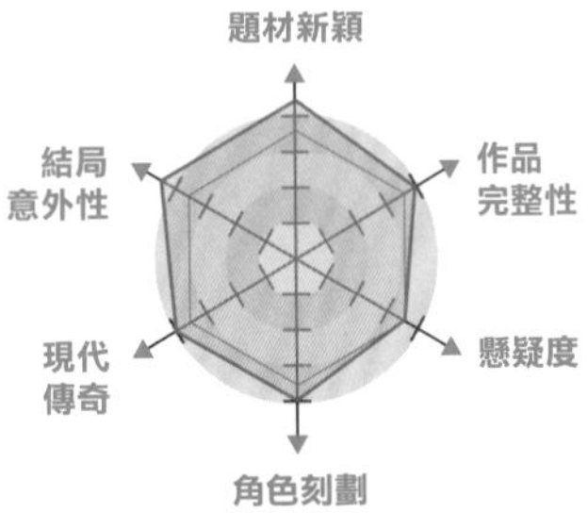

透過無遠弗屆的網路進行角色扮演

故事中設定了一個自小熱愛怪談的主人翁，在一次偶然的機會中，發現兒時玩伴因為成為了小孩子口中的「怪物」而永垂不朽後，彷彿得到了天啟似地要創造一個屬於自身的、並且同時存在於現實世界的「都市傳說」。靠著無遠弗屆的網路幫助，很容易藉由不同的身分與形象來共同擬塑出一個百分之百虛構出來的都市傳說怪物——「貓頭鷹男」，但他無法滿足只在網路上出現的貓頭鷹男，於是決定自己親身扮演這個角色，也透過這種角色扮演，得到了極大的成就感。只是，在一次的意外中，他必須讓自己所扮演的貓頭鷹男動手殺人，而故事的黑暗面，也隨著展開了。

作者朱川湊人以極明快的文體書寫，讓整個故事的節奏進展得相當緊湊，這種書寫功力會讓讀者不自覺地跟著故事中的主角走，透過第一人稱的敘事方法，讀者漸漸深刻地瞭解主人翁的心情、思緒。縱使無法「同意」主角的所作所為，最起碼也能「理解」主角的動機與決定。也只有在這種深層的理解之後，故事的結局才能帶給讀者驚訝的滿足。

再度利用傳統元素開拓新視野

從推理小說的發展而言，朱川將此篇故事的附會傳說從過去的配角一躍而成主角的地位，本來只是能夠增加可看性與期待感的元素，轉型成讓讀者好奇傳說自身將會如何進化，也就是說，人與傳說的關係從過去的「人利用傳說」變成了「傳說自身賦予自我生命，役使人循著它的意志行進」。這種由被動轉成主動的角色逆反，也成為了本篇小說中最值得一看的部分。

從〈貓頭鷹男〉一文中，可以看到傳統元素的再利用，並發現過往的經典條件或許靠著作家積極的介入並改進，將能夠呈現出嶄新的視野，帶給讀者新鮮的刺激。更重要的或許是，讓我們更體會到，推理小說做為一個不斷演變的文類，是沒有發展的盡頭的。

推理迷看本書

「看完本書，會讓人想到一部電影〈三更〉。主要是從兩個方向一起聯想到〈三更〉。一邊是三更之二的英文名稱Three Extreme；一邊是想到了三更之回家。先解釋前者，Three Extreme，顧名思義，就是『三種極端的情感』，這種特質在《貓頭鷹男》裡都被推演到極致，極端愛著一個人、恨著一個人、等候一個人，五個故事分別都將部分情感放大到無力去挽留，甚至就這樣被吞噬了也安然處之，因為那是自己熱愛的世界。」

作者

朱川湊人

出生於大阪，慶應義塾大學文學系畢業，曾任職於出版社，離職後專事寫作。二〇〇二年以〈貓頭鷹男〉獲第四十一屆ALL讀物推理小說新人獎，二〇〇三年以《在白屋裡吟月之歌》獲第十屆日本恐怖小說大獎短篇獎，同時以短篇小說集《貓頭鷹男》入圍第一三〇屆直木獎，之後的《花食》更勇奪第一三三屆直木獎。他的文字擅長於懷舊中經營氣氛，恐怖、懸疑的背後往往是人心的哀傷與希望，這種療癒系的風格也塑造了他賺人熱淚的形象。

日文書名：ふくろう男｜作者：朱川湊人
發表日期：《オール讀物》二〇〇二年十一月號，收錄於《貓頭鷹男》
台灣出版社：如何出版｜出版日期：二〇〇五年八月
日本出版社：文藝春秋｜出版日期：二〇〇三年九月

入門推薦
長篇

51

Recommend for Beginner

櫻樹抽芽時，想你

冷硬派私家偵探小說風格

筆者｜凌徹

新本格第一期成員的重要代表作

若說到二〇〇三年日本推理文壇最受矚目的作品，歌野晶午的《櫻樹抽芽時，想你》當可名列其中。本書在當年日本年終的數項推理小說排行榜中皆名列前茅，更於二〇〇四年一舉拿下日本推理作家協會獎與本格推理大獎，這些實績，充分說明了本書所受到的推崇。來自讀者的讚賞，不但打響了歌野晶午的名號，也讓本書從此成為他筆下最重要的代表作。

儘管歌野晶午屬於新本格第一期的成員，在新本格作家中是最早出道的幾位之一，但過去他沒有拿過任何獎項，在排行榜上出現的次數也是寥寥可數，甚至曾經有三年的時間未發表新作。如今藉由本書，他獲得了廣泛讀者的支持，也證明他多年來所累積的創作實力的確不容小覷。

本書的故事主軸，在於過去曾經當過偵探的成瀨將虎，接受友人的委託，對表面上販賣健康商品，但暗地裡卻似乎在進行犯罪行為的蓬萊俱樂部展開調查。由此主軸，也連帶描述出他過去擔任偵探，潛入黑道臥底時，所調查的獵奇殺人事件。除此之外，還包括成瀨將虎幫電腦教室的學生安藤士郎尋找女兒，在電車月台阻止麻宮櫻的自殺，以及古屋節子受到蓬萊俱樂部的控制而為虎作倀等等事件。小說就在主軸與支線的安插與切換下，帶領讀者迎向故事的終局。

佈局重於解謎的冒險奇遇記

雖然歌野晶午通常被視為是本格推理作家，但本書卻偏向冷硬派，較不具有本格派注重邏輯解謎的特色，而這種設計也模糊了焦點，使得謎團得以被隱藏而不被發現。事實上，在讀者初讀本書時，很難明顯察覺到主要謎團的存在，只有許多規模不大的謎。由於作者採用冷硬派的私家偵探小說風格，故事多在描述成瀨將虎的行動，不論是現在的事件進行或是過去的事件片段，基本上都圍繞在成瀨將虎身上，只有在描述古屋節子逐步陷入蓬萊俱樂部的犯罪深淵時，視點才暫時移開，但那畢竟只是少數段落，故事多半還是以成瀨將虎為主。

於是閱讀本書的過程，其實也等於是在閱讀成瀨將虎的冒險奇遇記。讀者所意識到的謎團並不至於構成太大的解謎樂趣，畢竟除了獵奇事件的呈現比較偏向本格推理，有個明顯的謎團待解之外，成瀨將虎所調查的蓬萊俱

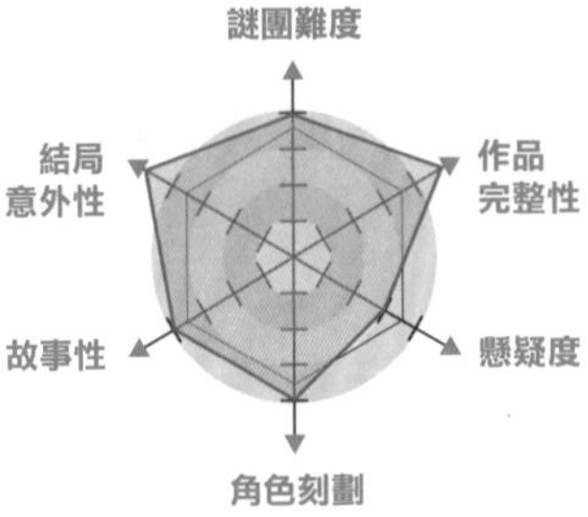

樂部是否犯罪，讀者也早已了然於胸，只是看他如何逐步逼近真相而已。在冷硬派的風格下，傳統解謎推理的味道已變得相當地淡，如此一來，將會影響讀者在閱讀時所抱持的期待，也由此為最後的逆轉進行佈局。

日文書名：葉桜の季節に君を想うということ｜作者：歌野晶午
（改由獨步文化出版發行）
台灣出版社：商周出版｜出版日期：二〇〇四年十二月
日本出版社：文藝春秋｜出版日期：二〇〇三年三月

巧妙隱藏事件裡層的爆炸性真相

當讀者將焦點放在作者安排於故事表層的謎團，習慣於作品中冷硬派的氛圍，閱讀的目的變成等待成瀨將虎的冒險要如何結束時，在小說的最後，才終於揭曉歌野晶午巧妙隱藏在事件裡層的爆炸性真相。經過了中途平順的閱讀過程，直到最後，真正的意外感才會完全侵襲讀者，讀者也才能知道，原來自己的視野竟然只侷限在事件本身，卻完全忽略了最本質的真相。從小說的一開始到最後，處處可見作者的絕妙構思，只不過那些都是精心設計的陷阱，不但隱藏了故事的真相，更限制了讀者的視野，讓小說能在終盤時營造出絕佳的意外性，也讓讀者不得不稱許作者的精采表現。

因此，這是一本非常值得重讀的小說。初讀時體驗絕對意外的震撼感，再讀時即可充分感受作者的用心設計。真相其實一直都在眼前，只是盲點掩蓋了讀者的視線，也讓人由衷感嘆，原來先入為主的觀念是如此深入人心，影響竟是如此巨大。

在出道十五年之後，歌野晶午以其磨練多年的文筆與故事設計能力，寫出了這部讓人驚嘆的傑作。這本小說不只挑戰讀者的思考界限，更提醒我們應該調整自己觀看世界的角度，才有機會見到更豐富的事物。故事的極致意外，只是本書的重要部分之一，真相所帶來的感動，才是這本小說更具魅力的價值所在。

作者

歌野晶午

作者簡介詳見P.89

入門推薦
長篇

58

紅樓夢殺人事件

給始終看不完古典鉅作卻又想裝氣質的你

筆者｜曲辰

Recommend for Beginner

在有限空間盡情揮灑無限創意

京城最具財勢的賈家為了要迎接元宵節元春貴妃省親，張燈結綵自不用說，還在寧國府、榮國府中間蓋了一個占地甚大、極盡花鳥工匠之能事、行雕樑畫棟之極的園子，這園之精巧豪華叫貴妃看得好生讚嘆，於是大筆一揮，為其定名為「大觀園」，取「於此大觀世界」之意，還吩咐眾家弟妹妹們住進園子裡，別荒廢了。

這段情節，取自曹雪芹所著之《紅樓夢》，是大家相當耳熟能詳的一個文學橋段，而有沒有人想過，像大觀園這樣的地方，其實用推理小說讀者的眼光來看，根本就是另外一種型態的「封閉空間」，外面的閒雜人等無法進來，裡面的人也不是說出去就能出去，如果在這個「人工的樂園」發生了連續凶殺案，會是怎樣的光景呢？

這就是《紅樓夢殺人事件》。

作者蘆邊拓一九五八年出生於大阪，原名小畠逸介，同志社大學法學部畢業，曾任職讀賣新聞社校閱部至一九九四年。於一九九〇年以《殺人喜劇的13人》得到了首屆鮎川哲也獎，並相繼創作同是以森江春策為主角偵探的系列作品。

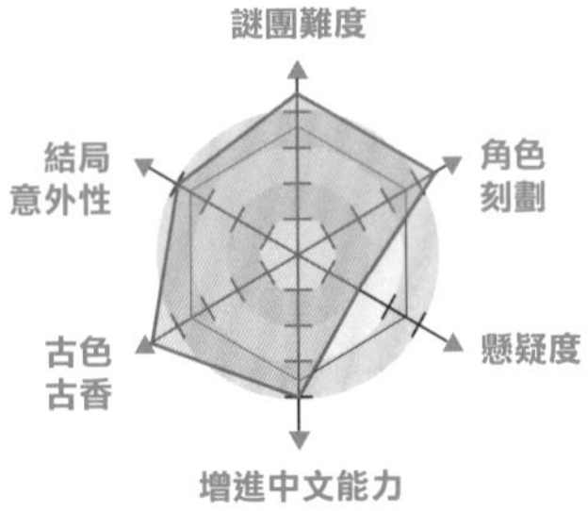

其實蘆邊拓會挑選這種題材寫作並不難猜，他本來就擅長於遊走他人領域之中，在有限制的空間裡揮灑出無限的創意，例如他的《羅蘋對決福爾摩斯——名偵探博覽會》就讓舉世知名的亞森羅蘋與福爾摩斯在世界博覽會上對決，之後的《明智小五郎對金田一耕助——名偵探博覽會II》則是日本兩大名探的對決，同書還有布朗神父及白羅等名探的致敬作。同時他也寫作諸如《明清疾風錄》之類的中國歷史小說，其實都奠定了他對於相關背景知識的了然於胸。

原著中間筆帶過的角色在本書大放異采

細讀此書，看得出來作者頗做過一番功課，許多細節之處都合章彌縫，逐一能交代過去，不過礙於發生殺人案件，總是得有些更動之處。

就好比大觀園中連續凶殺事件的死者，其實也都是原作中安排其死亡的角色，如賈迎春在原作中雖是死於不肖丈夫之手，到了蘆邊拓筆下則是死得波瀾壯闊。正當眾人在園中聚會之際，忽然不見迎春蹤影，這才發現她落入池中，但離奇的是，池中水淺，並不到能淹死人的地步，那到底是誰下的手呢？

隨著這樣的安排，讀者們進入

了一個既熟悉又不熟悉的世界，住在大觀園裡一夥人組成的「海棠詩社」，在書中成了「海棠謎社」；寶玉與黛玉合讀的書，也從《會真記》變成了《棠陰比事》、《折獄龜鑑》、《洗冤集錄》，甚至是《龍圖公案》、《武則天四大奇案》、《皇明諸司廉明奇判公案傳》這類法名之學。

特別值得一提的，或許是全書的視點並非我們耳熟能詳的那些人名，如賈寶玉、林黛玉、薛寶釵、襲人、鴛鴦、晴雯，反而是由在原作中閒筆帶過的賈府總管賴大之子賴尚榮擔任視點人物順便扮演偵探。

熟悉《紅樓夢》的讀者在此或許會感到些許扞格之處，在原作中本是七品縣令的賴尚榮原來不只是個小人物，還是個貪官，賈府破落之時還倒打一耙。在這卻因屢破奇案而升任刑部司法官，被北靜郡王水溶欽點來辦理此案，他的助手也不是旁人，就是紅樓夢的靈魂主角——賈寶玉。

解謎與結尾的大逆轉令人拍案叫絕

這本小說在許多小細節也都特別照應到，讀者只要稍微具備相關知識應該都可以體會作者的用心，如仿造原作分為第一回、第二回等，每回下還列回目，照著應有的格式工整排列。在第一回結尾，還學章回小說的慣用語，說了句「欲知端詳，且聽下回分解」。

從推理小說讀者的觀點而言，閱讀本書的樂趣其實就是在那種既熟悉又不熟悉的世界裡發生了連續命案，你既熟悉又不熟悉的人物卻登場介入了案件，而大觀園的形象也隨著你的閱讀過程展開與過去閱讀經驗毫不相同的轉變。這種閱讀的立體化經驗，可以說是推理小說少能提供的，這或許同時是作者企圖要提供給讀者的額外樂趣吧。

做為一個推理小說家，蘆邊拓除了在與原著的互動上表現精采之外，也讓大家發現他對於推理小說的觀察研究相當透徹，如此方能對於連續殺人的合理性與意外性在本書做出了值得一看的突破。

或許到最後，出這本小說的台灣出版社，會跟《紅樓夢》包在一起賣吧。

作者

蘆邊拓

本名小畠逸介，一九五八年出生於日本大阪，畢業於同志社大學法學部。曾任職於讀賣新聞社校閱部，一九八六年以科幻小說《異類五種》入選第二屆幻想文學新人獎佳作並出道，之後則以《殺人喜劇的13人》獲首屆鮎川哲也獎。主要創作有以律師為偵探角色的森江春策系列，代表作為《時之誘拐》、《時之密室》。蘆邊拓的推理小說特色在於，娛樂性與故事性較重，雖不以詭計與謎團見長，卻能帶給一般讀者愉快的閱讀體驗。

本書基本資料：
日文書名：紅楼夢の殺人｜作者：蘆邊拓
台灣出版社：遠流｜出版日期：二〇〇六年七月
日本出版社：文藝春秋｜出版日期：二〇〇四年

偏向卡通化風格的魔法少女當道

我一直覺得，這個系列推理小說的產生很有可能是在一次的編輯作家聚會中閒聊產生的，當時的情況大概是這樣吧！

編：最近很流行超能力少女的故事呢，你看《庫洛魔法使》跟《小魔女DoReMi》真是紅到不行啊！

作：真的是這樣耶，而且女主角都要一副羅莉塔（小女孩）的模樣，最好還很會裝可愛。在應付邪惡的魔物時，堅強中還要帶著恐懼與挫折哩。

編：就是啊，ㄟ，你不覺得，可以來寫一個類似的推理小說嗎？

作：你是說……

編：就讓魔女當偵探再找個正常人當助手囉，再找個會畫少女漫畫的畫家來負責插畫，這樣只要故事用心一點設計，搞不好還會推出動畫版呢！

作：嘿嘿嘿……

入門推薦
短篇

59

Recommend for Beginner

新本格魔法少女莉絲佳

當魔法少女戴上了福爾摩斯帽

筆者｜曲辰

以上雖然純屬虛構，不過或許能夠表現出《新本格魔法少女莉絲佳》小說的主要精神，從人物設定、故事發展、場景安排，都偏向卡通化風格。系列主角偵探水倉莉絲佳是個魔女，出生在魔法王國的首都森屋敷市，通過了「大門」來到日本長崎，為了尋找被稱作是有史以來最強魔法師的爸爸水倉神檎特地定居下來。故事透過「我」——供曦創貴的角度描寫，從一個被世人看做是優等生，卻有著「征服世界」的野心，與莉絲佳同樣是小學生，卻期待能把莉絲佳的能力收歸己有成為自己的棋子的男生角度來敘述。

「魔法師不受『法律』的約束，只能以『魔法』制裁」，這句話使得莉絲佳不僅身兼偵探，還將在最後將魔法師或是習得魔法的人進行處決。

如果真的如筆者開場所說，本系列小說得以動畫化，相信畫面應該相當漂亮才對。故事中對於魔法陣、魔法式的發動，魔法的運用、對決交代得相當清楚，因此常常會有一些其實不太可能在劇集或電影中呈現的畫面，如果以卡通處理則是恰如其分。這個過程也塑造了「紅色時間的魔女」莉絲佳的外在特色與個性，讓供曦能夠更為理解那個世界與魔女本身。

凡人與魔女的絕妙搭檔呈現鮮麗畫面

小說中出現的一起又一起的事件，多半與魔法有關，而背後似乎都有水倉神檎的影子，讓兩人不斷地去追查可能的幕後兇手，這也構成這系列小說的獨特性。

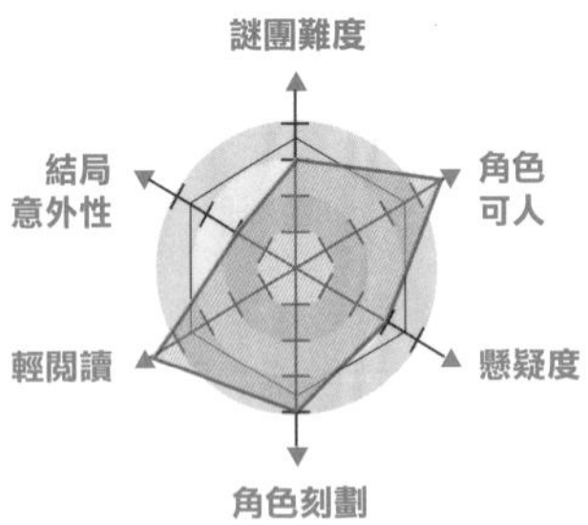

動漫化世代是另一種推理小說的進化

以推理小說而言，這系列小說大概做到了最基本的要件——營造謎團，並注重公平原則，事實上如果喜歡動漫畫的人，在閱讀的過程中應該會得到更大的樂趣。要征服世界的人這次從軍國大老變成了小男孩，不過頭腦卻是更為清晰；莉絲佳要制裁殺人魔法師的理由是為了不讓世人發現魔法師會對世人造成威脅，免得遭受報復，而世人們只要以為這群會使用魔法的人都是「人畜無害的可愛角色」就可以了。許多巧妙安排的設定與對話，都充滿了對ACG這種次文化的致敬或反諷。這或許是被稱作是「動漫畫世代」創作者的西尾維新的創作特色，事實上也或許是新世代小說家的共同特色。想來這大概也是推理小說的一種進化吧。

名詞解釋

新本格：在日本推理小說史上，新本格這個名詞不止出現過一次，不過現在幾乎都指一九八七年之後本格推理小說的出版風潮。一開始只是一個行銷名詞，被放在一九八八年出版的《殺人水車館》的書腰帶上。綾辻本人曾對自己的作品被冠上這個老舊的字眼（！）感到不滿。講談社和東京創元社在這股出版風潮中扮演重要的角色，一九八七年之後在這兩家出版社出道、創作本格推理的作家都被歸類到新本格派。然而「新本格派」並不代表這些作家的作品有著共同而明顯的特徵，他們各自懷抱著獨自的本格推理小說的定義，有人獨鍾古典本格的創作，有人對本格推理的形式進行顛覆和破壞。因此筆者認為推理小說評論家山前讓所說的「新銳作家的本格推理」是較為妥善且適切的定義。

名詞解釋

ACG：A（anime）、C（comic）、G（game），意即動漫遊戲。

作者

西尾維新

出生於一九八一年，二〇〇二年以處女作《斬首循環——藍色學者與戲言跟班》獲得第二十三屆梅菲斯特獎登上文壇，作品有《戲言》和《新本格魔法少女莉絲佳》兩大系列。以豐富的青少年次世代語言，配合上自己獨有的文體節奏感，融合了推理小說與動漫畫元素，獲得相當多的青少年讀者支持，在目前輕小說與新生代通俗作家中，是個不可不提的存在。西尾並未公開本名，而筆名西尾維新＝NISIOISIN，則是以O為中心的回文。大受歡迎的戲言系列在二〇〇五年結束，本系列曾獲得「這本輕小說了不起！2006」第一名。

本書基本資料：

日文書名：新本格魔法少女りすか｜作者：西尾維新
台灣出版社：尖端出版｜出版日期：二〇〇六年二月（浮文誌第一號）
日本出版社：講談社ノベルズ｜出版日期：二〇〇四年

入門推薦
長篇

60

Recommend for Beginner

嫌疑犯X的獻身

超完美的完全犯罪

筆者｜張筱森

在多變風格之後的樸素單純佳作

在大學時代曾被譽為百年難得一見的數學天才石神，如今只是一名單身、不起眼的高中數學教師，每天唯一的樂趣就是去固定的便當店買午餐，只為了看一眼在便當店擔任店員的隔壁鄰居靖子的身影。靖子帶著獨生女美里逃離粗暴的前夫，兩人相依為命地生活在大都市的一角。某天靖子前夫找上門來，兩人爭執不下之際，靖子失手殺死了對方。此時，石神出現在茫然失措的母女面前，提出由他來收拾善後的建議。這世上不可能存在完美無缺的完全犯罪，然而以草薙為首的調查陣營始終找不到突破的可能性，只好向任教於帝都大學的湯川學求救。而身為石神大學時代舊友的湯川，又該如何接下這來自老同學的挑戰書？

日文書名：容疑者Xの献身｜作者：東野圭吾
台灣出版社：獨步文化｜出版日期：即將推出
日本出版社：文藝春秋｜出版日期：二〇〇五年

作為一名質量都很穩定的推理小說作家，東野在不斷地轉變作品風格之後，在出道二十年的時候交出了一本意外樸素、單純的本格推理小說。本作屬於以帝都大學副教授湯川學為主角的系列第三作，看過前兩作（註）的讀者可以察覺到本系列作為短篇作品集，只需交代一個乍看之下奇特、不合理的案件，以及案件背後那合情合理的真相即可，不需要花費太多力氣描寫其他部分，也令這個系列在風格一向多變的東野作品群中，相對地顯得不太起眼。而當這樣的樸實短篇作品轉變成長篇作品時，就是對作者功力的一大挑戰。

註：前兩作為《偵探伽利略》（商周出版，將改由獨步文化出版）及《預知夢》（文藝春秋）。

這是作者所能想到最純粹的愛情，最好的詭計

作為一本長篇推理小說，只有一件殺人事件，而且讀者一開始就知道人是誰殺的，那麼作者到底還有什麼戲法可變？東野選擇了一個相較之下略顯單調的施力點「破解不在場證明」，石神究竟是以什麼方式讓犯人能夠逃避警方一次又一次的調查？可是在讀者胃口已經被養大的現在，整本作品翻來覆去地只談這件事情，是絕對不夠的。因此石神這個人、石神和這對母女的相處過程、石神和湯川的過去都成了東野用來勾起讀者好奇心的手段，而東野在描寫這些段落的功力，也令整部作品更有深度、餘味無窮，也拋出了比石神究竟是怎麼樣將警方耍得團團轉，更令人難以理解的謎團。東野本人替這部作品下了一個饒負趣味的註腳「這是我所能想到最純粹的愛情，最好的詭計」。姑且不論最好的詭計這句話，但是東野已經替本書定了基調，那就是「純愛」，彷彿是在呼應日本文壇近幾年狂吹不止的純愛風潮一般，《嫌疑犯X的獻身》其實就是日本推理小說界對於這股風潮的回應。

一個人究竟可以為另一個人賭命到什麼程度？

石神在和靖子母女非親非故的情況之下，到底為了什麼可以替靖子母女付出到這種程度，便取代了「不在場證明的建立」成為本書最重要最難解的謎團。一個人究竟可以為另一個人賭命到什麼程度？而接受了這樣掏心掏肺的獻身的人，又該如何面對這樣的愛情？對方究竟是單純地深愛著自己，亦或是另有所圖？東野寫出了深陷其中的人們的苦悶、掙扎和迷惘，也讓自己的創作生涯達到一個全新的高度。

除此之外，為了強化石神這個人的形象以及增加作品的深度，在前兩作中個性顯得較為扁平的湯川和草薙這對搭檔也都有了更多發揮的空間。一向顯得從容不迫的湯川有了較為人性化的一面，草薙也開始能和湯川平起平坐討論案情。這也是閱讀本書的樂趣之一。

本作在推出之後，引起了廣泛的討論。作為推理小說，真相大白的部分雖然極為簡單，但令人拍案叫絕；不過卻也出人意料地引起了部分推理作家、評論家和讀者之間的激烈論戰，成了二〇〇五年底日本推理小說界的話題之一。作為愛情小說，也因為東野所描繪出的愛情帶給人的絕望與堅強十分真實，獲得了一般並不熟悉推理小說的讀者的大力支持，成為一部不論是喜愛推理小說或者是愛情小說的讀者都不該錯過的傑作。

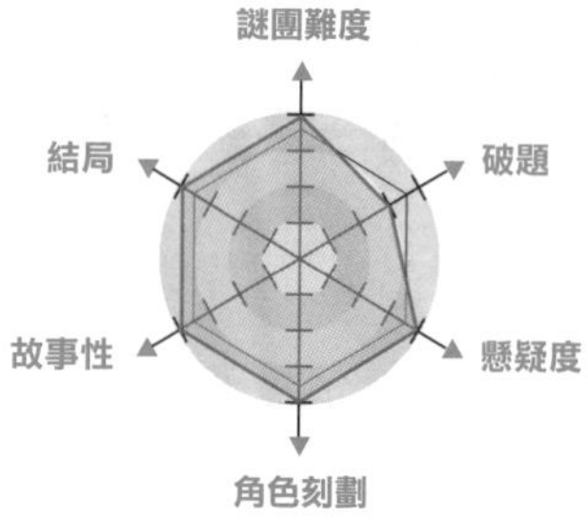

作者

東野圭吾

東野圭吾是當代日本推理小說家創作居巔峰的少數幾人，創作領域廣泛，超越傳統推理的框架，具有透視時代能力、嚴密細緻的結構，並精采地刻畫人活著本身的無奈、喜悅，更展示真正大眾小說作家的典型。近年來的作品如「秘密」、「綁架遊戲」（片名為g@me）、「湖邊兇殺案」（lakeside）、「變身」、「tokio」等等相繼搬上銀幕或拍成連續劇等等。

關於本書

本書是第一本以「解謎」為主題的小說獲得直木獎，評審委員之一的阿刀田高盛讚該部小說的詭計成熟度高達百分之九十，不過卻也有人認為小說對於登場人物的心理描寫和動機解釋不夠足以說服人，不過最後評審還是一致決議本書在內容質量和作家的寫作功力上都是值得肯定的作品。

江戸川亂步獎日本推理作家協會獎
梅菲斯特獎橫溝正史推理小說大獎
all讀物新人獎本格推理小說大獎
BEST 10週刊文春推理小說BEST 10
這本推理了不起文學大獎頒獎典禮
宮部美幸訪談後記推理影劇多媒體

特別企劃

SPECIAL PREOJECT

直木獎

鮎川哲也獎

本格推理小說

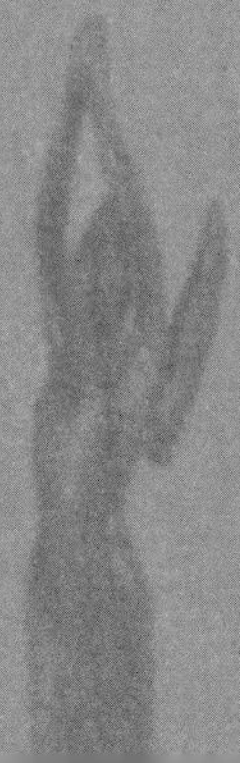

直木獎

正式名稱為直木三十五獎。直木三十五是日本大正、昭和初期的重要作家暨評論家，於一九三四年早逝，得年四十三歲。另一位名作家菊池寬與其交情頗深，便在同一年向文藝春秋社提案成立紀念直木三十五的大眾文學獎，出版社在四月號的《文藝春秋》公佈了芥川獎與直木獎設立的消息，翌年正式發佈獎項成立宣言。

目前直木獎的規則是一年兩屆，不限篇幅長短、不拘類型，只要是期限內出版的書籍（上半期為十二月一日至翌年五月三十一日，下半期為六月一日至十一月三十日），或在雜誌上刊登的作品（上半期為十一月一日至翌年四月三十日，下半期為五月一日至十月三十一日），都在遴選範圍之內。每年一月初與七月初公佈入圍名單，當月中旬公佈結果。

雖然故事長短不拘，不過最近十年的得獎作都是已出版的書籍，在雜誌上刊登的中、短篇作品已鮮少入圍甚至得獎。因此，直木獎是否該分類為長、短篇兩種，以及多年不變的評審委員陣容是否造成影響，甚至文藝春秋社出版的書籍幾乎屆屆入圍的情況，都是日本藝文界期待直木獎能改進的地方。

由於直木獎是個不限類型的大眾文學獎，歷年來曾有不少推理小說作家入圍或得獎。例如戰前的木木高太郎、久生十蘭與小栗虫太郎，戰後的多岐川恭、土屋隆夫、陳舜臣、結城昌治、泡坂妻夫、阿刀田高、赤川次郎、連城三紀彥、北方謙三、島田莊司、逢坂剛、原尞、宮部美幸、高村薰、大澤在昌、藤原伊織、北村薰、乃南朝、馳星周、京極夏彥、桐野夏生、折原一、東野圭吾、橫山秀夫、天童荒太、福井晴敏、石田衣良、本多孝好、伊坂幸太郎……等人，都曾入圍甚至得獎。

推薦書單

1986年第96屆
得獎作

カディスの赤い星
卡迪斯紅星
逢坂剛 著

1992年第108屆
入圍作

火車
火車
宮部美幸 著

1996年第116屆
入圍作

蒲生邸事件
蒲生邸事件
宮部美幸 著

2005年第134屆
入圍作

死神の精度
死神的精確度
伊坂幸太郎 著

2005年第134屆
得獎作

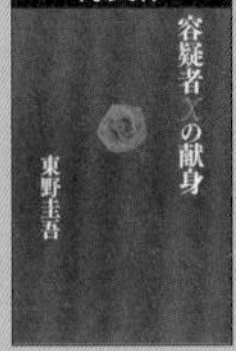

容疑者Xの献身
嫌疑犯X的獻身
東野圭吾 著

本書得獎記錄
2005 「週刊文春推理小說 BEST10」第一名
2006 「本格推理小說 BEST10」第一名
「這本推理小說了不起！」第一名
第一三四屆直木獎得獎作
第六屆本格推理小說大獎

最近五屆得獎作品

2005年上半期
第133屆

花まんま
暫譯：花便當
朱川湊人 著

2005年下半期
第134屆

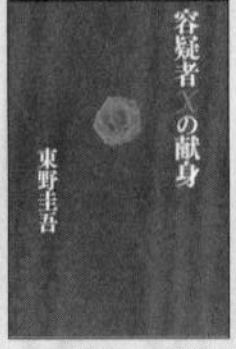

容疑者Xの献身
嫌疑犯X的獻身
東野圭吾 著

2004年上半期
第131屆

空中ブランコ
尖端恐懼
奧田英朗 著

2004年下半期
第132屆

対岸の彼女
暫譯：對岸的她
角田光代 著

2003年下半期
第130屆

号泣する準備はできていた
準備好好大哭一場
江國香織 著

2004年上半期
第131屆

邂逅の森
暫譯：邂逅之林
熊谷達也 著

2003年下半期
第130屆

後巷說百物語
後巷說百物語
京極夏彥 著

東野圭吾

2006年直木獎得主

東野圭吾是從二十年前出道後便不斷推出形成話題的天才型作家，也是當代日本推理小說家創作居巔峰的少數幾人。創作領域廣泛，超越傳統推理的框架，具有透視時代能力、嚴密細緻的結構，並精采地刻畫人活著的無奈、喜悅。此外，其作品思想深度不斷加強，卻不意圖賣弄純文學性，充分確保推理小說的娛樂性，更展示真正大眾小說作家的典型。東野作品的細膩精準，或許與其理工科系出身的背景不無關係；東野原本在日本一家大電機廠家擔任工程師，一九八五年以《放學後》摘下江戶川亂步獎，其後共入圍直木獎五次，終於在二〇〇六年以《嫌疑犯X的獻身》奪得直木獎，同時也獲得「本格推理小說BEST10」第一名、「週刊文春推理小說BEST10」第一名與「這本推理小說了不起！」第一名、第六屆「本格推理小說」大獎等佳績。

東野創出各式融合型的新種推理小說，確立了文壇迄立不搖的地位，近年作品例如：《秘密》、《綁架遊戲》、《湖邊凶殺案》等等，均相繼搬上銀幕或改拍成電視連續劇，其中如《秘密》甚至對於韓片等都發生深遠影響，儼然成為亞洲的重要作家，也是台灣推理迷喜愛的超級寵兒。（撰文／劉黎兒）

東野圭吾創作年表

1958 生於日本大阪
1985 以《放學後》獲得第三十一回江戶川亂步獎
1998 《白夜行》入圍第一二二回直木獎
《秘密》再獲第五十二屆推理作家協會獎，並改編成電影，由廣末涼子、小林薰主演
2001 《單戀》入圍第一二五回直木獎
2003 《信》入圍第一二九回直木獎
2004 《幻夜》入圍第一三一回直木獎
2005 《嫌疑犯 X 的獻身》同時獲「週刊文春推理小說 BEST10」第一名、「本格推理小說 BEST10」第一名及「這本推理小說了不起！」第一名
2006 《嫌疑犯 X 的獻身》獲第一三四屆直木獎得獎作及第六屆本格推理小說大獎等殊榮

Award In Japan

賞

江戶川亂步獎

由日本推理作家協會主辦，講談社協助出版，是日本推理小說界歷史最悠久也最具知名度的新人獎。一九五四年，日本推理小說之父江戶川亂步為了促進推理小說文類在日本的發展，捐出私人財產，隔年創立本獎。起初授獎標準是為了表彰對推理小說出版具有貢獻的個人或團體，前兩屆分別頒給編著《偵探小說辭典》的推理小說評論研究者中島河太郎，與計畫性出版歐美翻譯推理小說系列「早川推理小說隨身本」的早川書房。

為了提倡推理小說寫作與閱讀風氣，自一九五七年第三屆起，頒獎方針改為公開徵稿的推理小說新人獎。目前的選評方式是由六名推理小說評論研究者擔任預選委員，從每年超過三百篇的投稿作品中選出五部最終入圍作品，再由包含日本推理作家協會理事長在內的五位推理作家擔任決選評審。得獎者不只可以獲得獎座（江戶川亂步塑像）與獎金，擁有初版發行權的講談社還會以對待一般職業作家的方式支付版稅給得獎者。

一般新人獎易產生舉辦初期水準不高或是各屆水準落差過大的情況，但是本獎自第一篇得獎作——第三屆仁木悅子的《黑貓知情》以來，便樹立了高標準，歷年來入圍作品的平均水準穩定，足以媲美職業作家。也有多位得獎者不只投稿一次，而是經過兩年以上的磨練才摘下榮冠，例如第四十三屆的得獎者野澤尚，他連續入圍第四十一、四十二屆，第三年才以《虛線的惡意》獲得殊榮。由於本獎的地位特殊、素質整齊，已有不少作品出版中譯本，成為台灣讀者以往認識日本推理小說的一扇窗。

雖然歷屆得獎作品都具有一定的水準，但是本獎與其他新人獎一樣，面臨「投稿對策」一大難題，也就是新人針對評選傾向寫作的情況逐漸浮現，由於本獎並不像鮎川哲也獎有明顯的評選方針，做為推理小說界最大型、最受讀者期待的新人獎，產生這樣的局限性是可惜的。

推薦書單

1957年第3屆 得獎作

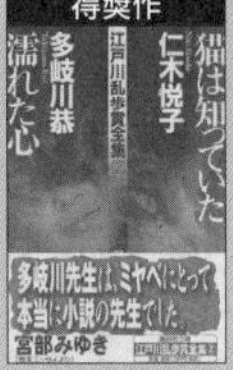

猫は知っていた
黑貓知情
仁木悅子 著

1962年第8屆 得獎作

大いなる幻影
幻影之城
戶川昌子 著

1978年第24屆 得獎作

ぼくらの時代
屬於我們的時代
栗本薰 著

1988年第34屆 得獎作

白色の残像
白色的殘像
坂本光一 著

1997年第43屆 得獎作

破線のマリス
虛線的惡意
野澤尚 著

最近五屆得獎作品

2006年 第52屆

三年坂 火の夢
暫譯：三年坡 火之夢
早瀨乱 著

2006年 第52屆

東京ダモイ
暫譯：東京歸國
鏑木蓮 著

2004年 第50屆

カタコンベ
暫譯：墓窖
神山裕右 著

2005年 第51屆

天使のナイフ
暫譯：天使的小刀
藥丸岳 著

2003年 第49屆

翳りゆく夏
暫譯：變暗的夏天
赤井三尋 著

2003年 第49屆

マッチメイク
簡體版譯：制造暴力
不知火京介 著

2002年 第48屆

滅びのモノクローム
暫譯：滅亡的黑白影片
三浦明博 著

小常識

● 歷屆銷售第一
藤原伊織《テロリストのパラソル》（恐怖份子的洋傘），光是單行本的銷售數字便已超過三十四萬本

● 唯一同時獲得直木獎
藤原伊織《恐怖份子的洋傘》獲得第一一四屆直木獎

● 當年無人得獎
一九六〇年 第六屆
一九六八年 第十四屆
一九七一年 第十七屆

Award In Japan

賞

日本推理作家協會獎

日本推理作家協會的前身為日本偵探作家俱樂部，於一九四七年六月創立，隔年開始頒發日本偵探作家俱樂部獎。由於社團法人化，在一九六三年，由原先的同好團體變更為由職業作家組成的日本推理作家協會，獎名也改為日本推理作家協會獎，而更名前後的紀錄則合併計算。

第一屆在一九四八年舉辦，當時設有長篇獎、短篇獎及新人獎三項，不過新人獎也就僅此一屆，直到目前為止都未再設立新人獎項。從一九五二年的第五屆起不再分項，直到一九七六年的第二十九屆才再度分項，目前分為長篇或連作短篇集、短篇、評論及其他等三項，並規定不限類別，同一人不得重複得獎。目前的選評方式是由多名推理小說評論研究者擔任預選委員，分別選出四到五部最終入圍作品，再由數名推理作家擔任決選評審。

由於本獎的地位特殊，有不少作品曾出版中譯本，是台灣讀者以往認識日本推理小說的重要途徑之一。歷屆得獎作包括各種題材、類型，如文學氣息濃厚的〈一朵桔梗花〉（戻り川心中）（連城三紀彥，一九八一年第三十四屆）、冷酷派風味的警察小說《新宿鮫》（大澤在昌，一九九一年第四十四屆），或是描寫女性心理的《OUT主婦殺人事件》（桐野夏生，一九九八年第五十一屆），呈現出日本推理小說的多樣性風貌，並不只專注於偵探辦案上。

雖然歷屆得獎作均具有一定水準，以選出年度最佳推理小說、肯定作家成就為努力方向，但由於不得重複授獎，得獎作的年度代表性可能不足。對作家本身的紀錄也是，若某位作家曾得過獎，即使之後寫出超越得獎作的作品也無法再受到這個獎項的肯定。近年來，已引起越來越多文學評論家建議改進這項規則，成為日本推理界的重要話題之一。

推薦書單

死神的精確度
獨步即將出版
伊坂幸太郎 著

動機
動機
橫山秀夫 著

魍魎之匣
獨步即將出版
京極夏彥 著

殺人時計館
綾辻行人 著

戻り川心中
一朵桔梗花
連城三紀彥 著

最近四屆得獎作品

独白するユニバーサル横メルカトル
平山夢明 著

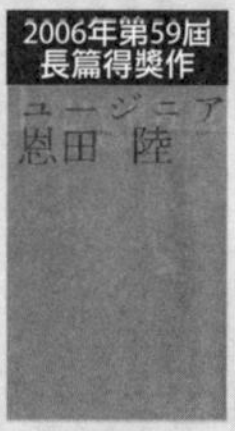

Eugenia
恩田陸 著

剣と薔薇の夏
暫譯：劍與薔薇之夏
戸松淳矩 著

硝子のハンマー
玻璃之鎚
貴志祐介 著

ワイルド・ソウル
暫譯：野性靈魂
垣根涼介 著

葉桜の季節に君を想うということ
櫻樹抽芽時，想你
歌野晶午 著

石の中の蜘蛛
暫譯：石中蜘蛛
浅暮三文 著

死神の精度
死神的精確度
伊坂幸太郎 著

※二〇〇五年第五十八屆及二〇〇三年第五十六屆短篇作品得獎作從缺

マレー鉄道の謎
馬來鐵道之謎
有栖川有栖 著

Award In Japan

賞 梅菲斯特獎

本獎項是由講談社從一九九五年起所舉辦的小說新人獎。採取長期徵稿方式，不設評審委員、沒有獎金、沒有徵稿期限、作品字數無上限（下限是三百五十張稿紙），由編輯從不斷湧入的稿件中閱讀、遴選、出版，因此有時一年只有一名得獎者，有時多達五、六名。傳統的新人獎大多以選出各方面表現平均、中規中矩，讓大多數讀者都覺得不錯的作品為主。本獎則跳脫過往模式，直接由編輯決定，以選出好看的娛樂小說為準則。

雖然本獎第一屆得獎作是一九九六年出版的森博嗣《全部成為Ｆ》（すべてがFになる），但起源其實是一九九四年出版的京極夏彥《姑獲鳥之夏》（姑獲鳥の夏）。有志成為作家的新人除了參加新人獎之外，也有不少人直接投稿至出版社，當時京極夏彥便是如此。《姑獲鳥之夏》在眾多良莠不齊的投稿中被發掘出來，轟動一時，此系列後續作品也本本暢銷，近十年來，京極夏彥陸續摘下日本推理作家協會獎、泉鏡花文學獎、山本周五郎獎與直木獎，這全賴當時講談社慧眼獨具，而《姑獲鳥之夏》也因此被稱為「梅菲斯特獎第〇屆得獎作」。

由於《姑獲鳥之夏》的成功，一九九五年講談社在雜誌《小說現代增刊　梅菲斯特》上刊登徵稿消息，隔年陸續出版了《全部成為Ｆ》與清涼院流水《COSMIC》這兩部風貌差異極大的作品。《全部成為Ｆ》剛出版時，大眾因此認為本獎的定位是新本格推理小說獎，但與前者風格完全不同的《COSMIC》出版後，立即引起廣泛討論，連職業推理作家也紛紛提出各自的看法，這部爭議性極大的作品影響了許多後起新秀。之後幾屆得獎作不似前兩屆那般搶眼，但每部作品的題材各異，寫作手法各有特色，搞笑、金融界、奇幻、歷史與傳統日本和歌等不同風貌，呈現出本獎「個性化」的特色。

自一九九九年起，第十二屆得獎作的霧舍巧《二重身宮》（ドッペルゲンガー宮）又走回新本格推理小說路線。之後兩屆得獎作分別是殊能將之《剪刀男》（ハサミ男）與古処誠二《UNKNOWN》，這兩部作品令本獎的聲勢再創高峰。而第十七屆的古泉迦十《火蛾》及第十九屆的舞城王太郎《煙、土或食物》（煙か土か食い物）更是引起讀者與評論家的矚目。目前最新得獎作是今年六月剛出版的岡崎隼人《少女在舞動的黑暗腹中跳舞》（少女は踊る暗い腹の中踊る），以嬰兒誘拐案件為開端，描寫青少年緊繃易碎的心靈與激烈的感情。

推薦書單

2002年第24屆
得獎作

『クロック城』殺人事件
暫譯：鐘城殺人事件
北山猛邦 著

2001年第19屆
得獎作

煙か土か食い物
煙、土或食物
舞城王太郎 著

2000年第17屆
得獎作

火蛾
暫譯：火蛾
古泉迦十 著

1999年第13屆
得獎作

ハサミ男
剪刀男
殊能將之 著

1996年第1屆
得獎作

すべてがFになる
全部成為F
森博嗣 著

近五屆得獎作

2006年
第34屆

少女は踊る暗い腹の中踊る
暫譯：少女在舞動的黑暗腹中跳舞
岡崎隼人 著

2005年
第33屆

默過の代償
暫譯：默許的代價
森山赳志 著

2005年
第32屆

孤虫症
暫譯：孤蟲症
真梨幸子 著

2004年
第31屆

冷たい校舎の時は止まる
暫譯：冰封校舍
辻村深月 著

2004年
第30屆

極限推理コロシアム
暫譯：極限推理
矢野龍王 著

Award In Japan

賞

橫溝正史推理小說大獎

以日本推理文壇泰斗橫溝正史為名，由角川書店舉辦，公開徵稿的推理小說新人獎。

一九七〇年代後半，多部橫溝正史作品由市川崑執導搬上大銀幕，大獲好評。藉此橫溝熱潮，角川書店於一九八一年設立橫溝正史獎。二〇〇一年改名為橫溝正史推理小說大獎，並於隔年增加一項附獎——東京電視台獎，由東京電視台以影像化為標準，獨立選出。

雖然以橫溝正史為名，特殊的是本獎並非以傳統本格風格做為單一選評方針，而是更為廣泛地接受不同類型、不同個性的推理小說投稿。此外，只要入圍最終決選，作品便得以出版，此點與一般新人獎不同。因為這些特點，本獎的投稿數量向來不少，也時有不同風貌的優秀作品出現，著名推理小說家綾辻行人、恐怖小說作家坂東真砂子等人，近年來接任本獎評審，選出不少以冒險懸疑、科幻等元素包裝，而內在還是具有本格趣味的得獎作。

不過，本獎不只是在台灣知名度不高，在日本讀者眼中也不像看待其他推理小說新人獎那麼重視，投稿數量雖多但是水準不穩定，這些弱點能否經由前幾年陸續更換評審為中堅推理作家而獲得改善，尚待觀察。

小常識

森雅裕的《畫癡狂想曲》

獲得一九八五年第五屆佳作，其實這部作品原本是為了投稿一九八三年第二十九屆江戶川亂步獎而寫的，但是森雅裕來不及在截稿日前完成，便留待一九八五年投稿橫溝正史推理小說大獎。巧合的是，《畫癡狂想曲》是描寫江戶時代的浮世繪畫家東洲齋寫樂的故事，而第二十九屆江戶川亂步獎得獎作品是高橋克彥的《寫樂殺人事件》，兩人竟同時以寫樂為創作題材，這真是一件有趣的偶然。

推薦書單

1998年第18屆 得獎作

直線の死角
暫譯：直線的死角
山田宗樹 著

2000年第20屆 得獎作

DZ
暫譯：DZ
小笠原慧 著

2001年第21屆 得獎作

中空
暫譯：中空
鳥飼否宇 著

2002年第22屆 得獎作

水の時計
暫譯：水時鐘
初野晴 著

2005年第25屆 得獎作

いつか、虹の向こうへ
暫譯：有一天，將會前往彩虹彼端
伊岡瞬 著

最近五屆得獎作品

2006年第26屆 東京電視台獎

オブリビオン～忘却
暫譯：Oblivion 忘卻
大石直紀 著

2006年第26屆 得獎作

ユグドラジルの覇者
暫譯：世界樹的霸主
桂木希 著

2005年第25屆 東京電視台獎

いつか、虹の向こうへ
暫譯：有一天，將會前往彩虹彼端
伊岡瞬 著

2005年第25屆 得獎作

いつか、虹の向こうへ
暫譯：有一天，將會前往彩虹彼端
伊岡瞬 著

2004年第24屆 東京電視台獎

みんな誰かを殺したい
暫譯：大家想殺了誰
射逆裕二 著

2004年第24屆 得獎作

風の歌、星の口笛
暫譯：風之歌、星之口哨
村崎友 著

2002年第22屆 東京電視台獎

逃げ口上
暫譯：藉口
滝本陽一郎 著

2002年第22屆 得獎作

水の時計
暫譯：水時鐘
初野晴 著

※二〇〇三年第二十三屆得獎作及東京電視台獎從缺

Award In Japan

賞

鮎川哲也獎

鮎川哲也

1919 東京出生，本名中川透

1948 以那珂川透為筆名 發表推理小說處女作〈月魄〉（暫譯）。此後以多個不同筆名陸續發表作品

1950 以《佩特羅夫事件》（暫譯）獲推理小說雜誌《寶石》的百萬大獎第一名

1956 《黑色行李箱》（暫譯）獲講談社青睞，從此固定使用鮎川哲也為筆名

1960 《憎惡的化石》、《黑色天鵝》（暫譯）獲得日本偵探作家俱樂部獎（日本推理作家協會獎前身）

2002 病逝

筆下偵探除「鬼貫警部系列」、「星影龍三系列」較知名外，另有以酒保、律師與私家偵探為主角的「三番館無名酒保系列」，走安樂椅神探風格的趣味作品。

最近五屆得獎作品

2006年第16屆	麻見和史	《ヴェサリウスの柩》暫譯：維薩里的棺材
2005年第15屆	從缺	
2004年第14屆	神津慶次朗	《月夜が丘》暫譯：月夜之丘
2004年第14屆	岸田琉璃子	《屍の足りない密室》暫譯：屍體不足的密室
2003年第13屆	森谷明子	《千年の黙―異本源氏物語》暫譯：千年的沈默―異本源氏物語
2002年第12屆	後藤均	《写本室の迷宮》暫譯：抄寫室的迷宮

推薦書單

1997年第8屆 入圍作

3000年の密室
暫譯：三千年的密室
柄刀一 著

1993年第4屆 入圍作

慟哭
慟哭
貫井德郎 著

1992年第3屆 得獎作

ななつのこ
七歲小孩
加納朋子 著

1990年第1屆 得獎作

殺人喜劇の13人
暫譯：殺人喜劇十三人
蘆邊拓 著

以作家鮎川哲也為名，由東京創元社主辦，公開徵稿的推理小說新人獎。一九八八年，東京創元社出版一系列名為「鮎川哲也與十三個謎」的推理小說，其中第十三本採取公開徵稿的方式，隔年公佈由今邑彩的《卍之殺人》獲獎，稱為「第十三把椅子」。

一九九〇年，東京創元社正式設立鮎川哲也獎。鮎川哲也畢生信服本格推理小說的創作精神，在日本推理文壇地位甚高。既然本獎以鮎川哲也為名，評審方針自然是傾向於選出具有傳統解謎趣味的作品，也因此成為九〇年代促進日本本格推理小說蓬勃發展的推手之一。

除了每年的首獎得主之外，獲得第一屆佳作的二階堂黎人，入圍第一屆的西澤保彥，入圍第二屆的篠田真由美，入圍第四屆的貫井德郎與連續入圍第七、八屆的柄刀一等作家，都是經由鮎川哲也獎而受到推理小說界矚目。不過，近幾年來逐漸呈現出每屆得獎作品的水準參差不齊，與初期產生落差的情況，這也適度反應出日本推理小說界如今正逐漸打破類型範疇，往多方面發展的現況。

ALL讀物推理小說新人獎

本獎項是從一九六二年起，以雜誌《ALL讀物》為名，由文藝春秋社舉辦的短篇推理小說新人獎。

目前的徵稿標準是四百字稿紙五十張至一百張，每年的六月三十日截稿，由四名作家擔任決選評審，並於同年的十一月號雜誌公佈並刊載得獎作。近年來，曾任評審的作家有逢坂剛、大澤在昌、高橋克彥、藤田宜永、藤原伊織、宮部美幸、石田衣良等兼具實力與知名度的中生代作家。

一般來說，在日本大眾文學領域裡，長篇小說比短篇小說來得搶眼。各種名目的獎項越來越多，另一方面，每年因短篇小說獎成為作家的新人增加了，水準卻參差不齊，因此在日本大眾文學界甚至有「通知得獎與被告知罹患癌症一樣」一說，用

Award In Japan

賞

本格推理小說大獎

由十七名熱愛本格推理小說的作家發起，並於二〇〇〇年十一月正式成立本格推理作家俱樂部，同年開始舉辦本格推理小說大獎，由會員票選出同年出版的本格推理小說第一名。

目前的規則是在每年的十二月中旬，將這一年的書單與提名單寄給會員，在翌年的一月中、下旬，由預選委員會從眾多提名作品中選出五本入圍。會員必須讀過所有入圍作品才能享有投票權，本獎在五月中旬開票。除了以長篇或連作短篇集為範圍的小說獎，同時舉辦評論·研究獎，至於該年度優秀的短篇小說則集結成冊，由講談社出版。

在成立本格推理作家俱樂部的宣言中便明白指出——為了促進本格推理小說這種類型文學的發展，在目前紛亂的各式獎項中，設立一個以本格推理為評選第一要件的獎項有其重要意義。俱樂部成員集結於此，也是期望這個獎項能夠運作順利，並獲得各方的協助與認同。

推薦書單

2006年第6屆 得獎作

容疑者Xの献身
嫌疑犯X的獻身
東野圭吾 著

2005年第5屆 得獎作

生首に聞いてみろ
去問人頭吧
法月綸太郎 著

2005年第5屆 入圍作

紅楼夢の殺人
紅樓夢殺人事件
芦辺拓 著

2004年第4屆 得獎作

葉桜の季節に君を想うということ
櫻樹抽芽時，想你
歌野晶午 著

2003年第3屆 得獎作

GOTH 断掌事件
GOTH 斷掌事件
乙一 著

最近五屆得獎作品

2003年第3屆 得獎作

オイディプス症候群
伊底帕斯症候群
笠井潔 著

2006年第6屆 得獎作

容疑者Xの献身
嫌疑犯X的獻身
東野圭吾 著

2003年第3屆 得獎作

GOTH 斷掌事件
GOTH 斷掌事件
乙一 著

2005年第5屆 得獎作

生首に聞いてみろ
去問人頭吧
法月綸太郎 著

2002年第2屆 得獎作

ミステリ・オペラ
暫譯：推理歌劇
山田正紀 著

2004年第4屆 得獎作

葉桜の季節に君を想うということ
櫻樹抽芽時，想你
歌野晶午 著

ALL讀物推理小說新人獎

最近五屆得獎作品

2005年第44屆	祐光正	〈浅草色つき不良少年団〉暫譯：綠色不良少年幫
2004年第43屆	吉永南央	〈紅雲町のお草〉暫譯：紅雲町的阿草
2003年第42屆	門井慶喜	〈キッドナッパーズ〉暫譯：綁架犯
2002年第41屆	朱川湊人	〈ふくろう男〉貓頭鷹男
2001年第40屆	岡本真	〈警鈴〉暫譯：警鈴

推薦書單

2002年第41屆	朱川湊人	〈ふくろう男〉貓頭鷹男
1998年第37屆	明野照葉	〈雨女〉暫譯：雨女
1997年第36屆	石田衣良	〈ウエストがゲートパーク〉池袋西口公園
1987年第26屆	宮部美幸	〈我ちが鄰人の犯罪〉吾家鄰人的犯罪
1976年第15屆	赤川次郎	〈幽靈列車〉幽靈列車

來形容得獎作家此後面臨的競爭非常激烈。

雖然日本大眾文學界目前短篇小說的整體表現不佳，這種現象反應在各種短篇小說獎項，不過本獎歷史悠久，評選嚴謹，在各種短篇推理小說獎項中兼顧口碑與讀者喜好，與其他獎項相比，具有較強的公信力。在歷屆得獎者中也確實出現幾位知名暢銷書作家，如西村京太郎、赤川次郎、逢坂剛、宮部美幸與石田衣良等等。

Mystery Hit Parade

推理小說
排行榜

三大排行榜中，「本格推理小說BEST 10」與「這本推理小說了不起！」都是以隔年年份為標記，「週刊文春傑作推理小說BEST 10」則以作品發行年份為標記。舉例而言，前兩者標示為二〇〇六年排行榜的作品與後者標示為二〇〇五年的作品均為同一年。

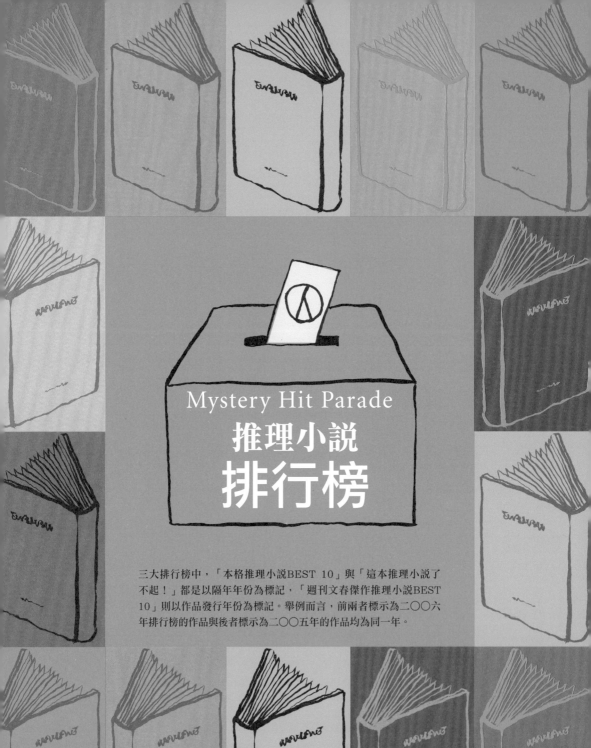

本格推理小説BEST 10

Mystery Hit Parade

一九九六年時初次在《創元推理第十六號》上刊載，由原書房主辦的推理小説排行榜。

以每年十一月至翌年十月間出版的本格推理小説為對象進行投票，於年底時公佈結果並且出版，至於作品的「本格」與否則由投票者自由心證。這項排行榜每年都會結集成冊，內容除了公佈票選排行榜、書評之外，還邀請作家、評論家撰述分析當年日本推理界的相關現象，另外收錄了各種有趣的企劃，例如京極夏彥每年固定參與的書籍設計裝幀大獎等等。

最近五屆得獎作品

2006	1.東野圭吾	容疑者Xの献身（嫌疑犯X的獻身）	★
	2.石持淺海	扉は閉ざされたまま（緊閉的門扉）	
	3.我孫子武丸	弥勒の掌（彌勒之掌）	
	4.北村薫	ニッポン硬貨の謎（日本硬幣之謎）	
	5.麻耶雄嵩	神様ゲーム（神的遊戲）	
	6.島田荘司	摩天楼の怪人（摩天樓的怪人）	
	7.東川篤哉	交換殺人には向かない夜（交換殺人，今夜不宜）	
	8.芦辺拓	三百年の謎匣（三百年的謎之盒）	
	9.柄刀一	ゴーレムの檻（魔力泥偶的牢籠）	
	10.佐佐木俊介	模像殺人事件（模像殺人事件）	
2005	1.法月綸太郎	生首に聞いてみろ（去問人頭吧）	★
	2.綾辻行人	暗黒館の殺人（暗黑館殺人）	
	3.麻耶雄嵩	蛍（螢）	
	4.芦辺拓	紅楼夢の殺人（紅樓夢殺人事件）	
	5.貴志祐介	硝子のハンマー（玻璃之鎚）	
	6.乾くるみ	イニシエーション・ラブ（愛的儀式）	
	7.石持淺海	水の迷宮（水迷宮）	
	8.雫井脩介	犯人に告ぐ（謹告犯人）	★
	9.天城一	天城一の密室犯罪学教程（天城一的密室犯罪學教程）	
	10.殊能將之	キマイラの新しい城（基美拉的新城堡）	
2004	1.歌野晶午	葉桜の季節に君を想うということ（櫻樹抽芽時，想你）	★
	2.有栖川有栖	スイス時計の謎（瑞士手錶之謎）	
	3.石持淺海	月の扉（月之門）	
	4.大倉崇裕	七度狐（七度狐）	
	5.京極夏彥	陰摩羅鬼の瑕（陰摩羅鬼之瑕）	★
	6.西澤保彥	神のロジック人間のマジック（神的邏輯，人的魔術）	
	7.小野不由美	くらのかみ（古屋的秘密）	
	8.谺健二	赫い月照（燦麗的月光）	
	9.柄刀一	OZの迷宮（OZ迷宮）	
	10.島田荘司	ネジ式ザゼツキー（螺旋式札皆茲基）	
2003	1.笠井潔	オイディプス症候群（伊底帕斯症候群）	
	2.法月綸太郎	法月綸太郎の功績（法月綸太郎的功績）	
	3.有栖川有栖	マレー鉄道の謎（馬來鐵道之謎）	
	4.殊能將之	鏡の中は日曜日（鏡中是星期天）	
	5.乙一	GOTH	
	6.山田正紀	僧正の積木唄（主教的積木歌）	
	7.芦辺拓	グラン・ギニョール城（指人偶之城）	
	8.山口雅也	奇偶	
	9.西澤保彥	聯愁殺	
	10.島田荘司	魔神の遊戯（魔神的遊戲）	
2002	1.山田正紀	ミステリ・オペラ（推理歌劇）	
	2.芦辺拓	時の密室（時之密室）	
	3.小野不由美	黒祠の島（黑祠之島）	
	4.古処誠二	未完成	
	5.黒田研二	硝子細工のマトリョーシカ（玻璃工藝的俄羅斯娃娃）	
	6.大倉崇裕	三人目の幽霊（第三個幽靈）	
	7.島田荘司	ロシア幽霊軍艦事件（俄羅斯幽靈軍艦事件）	
	8.有栖川有栖	絕叫城殺人事件	
	9.宮部美幸	模倣犯	
	10.愛川晶	巫女の館の密室（巫女之館的密室）	

註：★代表將由獨步文化出版發行

2005　2006

イニシエーション・ラブ　生首に聞いてみろ　摩天楼の怪人　容疑者Xの献身

水の迷宮　暗黒館の殺人　交換殺人には向かない夜　扉は閉ざされたまま

犯人に告ぐ　蛍　三百年の謎匣　弥勒の掌

天城一の密室犯罪学教程　紅楼夢の殺人　ゴーレムの檻　ニッポン硬貨の謎

キマイラの新しい城　硝子のハンマー　模像殺人事件　神様ゲーム

週刊文春傑作推理小説BEST 10

Mystery Hit Parade

自一九七七年起，由文藝春秋社主辦，是日本最長壽的推理小說排行榜。以每年十一月十六日至翌年十一月十五日所出版的推理小說為對象進行投票，一九八二年起，分為日本國內創作與翻譯兩種，並於年底公佈結果。曾於一九九六年出版的《週刊文春傑作推理小說Best10—最強的三百本》一書中，收錄過去二十年來的排行榜與評介。另外，二〇〇一年出版了《週刊文春傑作推理小說Best10—二十世紀總集》，從過去二十二年的排行榜中再次選出傑作中的傑作。

最近五屆得獎作品

2005	1.東野圭吾	容疑者Xの献身（嫌疑犯X的獻身）	★
	2.薬丸岳	天使のナイフ（天使的小刀）	
	3.横山秀夫	震度0	
	4.伊坂幸太郎	死神の精度（死神的精確度）	★
	5.石持淺海	扉は閉ざされたまま（緊閉的門扉）	
	6.加藤廣	信長の棺（信長之棺）	
	7.藤原伊織	シリウスの道（天狼星之路）	
	8.伊坂幸太郎	魔王	★
	9.北村薫	ニッポン硬貨の謎（日本硬幣之謎）	
	10.島田荘司	摩天楼の怪人（摩天樓的怪人）	
2004	1.雫井脩介	犯人に告ぐ（謹告犯人）	★
	2.法月綸太郎	生首に聞いてみろ（去問人頭吧）	★
	3.綾辻行人	暗黒館の殺人（暗黑館殺人）	
	4.伊坂幸太郎	アヒルと鴨のコインロッカー（鴨子與鴨的投幣式置物櫃）	★
	5.伊坂幸太郎	チルドレン（孩子們）	★
	6.桐野夏生	殘虐記	
	7.東野圭吾	幻夜	
	8.矢作俊彦	The Wrong Good-byeロング・グッドバイ（錯誤的道別）	
	9.若桜木虔	修善寺・紅葉の誘拐ライン（修善寺・楓葉的綁架路線）	
	10.芦辺拓	紅楼夢の殺人（紅樓夢殺人事件）	
2003	1.横山秀夫	クライマーズ・ハイ（登山者）	
	2.歌野晶午	葉桜の季節に君を想うということ（櫻樹抽芽時，想你）	★
	3.桐野夏生	グロテスク（異常）	★
	4.伊坂幸太郎	重力ピエロ（重力小丑）	★
	5.福井晴敏	終戦のローレライ（終戰的羅勒萊）	
	6.横山秀夫	第三の時効（第三時效）	
	7.赤井三尋	翳りゆく夏（變暗的夏天）	
	8.乙一	ZOO	★
	9.京極夏彦	陰摩羅鬼の瑕（陰摩羅鬼之瑕）	★
	10.折原一	被告A	
2002	1.横山秀夫	半落ち（半自白）	
	2.真保裕一	誘拐の果実（誘拐的果實）	
	3.三浦明博	滅びのモノクローム（滅亡的黑白影片）	
	4.笠井潔	オイディプス症候群（伊底帕斯症候群）	
	5.山口雅也	奇偶	
	6.大澤在昌	砂の狩人（砂之獵人）	
	7.乙一	GOTH	
	8.山田正紀	僧正の積木唄（主教的積木歌）	
	9.柄澤齊	ロンド（輪舞曲）	
	10.折原一	倒錯のオブジェ（倒錯的物體）	
2001	1.宮部美幸	模倣犯	★
	2.高野和明	13階段（13級階梯）	
	3.山田正紀	ミステリ・オペラ（推理歌劇）	
	4.折原一	沉默者	
	5.矢島誠/若桜木虔	新本陣殺人事件	
	6.奥田英朗	邪魔（麻煩）	
	7.大澤在昌	闇先案内人（暗處嚮導）	
	8.東野圭吾	超・殺人事件（超・殺人事件）	★
	9.芦辺拓	時の密室（時之密室）	
	10.宮部美幸	R.P.G	★

註：★代表將由獨步文化出版發行

2004 **2005**

殘虐記

犯人に告ぐ

信長の棺

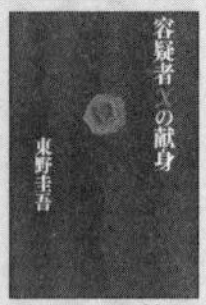
容疑者Xの献身

幻夜

生首に聞いてみろ

シリウスの道

天使のナイフ

The Wrong Good-bye

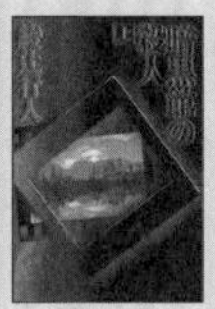
暗黒館の殺人

魔王

震度0

修善寺・紅葉の誘拐ライン

アヒルと鴨のコインロッカー

ニッポン硬貨の謎

死神の精度

紅楼夢の殺人

チルドレン

摩天楼の怪人

扉は閉ざされたまま

這本推理小說了不起！

自一九八八年起，由寶島社主辦的推理小說排行榜。以每年十一月至翌年十月間出版的推理小說為對象進行投票，分為日本國內創作與翻譯兩種，於年底時公佈結果並且出版。這項排行榜每年都會結集成冊，內容除了票選排行榜、書評之外，還收錄了當年表現搶眼的作家訪談，以及各相關企劃。近年來，更以排行榜為名，舉辦公開徵稿的推理小說新人獎——這本推理小說了不起大獎，目前進入第四屆，本屆的特別獎頒給了一名年僅十二歲的小女孩。

2005　2006

硝子のハン　生首に聞いてみろ　ベルカ、吠えないのか　容疑者Xの献身

暗黒館の殺人　アヒルと鴨のコインロッカー　犬はどこだ　扉は閉ざされたまま

犯人に告ぐ　天城一の密室犯罪学教程　島崎警部のアリバイ事件簿　震度0

臨場　The Wrong Good-bye　うたう警官　神様ゲーム

紅楼夢の殺人　銀輪の覇者　最後の願い　シリウスの道

最近五屆得獎作品

2006	1.東野圭吾	容疑者Xの献身（嫌疑犯X的獻身）	★
	2.石持淺海	扉は閉ざされたまま（緊閉的門扉）	
	3.横山秀夫	震度0	
	4.原尞	愚か者は死ぬべし（愚人該死）	
	5.麻耶雄嵩	神様ゲーム（神的遊戲）	
	6.藤原伊織	シリウスの道（天狼星之路）	
	7.古川日出男	ベルカ、吠えないのか?（貝魯卡，不吠嗎？）	
	8.米澤穗信	犬はどこだ（狗在哪裡）	
	9.天城一	島崎警部のアリバイ事件簿（島崎警部的不在場證明）	
	10.佐佐木讓	うたう警官（歌唱的警察）並列齊名	
	10.光原百合	最後の願い（最後的願望）	
2005	1.法月綸太郎	生首に聞いてみろ（去問人頭吧）	★
	2.伊坂幸太郎	アヒルと鴨のコインロッカー（鴨子與鴨的投幣式置物櫃）	★
	3.天城一	天城一の密室犯罪学教程（天城一的密室犯罪學教程）	
	4.矢作俊彥	The Wrong Good-byeロング・グッドバイ（錯誤的道別）	
	5.齋藤純	銀輪の覇者（銀輪的霸主）	
	6.貴志祐介	硝子のハンマー（玻璃之鎚）	
	7.綾辻行人	暗黒館の殺人（暗黑館殺人）	
	8.雫井脩介	犯人に告ぐ（謹告犯人）	★
	9.横山秀夫	臨場	★
	10.芦辺拓	紅楼夢の殺人（紅樓夢殺人事件）	
2004	1.歌野晶午	葉桜の季節に君を想うということ（櫻樹抽芽時，想你）	★
	2.福井晴敏	終戦のローレライ（終戰的羅勒萊）	
	3.伊坂幸太郎	重力ピエロ（重力小丑）	★
	4.横山秀夫	第三の時効（第三時效）	
	5.桐野夏生	グロテスク（異常）	★
	6.伊坂幸太郎	陽気なギャングが地球を回す（搞怪流氓）	
	7.横山秀夫	クライマーズ・ハイ（登山者）	
	8.石持淺海	月の扉（月之門）	
	9.連城三紀彥	流れ星と遊んだ頃（與流星玩耍）	
	10.垣根涼介	ワイルド・ソウル（狂野的靈魂）	
2003	1.横山秀夫	半落ち（半自白）	★
	2.乙一	GOTH	
	3.山口雅也	奇偶	
	4.大澤在昌	砂の狩人（砂之獵人）	
	5.打海文三	ハルビン・カフェ（哈爾濱・咖啡）	
	6.光原百合	十八の夏（十八之夏）	
	7.連城三紀彥	人間動物園（人類動物園）	
	8.柄澤齊	ロンド（輪舞曲）	
	9.芦辺拓	グラン・ギニョール城（指人偶之城）	
	10.笠井潔	オイディプス症候群（伊底帕斯症候群）	
2002	1.宮部美幸	模倣犯	
	2.奥田英朗	邪魔（麻煩）	
	3.山田正紀	ミステリ・オペラ（推理歌劇）	
	4.霞流一	スティームタイガーの死走（蒸氣虎的狂奔）	
	5.東野圭吾	超・殺人事件（超・殺人事件）	★
	6.大澤在昌	闇先案内人（暗處嚮導）	
	7.山田風太郎	天狗岬殺人事件	
	8.高野和明	13階段（13級階梯）	
	9.舞城王太郎	煙か土か食い物（煙、土或食物）	
	10.逢坂剛	相棒に気をつけろ（當心夥伴）	

註：★代表將由獨步文化出版發行

不在場證明

眾多推理小說中嫌疑犯最常使用的詭計就是「不在場證明」，他們多半絞盡腦汁，會利用各種方式證明案發當時的不在場，試圖脫罪。而閱讀推理小說最大的樂趣也就是在於與作者鬥智，看看大家是否能破解以下的詭計：

●對證物的相片動手腳

利用照片，為自己製造不在場證明。

●時刻表

巧妙地搭乘交通工具，利用時刻表的時間差距來製造不在場證明。

●兩人共謀交替犯罪

B君趁著A君殺人時，喬裝成A君出現在其他地方，以製造不在場證明。

●預先錄好聲音，讓證人誤認

嫌犯預先錄好自己的聲音，讓第三者聽到，以混淆犯案的時間，為自己製造不在場證明。

●時間錯覺

讓第三者產生時間錯覺，為自己做不在場證明。

密室計謀

在推理小說中，「密室殺人」是最華麗的表現，兇手為了掩蓋犯罪事實，借用物理現象和感官錯覺來混淆犯罪的事實，密閉的房間上鎖而且窗戶也是緊閉著，然而一具屍體確實冷冰冰地橫躺在裡面……閱讀的樂趣就在於讀者破解層層詭計，你是不是也常常讀到以下三種密室計謀：

1、命案發生時，兇手跟死者都不在室內

先在室外襲擊死者，讓對方身受重傷自行躲進室內，將門鎖起來。待對方一死，看起來就會像在密室內殺人一樣。

2、命案發生時，兇手不在室內

在密室內設下陷阱行凶，或是從室外襲擊室內的人，然後再將兇器從門或窗戶的縫隙扔進來，偽裝成在室內殺人的樣子。

3、命案發生時，兇手在室內

在室內殺人，再從外面利用各種工具，將房間偽裝成密室。

宮部美幸 特輯

物豆奇辭典 A▼Z

從創作理念，到生活瑣事，全都一一剖析

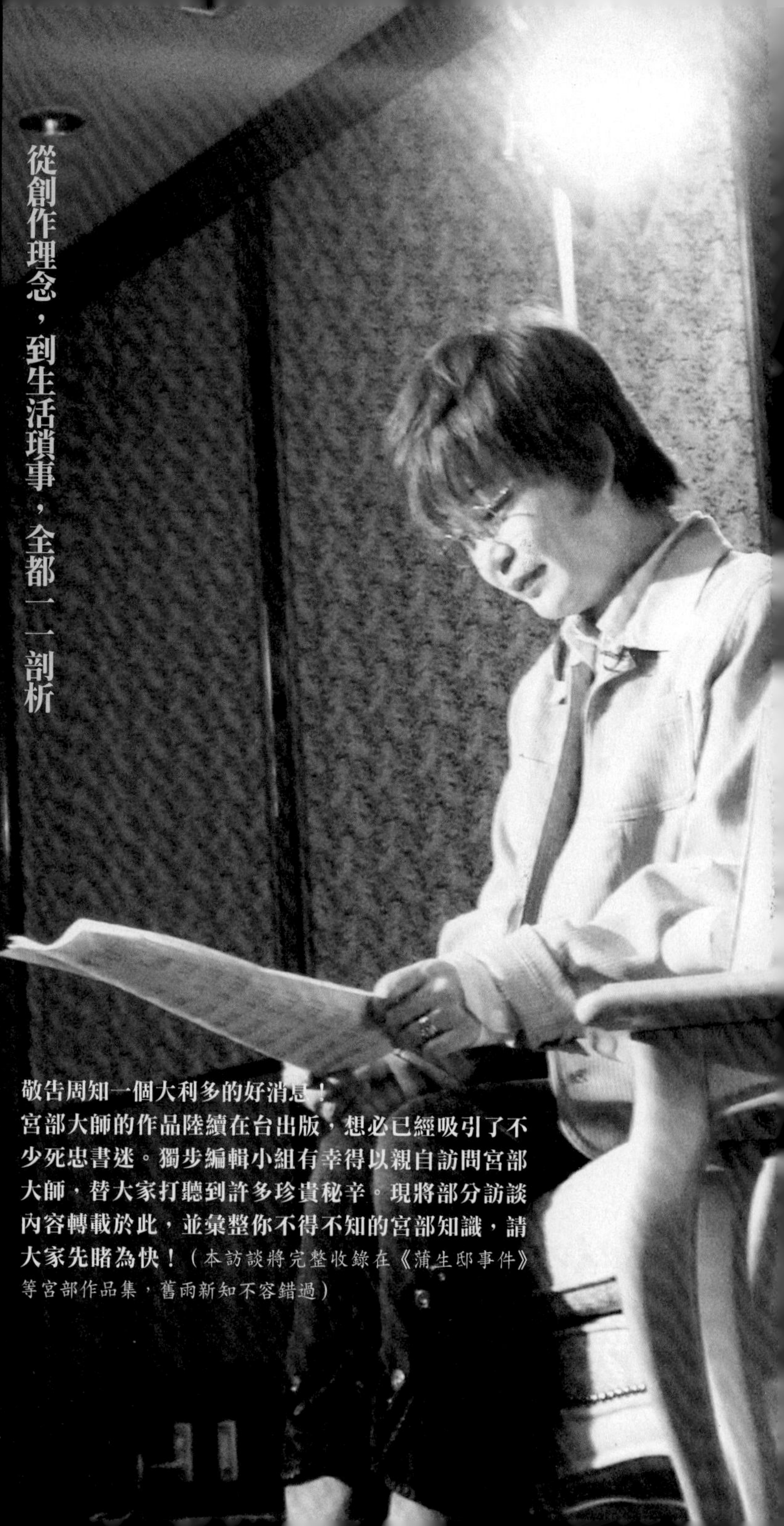

敬告周知一個大利多的好消息！

宮部大師的作品陸續在台出版，想必已經吸引了不少死忠書迷。獨步編輯小組有幸得以親自訪問宮部大師，替大家打聽到許多珍貴秘辛。現將部分訪談內容轉載於此，並彙整你不得不知的宮部知識，請大家先睹為快！（本訪談將完整收錄在《蒲生邸事件》等宮部作品集，舊雨新知不容錯過）

註：物豆奇與日文「物好き」同音，為「好奇心旺盛（者）」之意

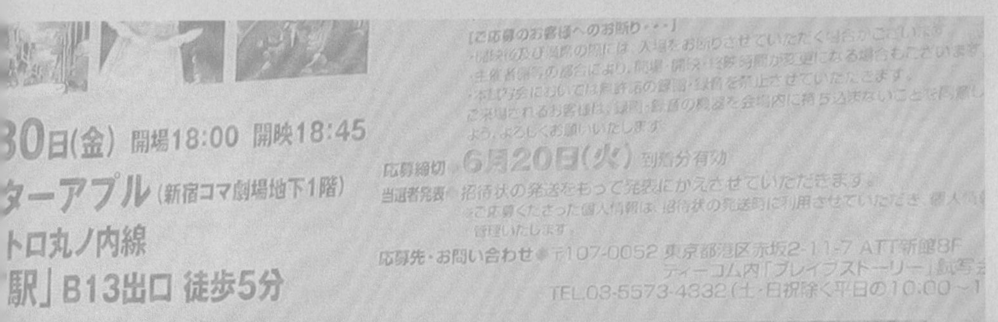

從創作理念到生活瑣事

award A 大賞

宮部文學的最大武器在其「質量兼備」，加上寫作題材廣泛，幾近囊括各領域大小獎項，出道當時連續拿到「第二十六屆ALL讀物推理小說新人獎」〈鄰人的犯罪〉與「第十二回歷史文學賞佳作」〈鎌鼬〉及「第二回日本推理懸疑小說大獎」《魔術的耳語》，其作品橫跨了現代連物與時代物、日常之謎與非日常的情節設計。因此，她的讀者不分男女老幼，並連續七年榮獲《達文西》雜誌票選為日本最受歡迎女作家第一名。

C composition 寫作習慣

宮部大師寫作習慣相當規律，每天從早上十一點到晚上七點，會到距自宅腳程三十分鐘的工作室寫作。因為還沒學會上網，所以平常是用報紙、新聞和報導文學來收集情報的。另外，不知大家有沒有發現，大師對書中人物的刻畫非常細緻，但幾乎不描寫人物的長相？對於這點，她的解釋相當體貼。她表示，希望尊重讀者的喜好，讓大家能將小說角色想像成自己偏好的類型。

雖然大師創作時百無禁忌，不過還是有兩點堅守的原則：「我有兩點原則，一是不刻意描寫殘酷的場面，如果有這個必要，當然就得寫。但如果只是為了把作品寫成犯罪小說，硬加一些刺激強烈的描寫，我覺得是沒有必要的。二是我盡量不讓小孩成為受害者。」

B Brave 奇幻大作

為了讓成年讀者更容易進入孩提時代的幻想世界，宮部大師將故事鋪陳得完整而周詳。作品前半在描寫現實生活，將一個不信鬼神又乖巧聽話的小學五年級男生想要改變命運的心境刻劃入微。此外，幻界的設定也相當別出心裁，作者將幻界設定為「由生活在現實世界的人們發揮想像力所創造出來的世界」，並加入主角最喜愛的電玩遊戲角色，讓他有身歷其境的感覺，即使是對奇幻情節不擅長的讀者，也可以輕易理解。

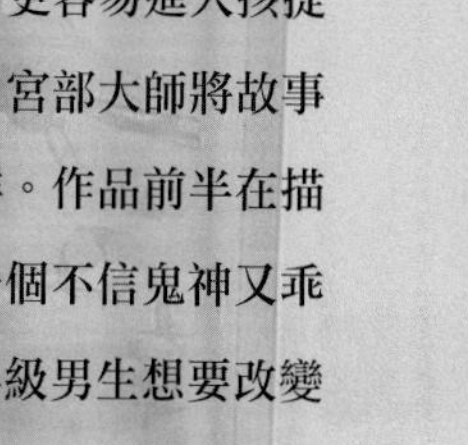

E extrasensory 蒲生邸事件

宮部美幸結合史實、奇幻、推理三位一體全新長篇鉅著。故事簡介：一九九四年二月前往東京參加考試的尾崎孝史，住進一家名為「平河町一番飯店」的旅館。當天深夜，旅館突然發生火災，從房間內奪門而出的孝史，卻發現自己身陷火場。就在千鈞一髮之際，一名男子突然出現在他面前……。待孝史回過神，卻發現矗立在眼前的不是旅館，而是籠罩在雪光中的「蒲生邸」。

男子自稱是時光的旅人，「我們現在，就在昭和十一年（西元一九三六年）二月二十六日凌晨的東京永田町。很快地……，不到三十分鐘，二二六事件就要開始了。」

D detective 宮部世界的名偵探

宮部推理的最大特色即在「以日常為出發點」，且筆下少見職業偵探，常以少年或少女做為解謎者，而理由其實是出自一個理想家的胸懷！

「我的作品中常出現少年和少女，是因為我認為、也希望，他們代表著時代中的純潔風景。而且他們在社會上處於弱者，常需忍耐。我期許他們不會輸給現實的成人，並對此感到振奮。我覺得成人能完成或解決某件事是理所當然的，但看到年輕人努力地解決案件，相當大快人心，讓我想替他們加油。」

game 電玩

大師十三年前一度玉體違和，停止寫作半年，減少工作量達一年之久。因為　看書會勾起大師無法寫作的罪惡感，為了打發時間、轉換心境，某位作家朋友推薦了電玩給她，沒想到竟從此與電玩結下不解之緣。新作《Dream baster》也參與了大航海On line遊戲的活動。

「小說家大多喜歡看電影，因為可從電影吸收某些技巧。兩者都可呈現一個故事，差別只在螢幕和紙面的不同，本質是相同的。電玩也是如此，只是說故事的方法不同罷了。我因此設想能否將電玩的技法運用到小說中，思考有什麼是可以借鏡的呢？當然，玩的時候沒有想那麼多，不過事後發現，有許多東西可學呢。讓我受益匪淺。」看來，說電玩是宮部大師的繆思也不為過呢！

fantasy 奇幻小說

宮部奇幻小說在《哈利波特》系列奇幻小說和史蒂芬金的恐怖小說風靡日本書市後誕生，特徵在與推理小說的結合。宮部選擇了現實世界作為故事舞台，不像大部分英美奇幻小說有強烈的「奇幻」設定，讓讀者很容易和主角一樣，從凡事講求證據的理性角度出發，抱持存疑的態度去看待書中主角的超能力，而她對超能力的持續關注，來自於她對人的無限可能充滿了無窮想像空間。代表作有《龍眠》《蒲生邸事件》《勇者物語－Brave Story》等。

historical

時代小說

作品三大系統之一

宮部大師近兩年來發表的作品幾乎都是時代小說，而她的時代小說多是以人情、風物取勝的捕物小說，代表作品有《本所深川怪異草紙》、《糊塗蟲》等。每系列各具特色，有以風情詩取勝、也有以人際關係見長、更有的是以怪異現象獨樹一幟。

「我本來就喜歡時代小說，一直以來閱讀過許多作品。看多了，就試著自己創作。這兩年我發表了較多的時代小說，並打算持續下去。今後可能採現代小說：時代小說＝六：四的比例來創作。」

J juncture 開始寫作的契機

「喜歡推理小說的人，在看了眾多作品後，自然會有『我也要寫』的念頭。寫了以後，就想給人看，想問對方『你猜到誰是犯人了嗎？』『嚇了一跳吧』。這也是我創作的契機。

我並不是懷抱作家夢想才開始創作的，只是覺得寫東西很快樂。沒想到後來這竟成為我的工作，我自己也深感幸運。日本傳說裡，有一夜醒來發現一切全是南柯一夢的故事。我有時會想，是否會在回家吃飯、睡覺後，次日醒來時發現自己做了個小說家的夢呢。」

I if 如果不當作家的話

「我最可能從事的工作就是，我現在坐的位置上是其他作家，我坐在下面一邊錄音一邊速記，回去後謄寫成原稿。（略）光寫自己想寫的東西，容易讓人鬆懈。有時很想聽別人說話，思考如何將對方的話寫成文章，這件事本身就是學習。光寫而不學是很可怕的。」

據說宮部大師的責任編輯總是駁回這項提議，建議她把時間用在寫稿上。無法如願的大師固然可憐，不過出於身為讀者的私心，還是沒法兒同情她（笑）。

love story
戀愛小說

宮部大師是少見在各類型均有佳作的作家之一，但似乎還未寫過以戀愛為主要元素的作品……

「推理小說難寫，但戀愛小說更加困難，因為戀愛充滿了謎團。像單戀就是一件難解的事。當然，戀愛的謎團和推理小說的謎團是截然不同的，可是我的確沒有嘗試戀愛小說的勇氣。」雖然這麼說，但大師曾表明創作戀愛小說的意圖，想必宮部風愛情故事絕對指日可待！

げんえいじょう
《幻影城》雜誌「讀者俱樂部」

志同道合的團體，常是培育作家的溫床，而宮部大師也有個溫馨的回憶。

「我加入《幻影誠》讀者俱樂部時，雜誌已經停刊了，是讀者們自行集結成立的。當時我並不熟悉日本推理小說，但在這裡認識的朋友向我推薦了很多書，我就一一找來讀，當時我大約二十歲吧。如果沒有他們，我可能就沒機會閱讀這麼多推理小說。至今我仍相當感激這些朋友，他們之中雖少有成為小說家，但有人是評論家，所以仍有機會常與他們見面。」

M

mystery

推理小說

作品三大系統之一

大師早期推理小說屬於青春解謎類型，文體和重要登場人物等設定青春、幽默；中、後期另有內容嚴肅，犯罪規模大、呈現作者社會意識的作品。對她而言，推理小說可說是永恆的命題，希望能以各種形式來展現謎團，並編造出令讀者驚豔的結局，這也是她心目中推理小說的最大魅力。代表作品有《魔術的耳語》《Level 7》《模仿犯》等。

另外，宮部大師也給有心創作推理小說的讀者寶貴的建議唷！

「推理小說是有一定框架的，比如密室殺人、謎團等等，這些技術都有傳統。如果要寫，首先要先多看，吸收營養，等熟悉框架後，再從中創新。多看、多寫，並請別人看，對象最好選擇立志寫作的伙伴或是愛好者，這樣比較能得到中肯的意見。聽取意見時，應虛心受教，如果別人覺得應該寫得更清楚，那就朝這個方向努力。能夠成為專業作家的話，當然是好事，不過就算一直只是業餘作家，也是很快樂的事。」

書名的構思

N Name

書名可說是大師創作的關鍵！她習慣先決定書名與結局，想像故事結局的場面之後，再由此決定重要角色。

「我會在開始下筆之際就決定書名，往往在決定故事大綱時，就已經定好書名。如果書名沒決定，我就無法開始。但某些時代小說，因為寫作過程不太順利，書名也決定不易，猶豫過程甚至會更動兩到三次。現在想來，那些作品我可能會改用其他書名。」

《模仿犯》醬菜食譜

O Otsukemono お漬物

宮部大師體現社會意識的重要作品，多以長篇呈現。其中《模仿犯》字數更是高達百萬，因此當時有人戲稱要設計一套《模仿犯》啞鈴操或寫部《模仿犯》醬菜食譜。不過，我想對死忠讀者而言，這些一定都是甜蜜的負荷囉！

Q cute 可愛雙胞胎

《繼父》在台出版後，廣受讀者好評，如果你看過此書，想必也會對其中你一言我一語的可愛雙胞胎印象深刻吧！

「這是我的早期作品，我也曾考慮寫續集，但終究未能如願。日本慣稱作家的早期作品為『年輕力作』，這是十七年前的作品，如果我想繼續寫，不知道會呈現怎樣的面貌呢？非常感謝台灣讀者喜歡我的作品。我的作品能漂洋過海，得到大家的喜愛，令我相當感激。」

大師雖想來台和讀者們見面，但苦於飛行恐懼症而無法成行。如果期待大師早日來台與大家相會，同志們仍必須持續努力，積極用熱情感召囉！

P paseo 散步

堅強的意志來自健全的身心！散步是大師平時的主要運動，還曾出版《平成徒步日記》一書。

「我在寫作時代小說時，突然想到從前的人沒有交通工具，只能步行。因此好奇步行一個小時能走多遠呢？並想靠身體直接記憶。我不討厭走路，所以走得很快樂。但第一次寫小說以外的東西，真不知從何下筆。散步雖然快樂，但要如何表達這種樂趣卻很困難。後來有讀者來信說，看完本書後也想去散步，讓我很高興。但矛盾的是，我雖喜歡走路，但不喜歡寫，心情上可真矛盾。」

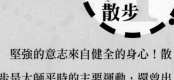

reader R 作為讀者的宮部

風格多元的宮部大師，喜歡的閱讀類型也是五花八門，其中她似乎對恐怖小說情有獨鍾，甚至還接下恐怖小說新人獎的評審一職。不過萬萬沒想到，竟因此落得每晚開燈睡覺的悽慘下場。被同是擔任評審委員的朋友取笑，明明是恐怖小說作家，卻害怕得像個外行人！

「我非常喜歡恐怖小說，尤其是江戶時代的恐怖故事。我喜歡寫，也非常愛讀。如果現在有很多書可供選擇，我仍會先看恐怖小說。創作時，也是以自己喜歡的類型為主。可以說，我喜歡寫作的題材，和我自己的讀書經驗關係密切。」

smoke S 抽菸

「我開始抽菸與寫作並無關係。在日本過了二十歲就可以抽菸，不過我二十三歲開始抽菸時，日本的抽菸女性還很少。所以，我也想不通怎麼會開始抽菸。不過也該是戒菸的時候了，畢竟抽菸對身體肯定沒好處。不過我工作時也會抽，如果突然戒菸，不知會不會影響工作呢。」

teenager T
少女時代的戀愛小說

universe U
眼中的人類世界

宮部作品中常流露出她的社會意識，做為一個推理小說家，我們來聽聽她是如何界定「犯罪」的。

「現實生活中總是存在著犯罪。這幾年，日本發生了許多駭人聽聞、令人難以理解的案件。與其說出人意料，不如說因為在太過日常的情境中發生，才令人不可思議。比如說案發地點竟然是在寧靜的住宅區、小孩的放學路上。推理小說常處理犯罪題材，該如何界定犯罪，是一個重要問題。正因無法確定何為犯罪、無法真正理解犯罪，所以我總在創作之中試圖理解和探究犯罪的真義。」

「我小時候身體不是很好，喜歡看書，當時沒有很多錄影帶、DVD等娛樂，電影也得等到電視播出。我的父母很喜歡看電影，從小就常聽他們談論電影，當電視播出電影時，我也十分投入觀賞。我不大喜歡學校，討厭上學。但當時的社會仍無法理解孩子『拒絕上學』的想法，所以我還是得乖乖去學校。雖沒被欺負過，但我覺得學校很無聊，與其去學校還不如在家看書。但我還是老老實實去上學，等放學後，我就可以看喜歡的書，也和同學互相借書看。總之，我並不出色，是個比較乖順的小孩。」

欣賞的作家
writer

作家林真理子曾說宮部大師是「松本清張的長女」，而她對此的感想是……

「他是非常偉大的作家，我很尊敬他，也喜歡閱讀他的作品。去年我替《文藝春秋》編選了松本清張先生的短篇小說集，目的是向年輕讀者介紹他的短篇作品。過程中令我又重新感受清張先生是一位優秀的作家，工作過程相當開心。目前日本又掀起了清張熱，他的作品常改編成電視劇。在我進行這項工作時，林真理子女士說我是清張的長女，這真是令人高興又受之有愧。清張先生的作品讓我受益匪淺，有部分作品也受他影響。我自認沒有這個資格，但有人這樣說還是讓我很高興。」

每週一天的假日風情
vacation

「我和父母、兄弟姊妹住得很近，但因為獨居，我要花很多時間處理雜事，像在天氣晴朗的假日，我得曬被子、洗衣服、打掃家裡，還要去購物。大多數休息時間，我會看書、打電玩，這些是我轉換心情的好辦法。此外，我還很喜歡散步，沒有目的地四處走走，不過我的活動範圍很小。一般來說，作家大多都喜歡旅行，可是我卻不喜歡，我的生活範圍很小，活動範圍也很狹窄。」

X xanthic 龍眼小黃傘

「在我小時候，學校會規定該拿的雨傘顏色。因為黃色很顯眼，所以低年級小孩都用黃傘。因此小孩子和黃色的傘，是我心中的一種搭配組合。」

Y Yabe Miyuki 矢部美幸

本名。大師在一九六〇年的聖誕夜前一天（十二月二十三日）出生於東京都江東區深川，此處也是她時代小說慣用的地點設定。畢業於東京都立墨田川高中後，她到速記學校學習速記。因為喜歡推理小說，對法律事務所抱有憧憬，選擇進入法律事務所就職，負責速記。在此時期，她吸收了很多法律知識。一九八四年四月起進入講談社主辦的娛樂小說教室，開始她的創作生涯。

Z zip code 通訊方式

想即時掌握宮部大師動向，你可連上她與另外兩位作家合作的官方網站—「大極宮」，網址http://www.osawa-office.co.jp/。還能在線上試讀新作唷！

要認識一個作家的本質
最好方法就是閱讀其全部作品

宮部美幸歷年作品表

1989	完美的藍天
1989	魔術的耳語
1990	Level 7
1991	龍眠
1991	本所深川怪異草紙
1992	今夜難眠
1992	獵捕史奈克
1992	無止境的殺人
1993	繼父
1993	顫動的岩石
1993	寂寞獵人
1994	幻色江戶曆
1995	連作夢也沒想到
1996	蒲生邸事件
1997	天狗風
1997	令人著迷─正之事件簿
1998	十字火焰
2000	糊塗蟲
2001	最初物語
2001	R.P.G.
2002	扮鬼臉
2003	勇者物語─Brave Story
2005	終日
2005	孤宿之人

第九屆

日本推理文學大獎側記

文／藍霄

推理小說如果無趣
我也不會持續購買閱讀了二十五年

「日本推理小說如果粗淺，那麼這段時間以來，透過閱讀它們，我所獲得的感動與滿足，在精神層面上，那又是什麼呢？」那一瞬間，這樣的想法很自然浮上我的腦海。

藍霄簡介

一九六七年生，雙子座，矛盾的綜合體，醫學心靈與推理狂熱的雙棲宿主，低調卻騷包，害羞卻愛現。不管是醫學研究與推理小說的創作評論皆是典型的文如其人。推理小說的啟蒙書是社會派大師松本清張的《砂之器》，後來卻突變演化成忠誠的本格派擁護者。對於閱讀自認葷素不忌，只要掛上推理之名的出版品都喜歡，但萬一誤食魚目混珠之作會食慾不振三天。至於創作，則希望抓完頭皮、絞盡腦汁後能寫出有趣卻不單純的推理小說

赤川次郎的著作《幽靈列車》

赤川次郎得獎生涯介紹

赤川次郎

台上傳來的致詞，是令我有點意外的深醞鼻腔共鳴聲音，甚至對我這個聽不懂日語的外國人來說，那是有點童稚的尖細發聲，間或夾雜喉結上的清痰當作話語的頓挫，似乎意味著演講者不是一位習慣這樣場面的人。那一瞬間，突然覺得自己在台下安靜地當個聽眾，又何嘗不是件幸福的事情？致詞的是赤川次郎先生。

時間是二〇〇六年三月十六日下午，東京突然飄起細雨。前一天晚上，在高雄準備行李的我，也沒想到隔天有機會可以見識到這樣的場面。

我第一次閱讀赤川次郎先生的作品，是一九八四年十二月號的推理雜誌刊載的一篇短篇〈五分鐘殺意〉。他的這篇小說，與他獲得第十五屆《ALL讀物》推理小說新人獎處女作〈幽靈列車〉，都是讓我讀後印象深刻的作品。

有趣的是，當期雜誌除了刊載了赤川次郎先生本人年輕時英姿煥發的照片，更不忘了提及他憑靠筆耕所獲致的令人咋舌所得，而作家的納稅額度，幾乎是台灣後來陸續引介赤川次郎作品與訪談紀錄必定提及的事項。

雖然始終不是很清楚日幣與台幣的正確轉換匯率，但是身為讀者的我，久而久之也漸漸明白這納稅額數字後面所代表另一深層的文化含意。至少它代表的是蓬勃的出版事業與國民閱讀風氣。而這種體認，在東京飄雨的這天，讓我從多年來文字的臆想，落實到現場的悸動。

大會手冊上附了赤川次郎新近的照片，當然了，他發福了，笑容卻是依然充滿童趣，如同他的小說所帶來的一派輕鬆趣味。而他已經從一位暢銷作家提升至具有時代指標性的國民作家大師地位了。

※ ※ ※ ※

會參加「日本推理文學大獎」的頒獎典禮，純然是機緣巧合。在成田機場由於行李誤失延遲的我，焦頭爛額的同時並不是很清楚自己是有機會可以去參加這個典禮的。後來經由同行的獨步文化出版社陳總編輯跟張編輯告知，才知道我即將要前往的地點。

「日本推理文學大獎」對我而言，其實是全然的陌生，腦海中只依稀記得我喜愛的推理作家土屋隆夫先生得過這個獎項。後來從大會的手冊上面，可以閱讀到此獎項的由來與設立目的之說明。

只是當初要參加這樣的典禮，心裡是全然沒有底的。在行李未著落，要從機場直接趕往會場，更是談不上什麼準備的。但是，喜歡湊熱鬧的好奇心卻是讓我雀躍。網路的發達，其實不乏一些日本推理獎項的頒獎與推理作家、推理迷聚會照片，我一度

正賞
シエラザード像
（作・御正 進）

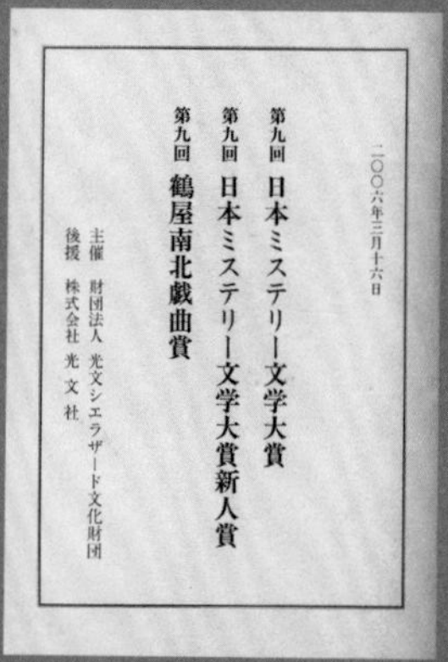

二〇〇六年三月十六日

第九回 日本ミステリー文学大賞
第九回 日本ミステリー文学大賞新人賞
第九回 鶴屋南北戲曲賞

主催 財団法人 光文シエラザード文化財団
後援 株式会社 光文社

日本推理文學大獎

這是由光文社後援設置的獎項，正賞是一尊象徵說故事能手的天方夜譚雪瑞珊璐雕像，副賞是日幣三百萬圓。獎勵的對象是頒發給對於日本推理文學具有卓越貢獻的小說家與評論家，至今不過九屆，歷屆得獎者包含：佐野洋、中島河太郎、笹澤左保、山田風太郎、土屋隆夫、都筑道夫、森村誠一、西村京太郎等人。對於台灣推理讀者而言，這樣的名單絕不陌生，因為都是老牌的重量級作家，當然也容易推理出這個獎項的性質。

歷屆推理作家終身成就獎

上排右起：土屋隆夫、山田風太郎、笹沢左保、中島河太郎、佐野洋／下排右起：赤川次郎、西村京太郎、森村誠一、鮎川哲也、都筑左保。

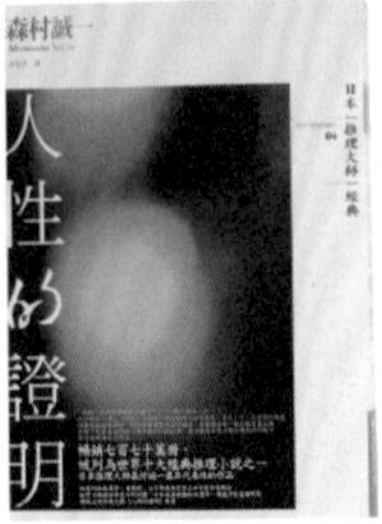

左：森村誠一先生致詞
右：森村誠一著作《人性的證明》

猜想，這樣的典禮、聚會應該不會太嚴肅吧。但是過去參加日本醫學會時一度的尷尬經驗，我還是不敢換下輕鬆的服飾，其實行李還遺落在台灣的我，這時也沒有其他衣服可替換。所以當我們到達東京會館，搭乘電梯到達會場之瞬間，我是有點呆住的。因為，我猜錯了。還好我們穿得還算正式。這是相當正式拘謹的場合，電梯出口的報到處早已簇擁了滿堂前來參加的出版界及藝文界人士。

電梯閘門打開的時刻，相對於我們打量陌生環境的侷促，還是可以感受我們幾個來自台灣的陌生客所招來的側目目光。只不過，這樣的視線交叉，很快就消逝了。我想沒有自我介紹，誰會知道我們是誰呢？於是我就以台灣推理迷之眼，躲在角落好奇地張望著這個典禮的前置情景。沒多久，推理作家西村京太郎先生從我們先前搭乘的同一架電梯閘口出現，現場哈腰尊敬的招呼聲紛紛響起，我瞥見他行動不便的背影。「哦，我是真的前來參加日本推理界的活動了。」我這時才有了踏實感。

※　※　※　※

台灣對於舶來推理小說較有系統的翻譯引介，差不多是一九八〇年代中期前後，也就是推理雜誌創刊時期左右，在當時似乎相當自然地形成以日本暢銷作家與社會派取向的出版策略，可能是台日兩地生活習性與文化娛樂背景較為接近的關係吧。所以那段時間與赤川次郎時常雄踞作家納稅排行榜前兩名的西村京太郎，對於台灣的推理小說閱讀者來說，都是相當熟悉的推理作家，但是熟悉歸熟悉，當看見自己閱讀二十多年推理作品的創造者竟然從自己身旁踽踽然走過，這種感覺是相當奇異的。

台灣近幾年來，國外到訪的推理作家顯著增加，讀者與作者面對面的機會也多了，有趣的是，作家談笑間希望讀者把焦點擺在作者的作品上面論調也有，不過，迥異於追逐青春偶像的瘋狂，推理讀者把作家與筆下世界的主角形象作揉合，是難免的心理，我見到西村京太郎，當然會立即聯想到，他的筆下那位上山下海地活躍於鐵道與旅遊推理的各類充滿幻想與現實交錯的事件中，號稱全日本最忙碌的警官十津川省三警部。從過去西村京太郎訪談紀錄中，也曾看過他搭乘各型交通工具取材以及充滿作家能量的照片，如今行動不方便，我想推理小說寫作方式也可能得修正了，真是風霜歲月不饒人，所以就像閱讀土屋隆夫先生以八十多歲高齡依然創作出新作品所渲染讀者的感佩，我往後會以更恭謹的態度來期待與閱讀西村京太郎先生的新作品。

雖說是「日本推理文學大獎」，其實還有兩個獎項是同時登場的：「日本推理文學大獎新人獎」以及「鶴屋南北戲曲獎」，而新人獎共有一百四十篇來稿，不過此屆是從缺的。

我注意的都是推理小說相關的東西。典禮的禮堂座無虛席，有錄影設備與安靜有序的入場氣氛，

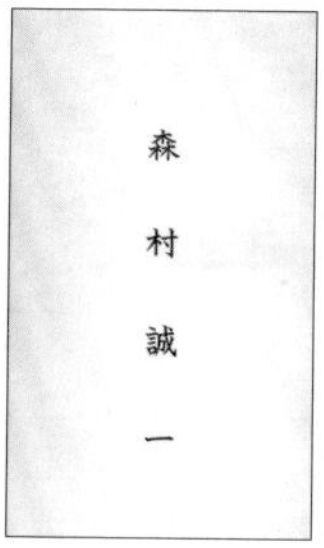

藍霄（左）與森村誠一（右）合影

台上有兩排選考委員座席。前排是選考委員森村誠一、權田萬治、北方謙三以及阿刀田高，後排則是新人獎的選考委員北村薰、有栖川有栖、高橋克彥與田中芳樹先生。我坐在遠遠的角落。

有栖川有栖先生去年國際書展來過台灣，所以我很容易認得，其他的作家有的是一眼就可以認得，有的得對照手冊的名字來比對認識。

聽著森村誠一先生致詞，當時我的感覺真有掉入一九八〇年代台灣推理小說第一波出版潮的錯想，森村誠一是以代表選考委員的立場推崇赤川次郎的作品，其他選考委員的講評意見手冊也有，其實以赤川次郎著作等身的作品，推理迷是很容易瞭解他的作品長處與受人推崇之處在哪裡。倒是森村誠一先生，我覺得他是一位相當有意思的前輩作家，當年他的長短篇小說都有無形感染人心的力量，從他筆力萬鈞的落筆風格，可以猜測他是充滿正義感與男人味，行事直接不拐彎的硬漢，所以個性上也可能是有點嚴肅的作家，但是透過網路我曾到他的公式網站看過，他的網站內容豐富，詳細刊載他個人與日本推理藝文界的交往及照片紀錄，讓人見識到他心思細膩與溫馨的一面，而他會寫出《人性的證明》這樣情感糾雜的傑作也不令人覺得奇怪了。

※ ※ ※ ※

典禮程序進行緊湊，包含選考委員與受獎者致詞，間或傳來回應講者幽默的笑聲，整體氣氛熱烈感人，而我有聽沒有懂地除了翻讀手冊之外，就是回想著日本推理小說這些年來在台灣的種種。

整個歷程一結束。就是拍照時間。我見到一幕相當有意思的場景，而這個場景可能會永遠烙印在我腦海中吧。那就是在正式拍照告一段落後，赤川次郎先生端坐在前，森村誠一先生以他自己帶來的數位相機幫他取景照相留念，我猜想森村誠一先生可能是要把這樣的照片擺在自己的網站上吧，所以推理迷讀者有機會到訪森村誠一先生的網站可以查看看是否有這樣的照片（笑）？而我這個台灣來的讀者，就這樣遠遠地觀賞兩位推理大師平實有趣的一幕，卻覺得溫馨無比。

所以在散場的當刻，我們找機會上前拜訪森村誠一先生，自我介紹我們來自台灣，森村誠一先生的眼睛馬上一亮，露出親切的笑容，語氣親切感十足。他給我一張名片，握手，當然對於我個人而言這是一種奇妙的異樣感的經歷。

因為他這隻手寫出了多少筆力雄渾的小說，而這張名片留下他的指紋（笑）。

如同國際會議常有的歡迎晚宴，受獎典禮結束後，依然有個歡迎酒會，在森村誠一先生與權田萬治先生的邀請下，讓一度猶豫要不要前去的我們，當然順水推舟把「既然來了，就去看看。」這句話的精神發揮得淋漓盡致。果然，真是不虛此行的酒會現場，與典禮禮堂的拘謹嚴肅相比，此處是完全不同的歡樂氣氛。

這是日本推理界、出版界交誼的場合，好像突然冒出了相當多位推理作家與相關人士。

「那不是大澤在昌嗎？」

「嘿，宮部美幸小姐咧。」

「那是夏樹靜子咧。」

「這位是小酒井不木的女兒。」

「怎麼沒看到京極夏彥、綾辻行人？」

「那位好像是東野圭吾的責任編輯。」

「……」

宛如晚點名般，與友人陶醉在認人的樂趣中，這真是「走過來碰到推理作家，晃過去的也是推理作家」的場合。彷彿多年來我所購買的日本推理小說紛紛從書架上躍身而下變成作者本人的活動場景。

我特地前去向有栖川有栖先生打聲招呼，有栖川先生在這樣的場合見到我似乎很意外，他依然是那麼平易近人，難怪是個相當有人緣的人氣作家，他向我提及他今年六月份會有本新書出版，其中有篇小說由於牽涉到醫學專業知識曾請教我的這件事，會在書末的後記提到，到時出版會寄送給我一本，還特地留了我的新聯絡住址，我除了笑還是感謝，可惜台語「真是厚工」日語不知道該怎麼講。

而幾個月前曾來到台灣的蘆邊拓先生（比我想像中矮小），因為時間不巧錯過見面時機，我也特地打了聲招呼。當然了，酒會現場有飲料與自助餐食，我得特地提一下這次餐食，因為到過日本幾

頒獎典禮最後的拍照：1. 權田萬治
2. 森村誠一 3. 赤川次郎
4. 有栖川有栖 5. 北村薰

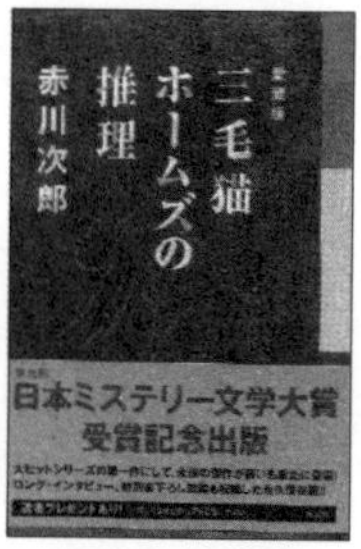

左：《三毛貓探案》
右：《三毛貓福爾摩斯推理》愛藏版

次，就是這次的餐食口感最棒。

離開時，會場單位贈與了每個人《三毛貓福爾摩斯推理》的愛藏版當作此行的留念。回到台灣，整理書架，我把二十年前出版與新近改版的《三毛貓探案》特地擺在一起，我想，雖然是機緣巧合才得以參加此次的推理大獎典禮，但是對於我這位推理迷而言，當時感受的情景依然歷歷在目，對於熱愛推理小說的我，真的希望台灣推理小說也有這麼蓬勃的一天。

因為，雖然只是個頒獎典禮，但是從各個層面來看，可以感受到日本推理出版與閱讀極其細膩與多元化的面相，讀者、作家、出版三者形成一種良性的互動，而這樣的局面當然不是一蹴可幾就可有的成就，從江戶川亂步一九二三年發表了處女作〈二分銅幣〉後，日本推理小說也是經過幾次重大的變革終於走出一條獨特的推理之路，這中間可以見到摸索、模仿、創新、突破、爭辯、進步的動力，很高興，在吸收歐美與日本推理小說的養分，台灣近幾年漸漸嗅出這樣契機開展的味道，這是值得喜歡推理小說的讀者、作家與出版者共同期待的吧。

日本推理雜誌

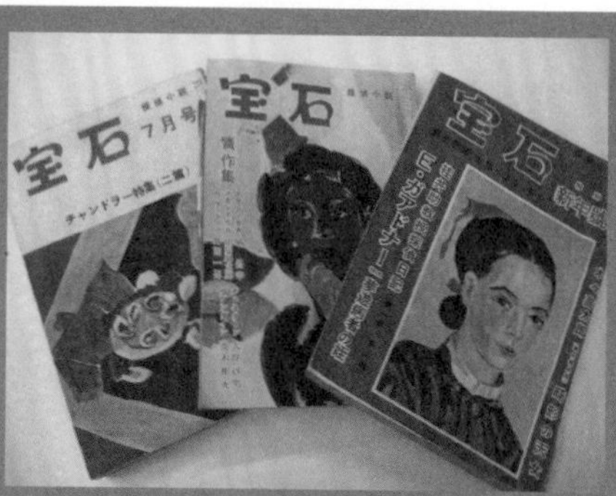

一九四六年推理小說雜誌《寶石》創刊，大受讀者歡迎。橫溝正史同時於《寶石》發表日本三大名探之一的金田一耕助系列第一作《本陣殺人事件》及《LOCK》連載《蝴蝶殺人事件》。前作令「密室殺人」成為戰後推理小說的主流謎團。

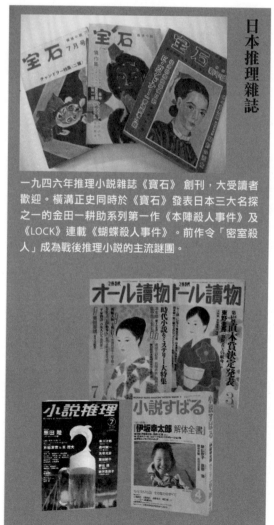

宮部美幸訪談後記

文／藍霄

今年三月十二日接到獨步文化（原商周出版第七編輯室獨立出來）的電話，詢問個人是否願意以台灣推理迷的角色，隨同前往日本東京，於三月十七日訪問推理作家宮部美幸小姐？當時這樣的訊息進入我耳朵，應該是跳過大腦，直接轉往脊髓反射立即答應了。後來想一想，可能任何一位推理小說迷，應該都會有著同樣的興奮反應吧。

令人狂喜的機緣與巧合

早期啟蒙了無數台灣推理讀者的希代版「日本十大推理名著大系」，主編傅博老師除了導讀之外，簡介了當年其個人與所介紹的推理作家的交往段落，總讓我回味無窮。

近來，台灣出版界陸續訪問了日本推理作家土屋隆夫、東野圭吾、赤川次郎、島田莊司……，我可是每篇訪談文章皆未錯過。

特別在閱讀某特定作家的定量推理作品後，再回顧這些作家的訪談紀錄更能體會作家某些言談所隱含的箇中三味。

我個人所讀過印象最深刻的日本推理作家訪談紀錄，還是沈西城先生所寫的〈松本清張印象記〉，文章是描述訪問清張的種種，特別是作家的生活、文學觀與日本出版界的生態，我不知道反覆讀過了多少遍？腦中總會描繪了當時的訪談想像畫面，彷彿我是隨同沈西城先生一道訪問清張似的。

而〈松本清張印象記〉的訪問時間是一九七八年三月十七日下午。巧合地在二十八年後的同一天下午，我有機會與

獨步文化出版社總編輯陳蕙慧小姐共同訪問了松本清張繼承人的日本國民作家宮部美幸小姐。

宮部美幸的小說在台灣受讀者歡迎是相當有意思的事情，尤其近幾年來每當宮部美幸的推理小說翻譯出版，那麼立即在連鎖書店的暢銷排行榜表現搶眼，這是長久以來在台灣，其他的日本推理小說辦不到的事情，這讓一直以頑固本格派推理迷自居的我，難免會思考宮部小說的魔力在哪裡？尤其她的小說的確把台灣潛在的推理小說閱讀者給挖掘出來了，亦即她拓展了在台灣推理小說閱讀者的日本推理小說視野。

我對於宮部美幸小說會有較深刻認識，還是在一九九九年個人的日本之旅，那時她正好以《理由》一書獲得直木獎，我在旅遊過程中發現，只要是有賣書的地方就有她的小說熱賣，當時望著日本書店的海報，我想，幾乎可以稱為「大眾文學界的得獎女王」的推理作家會是怎麼樣的人物呢？

而在三月十七日的中午，我終於得以近距離一睹她的風采。

推理文壇的可愛教主
果然魅力十足

她準時到來，初見面的印象，就像是我們平時所想像的日本女性，溫柔有禮笑容可掬。以我的眼光來看，她是有些嬌小的，特別強調她的嬌小，主要是很難想像舉手投足甚至以「可愛」來形容也不為過的女性，竟然可以寫出那麼多氣勢磅礴的大部頭推理小說。

打扮相當清爽有型，眼睛明亮有神。對於發問者的提問總是顯露專心傾聽的樣子。對於訪談的問題，我們遠從台灣的訪談者是可以輕易感受到她的談興，可說是知無不答，語調輕快，一個多小時的談話下來總是精神奕奕，這在台灣的訪談錄影節目（註）中，台灣觀眾可以屆時觀察。

宮部美幸的讀者特別喜愛強調其小說筆觸溫暖的一面，就我個人而言，如同小說的筆觸，她是一個會讓人從對談中從心底喜愛起的作家。

雖然傅博老師已經把她定位為「偉大的作家」，但是從與她對談可以輕易感受她平實近人的一面，對談的內容中其實透露了不少成為偉大作家的訊息與寫作的秘訣，值得台灣有心創作推理小說的創作者當作典範。

一窺簽名板上的小祕密

我試著在她小說中找出一個與作家可以相比擬的人物，發現我沒辦法舉出個理想的例子，宮部文學登場人物眾多，每人扮演了自己在小說事件交際關係該有的角色，在現實生活中，或許宮部美幸也的確是把她的作家獨特角色扮演得相當好。

當然我很榮幸宮部美幸小姐在簽名板上幫我留了個此行最印象深刻的簽名，此外她也幫我在我所帶去的《龍眠》小說中譯本上頭簽名，雖然在獨步文化出版社的宮部美幸作品集也有宮部小姐的獨特簽名，但是看著作家簽下「宮部」這兩個似乎露出慧黠微笑的字眼瞬間，是會讓人會心一笑的。但是這次在場的簽名，我發現了宮部みゆき的中文翻譯謎團有被揭開的恍然大悟，因為宮部小姐對於美幸的譯名是不太熟悉的，而從作家落款的印章來看，也就是說宮部美雪或許才是真正的譯名吧。

2006. 3. 17

宮部美幸

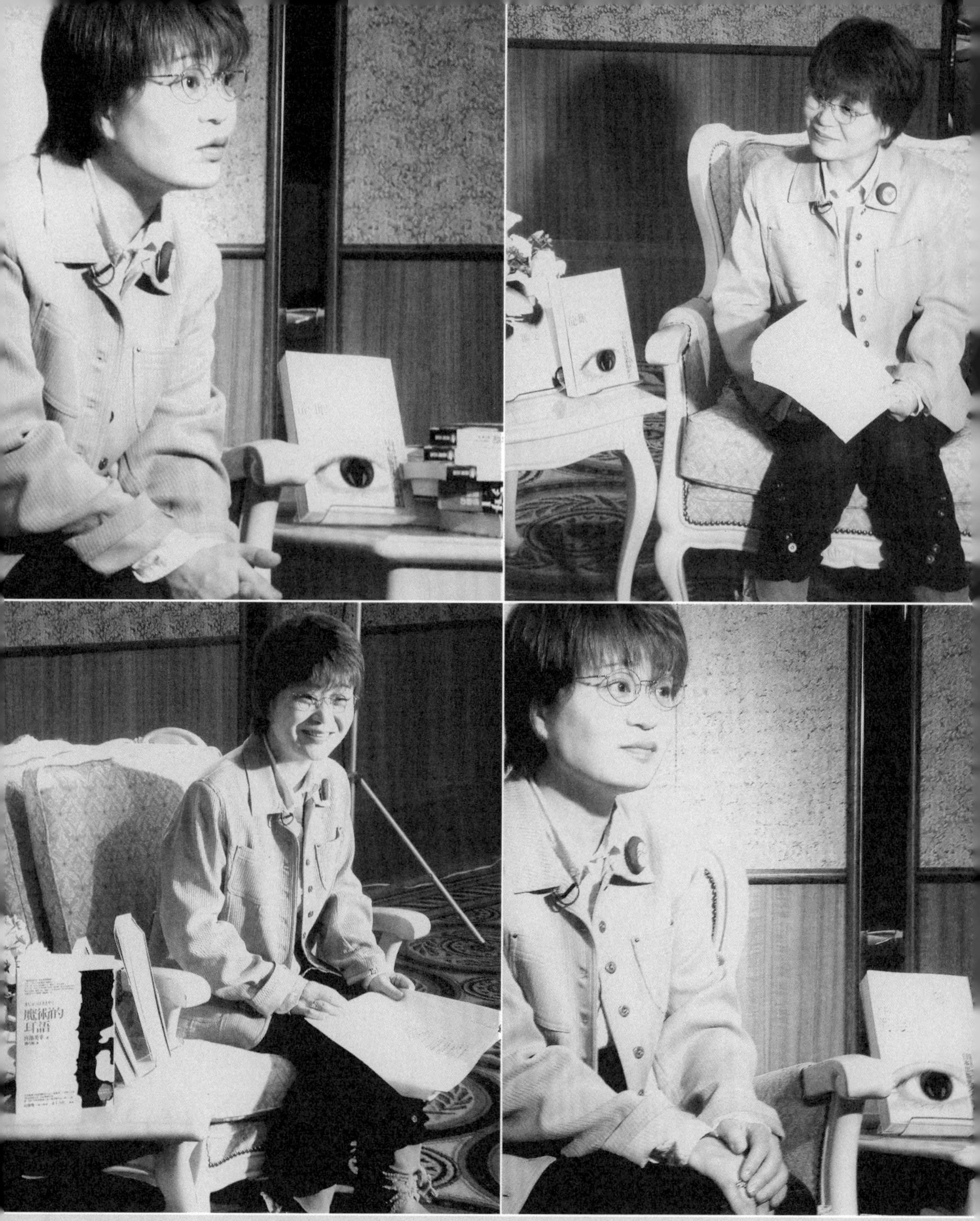

註：本次訪談內容將於二〇〇六年八月二十日星期日晚上九點，在中天電視台〈中天書坊〉節目首播。

推理影劇多媒體

MULTIMEDIA

推理小說影劇多媒體 PART 1

日本推理劇十大里程碑

文／陳國偉

在日本，推理劇基本上有兩個系統，一是以三個月為一檔[註]，每週播放一集的趨勢劇。另一種是各電視台所規劃的「兩小時劇場」，每週固定播放，各週之間各自獨立。以下所要介紹的，正是台灣觀眾較為熟悉，在台灣被稱為偶像劇的「趨勢劇」。

所謂的趨勢劇起源於一九八八年由富士電視台推出的《我想擁抱你！》一劇，該劇結合當下的社會趨勢、反映時代思想，製造了新的流行話題，而改變了日本傳統的電視劇類型；當時富士的製作部部長大多亮創造了「Trendy Drama」一詞，明確定義出這種新的戲劇主流。一直以來，趨勢劇並不是推理類型馳騁的戰場，多以愛情劇或職場劇為主，直到出現了《古畑任三郎》才改變了這個局面。

1 推理趨勢劇的首部經典 古畑任三郎

一九九四年開始登場的《古畑任三郎》，以單集完結的方式，創造出日本家喻戶曉的名探，其優雅風趣又有點古怪的形象，深植在觀眾心裡，而被譽為是日本的可倫坡刑警。

該劇運用了「倒敘推理」的模式，讓觀眾在開播五分鐘內知道兇手的身分，之後偵探才登場找尋線索，並與嫌犯展開精采的鬥智，而每集客串演出犯人的多為知名偶像藝人，在已播出的九四、九六、九九三部及八個特別編共四十個案子中，包括木村拓哉、松嶋菜菜子、鈴木保奈美、山口智子、唐澤壽明、中森明菜甚至是鈴木一朗等超級明星都曾演出，收視率最高達三四%。成為日本推理劇永遠不朽的經典。

2 暴力美學的經典 沙粧妙子・最後事件簿

沙粧妙子是專攻犯罪心理，偵辦變態殺人事件的刑事。此劇於一九九五年夏季檔登場，號稱日本版《沉默的羔羊》。全劇從柳葉敏郎飾演的新進刑警加入警視廳搜查一課，被安排為沙粧妙子的搭檔開始，一連串被兇手刻意華麗包裝的屍體，向沙粧妙子傳遞恐怖的訊息，勾起埋藏在記憶裡的真相。而《沙粧妙子》的暴力美學風格，影響後起的《繼續》、《暗夜邊緣》，不僅在心證推理的脈絡上或是視覺風格的意義上，都成為重要的經典。

3 警事劇新風格的奠基
大搜查線

以往日本的警事劇，是以《向太陽怒吼》、《危險刑事》為代表的動作劇，直到一九九七年冬天《大搜查線》的出現，帶動了一種新警事劇類型的誕生。

該劇以上班族轉業的菜鳥刑警青島俊作加入空地警署開始，敍述熱血有理想的青島，如何在適應警察組織層層制度的過程中，面對現實的階層問題。在對上級的反動與妥協中，突顯「事件是在現場發生」的信念，開啟了一種既有輕鬆喜劇風味，又深刻反映警察組織科層弊端的新警事劇。由於大受好評，衍生出多次的特別劇及電影，甚至是配角所擔綱的新系列電影，都可看出《大搜》熱的盛行。

註：日本以三個月為一檔，一至三月是冬季檔、四至六月是春季檔、七至九月是夏季檔、十至十二月是秋季檔。

4 醫事推理的傑作
法醫物語

一九九八年冬季檔的《法醫物語》（又譯《閃亮的人生》），走的是難得一見的醫學鑑識類型，敍述一群秉持著「雖然人過世了，但他的遺體還是會繼續對我們說話，讓我們知道那些我們所不知道的真相」之精神的女法醫，透過解剖屍體推理死亡真相的故事。劇中透過實習法醫與法醫學教授對法醫鑑識態度的歧異，不斷辯證著理性科學與人性的界線，以及鑑識在推理與偵辦案件過程中，所能達到的真相限度。

《法醫物語》透過一具具屍體，突顯生命的尊嚴與意義，在死亡的陰影中發現人性的光芒，還別出心裁地結合阪神大地震的災難記憶，真摯而感人，由於製作上的用心，該劇還得到日劇學院獎醫療考證特別獎及最佳導演獎。

5

推理日劇史上最高本格作

沉睡的森林

以童話故事睡美人為概念，結合了日本藝能界空前絕後的夢幻陣容中山美穗與木村拓哉，譜寫出一部日本推理劇史上水準最高，也最符合希臘悲劇深度的本格推理劇。

一件十五年前聖誕夜裡的滅門血案，一個存活下來卻失去記憶的次女，一個緊跟在她身後的守護眼神，在那記憶的沉睡森林中，有著什麼樣的真相，在等待著他們？這是推理劇有史以來獨立創造最宏大的謎團。

因為太過懸疑，讓《沉睡的森林》收視率節節攀升，最後一集甚至衝破三〇％，並得到一九九八年秋季檔日劇學院獎最佳戲劇、導演、編劇、男女主角等八項大獎，堪稱日劇史上推理劇第一。

6

堤幸彥神話

從繼續、池袋西口公園到圈套

堤幸彥的視覺神話從一九九九年冬季檔的《繼續》開始。在這齣以邋遢東大女天才實習生解決各式懸案為噱頭的劇中，堤幸彥展現他魔法般執導功力，透過高明的影像節奏、大量的蒙太奇手法、營造出獨特的視覺魅力。經過《池袋西口公園》獲得全方位肯定，二〇〇一年開始妖異變格作《圈套》，更讓他名垂青史。

這齣以女魔術師偵探與物理學教授助手組合，挑戰各種特異功能者，游走在戲謔與十八禁曖昧地帶的笑點，加入惡搞橫溝正史作品等巧思，配合堤幸彥的影像風格，成為當代難得的變格經典，在陸續拍攝三部及電影、特別篇之後，又將拍攝第二部電影。

7

世紀末的推理劇浪潮

從一九九九年開始，日本籠罩在世紀末的恐慌中，人心徬徨而神秘宗教橫行，各種預言傾巢而出。或許因為這樣不安的社會氛圍，懸疑性推理劇大行其道。從年初開始，每季至少都有二到三部，像冬季的《繼續》、《暗夜邊緣》、《媽媽刑事》、《京都迷宮案內》，春、夏季的《甦醒的金狼》、《古畑任三郎99》、《舞妓名偵探》、《雙胞胎偵探》，而到了秋季檔，更呈現大爆炸，包括《冰的世界》、《危險關係》、《OUT》《科搜研之女》、《鄰居神秘的偷笑》、《感應少年2》、《TEAM》等七部，一時殺意雲集，熱鬧非凡，可謂二十世紀推理劇最繁榮的一年。

8 推理劇登上月九時段

由於《沉睡的森林》的成功，野澤尚隔年受邀為富士電視台月九(註)黃金時段編寫，由竹野內豐、松嶋菜菜子主演的《冰的世界》，以詐騙保險金的社會議題，發展出匪夷所思的愛情故事，這是推理劇第一次登上月九時段。

但月九最成功的推理劇，還是二〇〇一年木村拓哉主演的《HERO》，這齣以高中學歷的另類檢察官為主角的推理劇，每集收視率都突破三〇%，平均收視率至今名列日劇第一，更引起年輕人報考檢察官的熱潮，形成社會現象。

9 大師經典改編新浪潮

繼《HERO》之後，由編劇獨立原創的推理趨勢劇，較少出現佳作，反而是改編推理小說的推理劇，逐漸受到矚目。繼東野圭吾《惡意》、橫山秀夫《顏》、野澤尚改編自己的原作《Limit》、《擁抱不眠的夜》後，二〇〇四年起，包括松本清張的《砂之器》、《黑色筆記本》、《獸道》及森村誠一《人性的證明》，橫溝正史《犬神家一族》、《八墓村》、《女王蜂》等經典名作紛紛被改編，再度受到大眾的歡迎，在新的時代獲得了別具意義的重生。

10 兩小時劇場魅力不減

雖然趨勢劇基本上是觀眾主要的目光所及，但兩小時劇場至今魅力仍然不減，各電視台無不規劃大量懸疑劇場、推理劇場、Mystery劇場等。由於每週的故事不同，所以觀眾不需持續守在電視機前，沒有連續劇的壓力。再加上兩小時劇場的企劃多以旅情推理、男女情殺為主，不強調嚴肅的推理過程，所以深受邊做家事邊收看的家庭主婦們歡迎。

兩小時劇場的推理劇，許多都是改編自名偵探的推理小說系列，像是西村京太郎的十津川省三、左文字進，夏樹靜子的女檢察官霞夕子、律師朝吹里矢子，山村美紗的舞妓小菊、警部狩矢莊助、凱薩琳系列，森村誠一的棟居刑事、內田康夫的淺見光彥、島田莊司的吉敷竹史、橫溝正史的金田一耕助、和久峻三的律師豬狩文助，都透過實力派演員的詮釋，呈現在觀眾的面前，也維持他們在一般民眾心目中不朽的地位。

註：月九指的是週一晚間九點到十點的時段，富士電視台向來視此時段為其戲劇黃金時段。

推理小說影劇多媒體 PART 2

台灣可見的日本推理電影

文／陳國偉

早期台灣由於有禁止引進日本電影的政策，所以許多早期的日本推理電影都難以得見。九〇年代中期，日本電影開放進口，但由於《情書》的走紅，所以又以愛情電影為最多，在日本超級賣座的《大搜查線》，在台灣的票房也是慘兮兮，注定了推理電影難以「登台」的宿命。因此日本推理電影，台灣觀眾只能透過金馬影展或是網路、DVD等管道才能一窺究竟。

近幾年，日本的推理劇多以偶像明星為號召，來做為宣傳的重點，像是由東野圭吾《綁架遊戲》改編而成的《g@me》，由藤木直人與仲間由紀惠主演；《湖邊凶殺案》由豐川悅司、役所廣司主演；京極夏彥《姑獲鳥之夏》由堤真一、阿部寬主演，還有包括金城武主演馳星周的《不夜城》、中居正廣主演宮部美幸的《模仿犯》、深田恭子主演赤川次郎的《死者的學園祭》、廣末涼子主演東野圭吾的《秘密》、反町隆史主演高野和明的《十三階梯》、二宮和也主演貴志祐介的《青之炎》、內山理名主演野澤尚的《深紅》、淺野忠信主演改編江戶川亂步四個短篇的《亂步地獄》、寺尾聰主演橫山秀夫的《半自白》。

這似乎已經成為一種慣例，目前正在日本拍攝的橫溝正史《犬神家一族》，則是請來松嶋菜菜子演出珠世，石坂浩二再度回鍋飾演金田一耕助，電影公司考量的就是希望能吸引更多年輕族群走進電影院。此外，東野圭吾的《信》也決定由年輕實力派偶像山田孝之主演，也是同樣的行銷策略。

此外，台灣代理商發行的推理電影系列，引進了七〇年代角川電影公司改編的經典推理小說，如森村誠一《人性的證明》《野性的證明》，大藪春彥《甦醒的金狼》、《該死的野獸》，赤川次郎《偵探物語》、《結婚案內玄機》、《晴天偶爾殺人》，夏樹靜子《W的悲劇》及西村壽行《化石的荒野》，其中許多都是由松田優作、高倉健、藥師丸博子等重量級巨星擔綱。此外，像是大導演市川崑執導的《犬神家一族》、野村芳太郎執導的《八墓村》、《砂之器》，則是喜歡七、八〇年代日本電影及推理的讀者絕對不能錯過的選擇。

淺談日本推理遊戲

文／張筱森

日本推理小說發展至今已經十分成熟，自然也不會獨沾一種發表媒介，不只漫畫、影像，就連遊戲界也有許多出色的推理遊戲產品。因為推理遊戲重視理論的展開，和其他遊戲類型產品相比，比較缺乏動作場面，玩家在玩的過程中，就像閱讀小說一樣，因此此類遊戲通常都歸類到adventure game（簡稱AVG或ADG，廣受歡迎的戀愛模擬遊戲也屬此類）。早期的AVG都是個人電腦遊戲，不過一九八五年ENIX（現在的SQUARE ENIX）發表了從PC移植到FC上的「ポートピア連続殺人事件」，則讓AVG真正廣為大眾接受，成為往後的重要遊戲類型之一。本作由堀井雄二擔任劇本創作，玩家需操縱主角Boss調查地下錢莊老闆的真正死因。之後堀井也擔任了「輕井澤誘拐案内」（輕井澤綁架指南）與「北海道連鎖殺人オホーツクに消ゆ」（北海道連續殺人 消失於鄂獲次克海）的劇本創作，此三作合稱為「堀井mystery三部曲」。

由於這樣的遊戲形式非常適合推理作品，所以AVG出現了幾款相當重要而且精采的推理遊戲。首先是「偵探神宮寺三郎系列」，本系列在一九八七年於FC上發表了第一作「新宿中央公園殺人事件」，因為少見、特殊的冷硬派風味，風格和同類遊戲大不相同，獲得玩家相當的好評。到二〇〇五年發表在GBA上「白影少女」為止，已經是第十代的作品，將近二十年的歷史，可以看出其受歡迎的程度。

再來是奠定「有聲小說」地位的作品「恐怖驚魂夜」。所

註：本遊戲原名為「かまいたちの夜」，本應翻譯為「鎌鼬之夜」，不過一般玩家都已習慣「恐怖驚魂夜」的譯名。

謂「有聲小說」雖然是AVG的一種，不過已經由chusoft註冊為商標，因此多指這家公司出品的遊戲。「恐怖驚魂夜」是在一九九四年首次發表於超任（SFC）上，由推理小說家我孫子武丸擔任劇本創作，因此在主要路線的連續殺人事件上有著非常優秀的表現。而次要路線的恐怖小說風格的劇情，在氣氛上的營造也十分出色。雖然當時的主機硬體還不能在畫面表現上和現今的主機匹敵，不過無論是文章本身、畫面、音樂都給予玩家極大的壓迫感。二〇〇二年則在PS2上再次發表了「恐怖驚魂夜2～監獄島的童謠」，因為第一作的我孫子並未擔任主線的連續殺人事件的劇本創作，因此主線劇情的評價不如前作。不過由於田中啟文和牧野修加入了劇本創作，反而讓本作在恐怖小說的路線有了出色表現。而本系列也將在二〇〇六年七月發表第三作「恐怖驚魂夜X3三日月島的真相」。

日本推理小說中一直較為缺乏優秀的法庭推理作品，這當然是因為日本的司法制度也不利此類作品的創作。不過在AVG中則有著一款擁有大批死忠粉絲的法庭推理遊戲，就是「逆轉裁判」系列。本系列是由卡普空在二〇〇一年首度於GBA上發行第一代，遊戲導演和劇本撰寫均由巧舟擔任。本作最吸引人的部分，正如遊戲名稱的「逆轉」二字，如何將看來是非死不可的委託人洗刷冤屈、還他／她一個清白？充分考驗玩家的腦力。而最後在法庭上一舉突破檢方死角，逆轉成功的痛快感，也令人回味無窮。而且本作人物塑造極為突出，各有獨特魅力，每個角色都有其支持者。本系列到目前為止在GBA上發行了三代，二〇〇五年則在NDS上發行了一代重製版，預計在今年內會推出全新的第四代。

礙於篇幅，只能稍微介紹以上三款AVG，其實還有很多有趣的推理、恐怖AVG，就留待各位讀者發掘，享受挖寶的樂趣了。

文／希映

推理漫畫

一九九二年起，《金田一少年之事件簿》（金城陽三郎、天樹征丸原作，佐藤文也作畫，東立1-27）在日本的漫畫雜誌上連載，大受好評。第一部於二十七集結束之後，又陸續推出第二部《新版金田一少年事件簿》（十集）與數個單篇故事，另有短篇集、動畫、遊戲與日劇，之後天樹征丸與佐藤文也再次合作的《偵探學園Q》（如前述，東立1-21）也大受歡迎。而另一部熱門推理漫畫《名偵探柯南》（青山剛昌，青文1-53）的風格則與前兩部作品不太一樣，較為天真逗趣，是許多讀者對推理漫畫的第一印象。迥異於以上三部暢銷漫畫，《神通小偵探》（加藤元浩，東立1-23）的知名度較低，但是故事樸實不做作、推理過程合乎邏輯，有竊盜、殺人等罪案，也有生活中的小謎團，相當適合讀者做為初探推理漫畫的首選。

由推理小說改編的漫畫也不少，例如橫溝正史的金田一耕助系列就有好幾個版本（註）。除了改編之外，作家與漫畫家直接合作也是另一種以漫畫呈現推理小說的方式，近年來最知名的是綾辻行人與佐佐木倫子合作的《月館の殺人》（小學館），造成網路上漫畫迷與推理迷的熱烈討論。

其實推理相關元素一直以來都是日本漫畫中常見的題材，除了直接以偵探辦案為主軸，警匪、竊盜、考古、間諜、詐騙、心理懸疑、醫學或法律相關知識等廣義推理元素都能在漫畫中找到。例如少女漫畫《迷宮殺人事件》（神谷悠，大然1-26）以兩位就讀法律系與醫學系的大學生為主角，在陰錯陽差之下解開一件件離奇案件。或是融合考古學與冒險的《危險調查員》（勝鹿北星原作，浦澤直樹作畫，尖端1-18）、以食物為破案線索的《美食偵探王》（寺澤大介，尖端1-5）、以家庭裁判所的判事為主角的《家裁之人》（毛利甚八原作，魚戶修作畫，時報1-15）、由精神疾病案例切入的《女醫生檔案》（劍明舞原作，嶺岸信明作畫，東立1-18），還有以複雜的心理鬥智令讀者大呼過癮的《死亡筆記本》（大場つぐみ原作、小畑健作畫，東立1-10），這些漫畫中都可窺見推理的奧妙。

註：後續由長鴻出版，中譯書名改成與日本原版相同，各集具有不同標題，如《鱗迷宮—龍宮家殺人事件》、《寶迷宮—第二個門》。

Mystery Website

推理網站特搜

推理迷最需要定期上網收集新情報，以下介紹二十個中、日最熱門的相關網站，是你不可錯過的超連結，提供最新的書籍資訊、生猛有趣的書評、作家資料、各項話題討論等等．．．說不定還可以結交到更多同好呢。

中文推理網 Chinese Website

阿蛙的推理雜記
http://mypaper.pchome.com.tw/news/wintersun2/

現任推理編輯冬陽的個人新聞台。想知道這個月有什麼新書會出版嗎？台長會定期推出推理日誌，整理出最新的推理相關出版資訊。

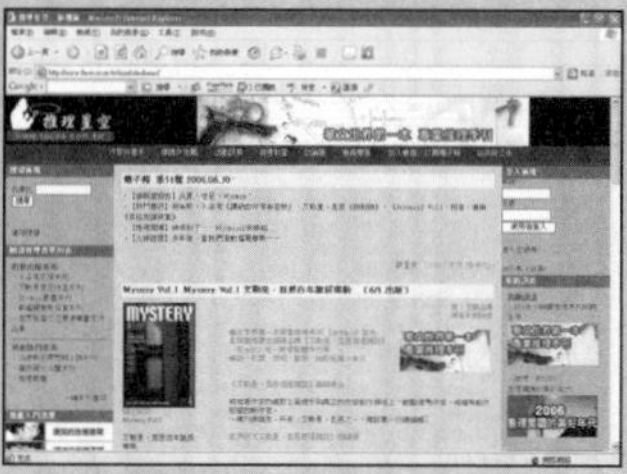

推理星空
http://www.faces.com.tw/

臉譜出版社官方網站。不用說，該出版社旗下的作家與偵探資料一應俱全。除出版書訊外，臉譜電子報、導讀與推薦文也刊載於站上，應有盡有。此外還有開設令推理迷相當感興趣的推理教室哦！討論區亦有相當規模。

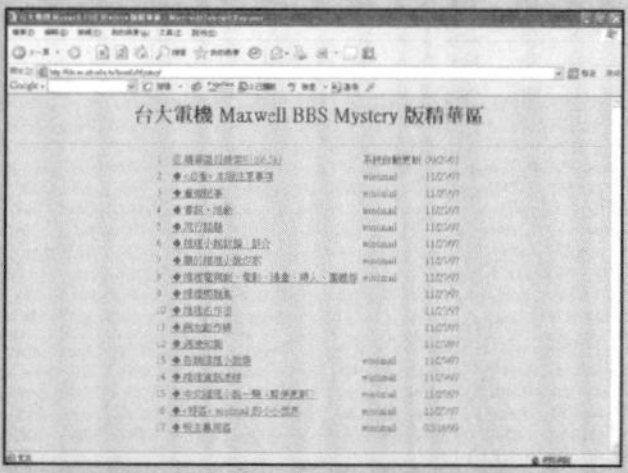

台大電機BBS推理板精華區
http://bbs.ee.ntu.edu.tw/boards/Mystery/

在1996至2000年代，BBS可說是網路最廣泛使用的討論區型態。當時的推理連線看板以台大電機Maxwell的Mystery板為首，開啟熱烈的討論風潮。本址即為連線板所收錄的精華區內容，內含一些珍貴的舊文，如書籍簡介、討論串。

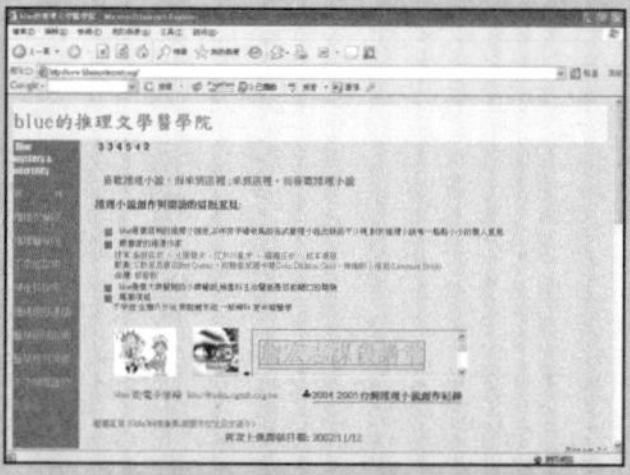

blue的推理文學醫學院
http://www.bluemysteryart.org/ c-01

作家藍霄的私人推理情報站。其中的「推理文學院」收錄許多歐美、日本、台灣本土的創作者資料，提供豐富的資訊來源。可藉由首頁的每日連結區，前往瀏覽當日發表於網路各處的推理好文，非常適合做為推理迷的入口網站。討論區的留言情況亦相當踴躍。

IGT偵探趣味
http://elielin.chu.jp/blog/ c-03

漫畫小說綜合創作誌《挑戰者月刊》總編輯林依琍設立的網誌，內容包含動漫、日本文化、推理等包羅萬象的文章。本站榮獲第一屆全球華文部落格大獎的「年度最佳新格」獎。關於推理方面，本網誌開設類似日本2ch形式的討論區「台灣推理議論版」、「海外推理議論版」，討論區型態相當自由。

中文推理網 Chinese Website

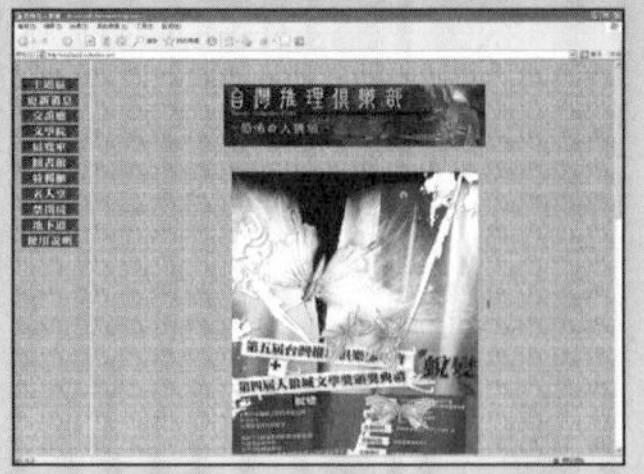

恐怖的人狼城
http://windmail.virtualave.net/

作家既晴暨台灣推理俱樂部（TDC）的官方站台。內容除TDC的成員、歷史活動等資料外，也可翻出許多珍貴的推理小說討論、介紹文章。TDC最新的活動訊息也會刊載在這兒。

謀殺專門店
http://www.ylib.com/murder/index.asp

本站為遠流謀殺專門店書系的官方網站。關於歐美作家與偵探的介紹相當齊全完備。主要討論區「推理擂台」堪稱歷史最為悠久、推理迷彙集最多的WEB型態討論區。台主為資深推理迷紗卡。

日文推理網 Japanese Website

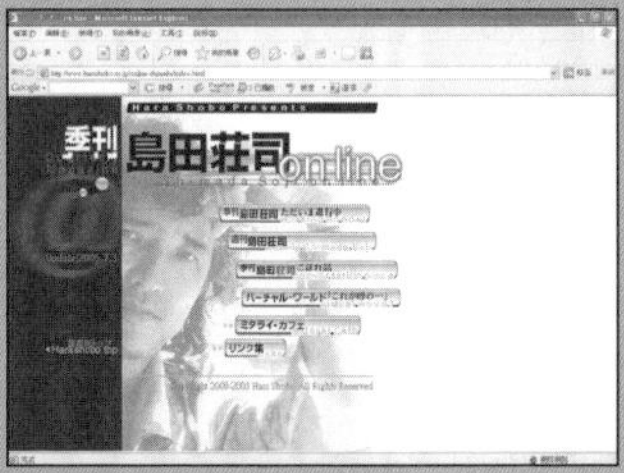

季刊島田荘司
http://www.harashobo.co.jp/online-shimada/index.html

島田荘司的官方網站。除了新書資訊，你還可在此看到他親自拍攝的照片與網路日記。是島田迷不可錯過的聖地！

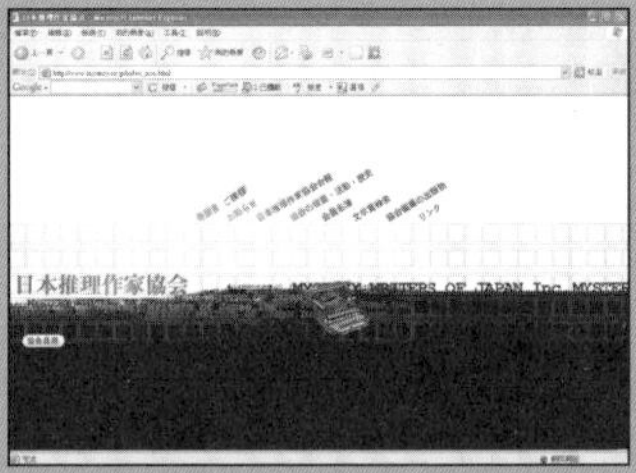

日本推理作家協會官方網站
http://www.mystery.or.jp/

集結了推理界作家、評論家、譯者、漫畫家等創作者，定期提供相關資訊，讀者在此亦有機會與作者交流唷。

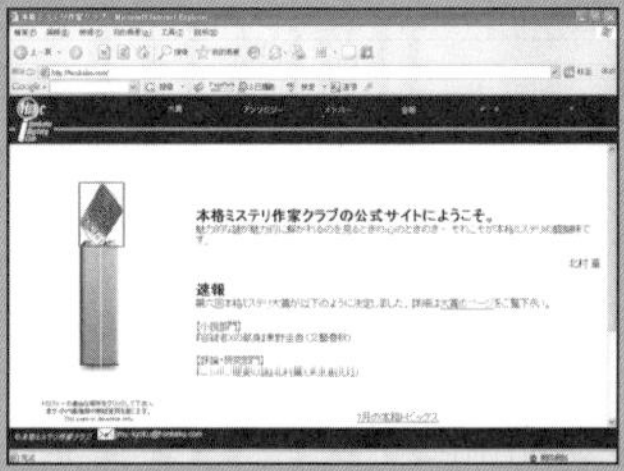

本格推理作家俱樂部官方網站
http://honkaku.com/

會長北村薫，由各本格派推理名家組成，站上可看到本格推理大獎的各屆得獎情報以及線上會報等。

東京創文社官方網站
http://www.tsogen.co.jp/np/index.do

介紹當月新書與焦點主打書，亦有電子報、推理專門誌介紹、新人獎訊息等情報。

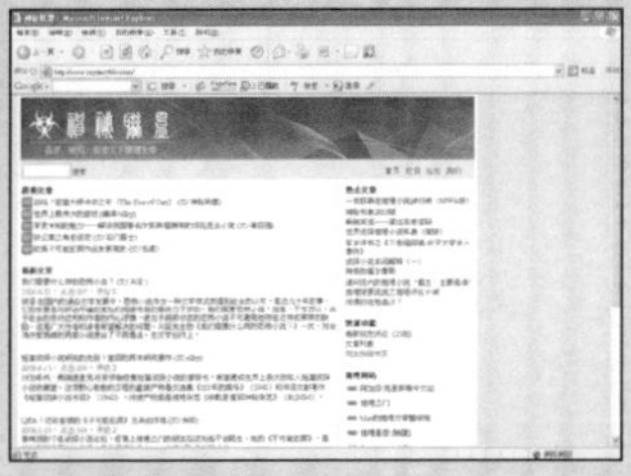

神秘聯盟
http://www.mysterybbs.com/

大陸相當優秀的推理論壇型網站，內容為推理相關的議題討論，其中不乏一些深度好文。想認識對岸的推理迷嗎？透過大陸推理迷們的討論，可以感受到兩岸對推理共同的熱情哦！

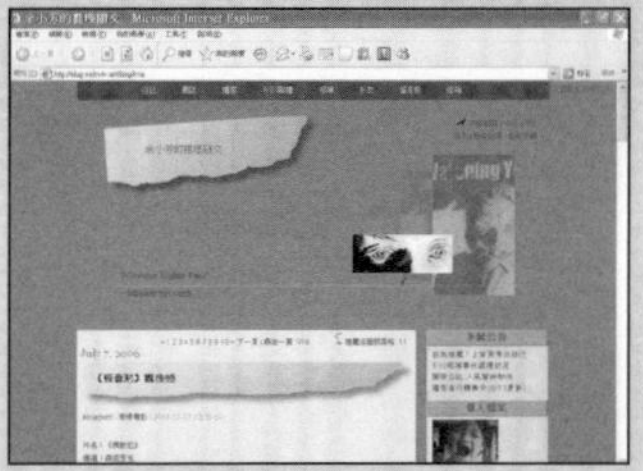

余小芳的推理隨文
http://blog.webs-tv.net/kingdom/

推理迷余小芳的網誌。內容大多為國內推理出版作品的簡介、心得，數量多達百篇以上。站長本身亦為大學推理小說社團成員，對作品客觀的分析，可提供推理迷們閱讀的方向。

暗黑館的儲藏室
http://blog.yam.com/ayatsujifan/

推理迷小森的網誌，由站名可以略微窺知站長喜愛的作家為何。本誌內容多為日本推理小說的簡介與心得，特別是台灣尚未譯介的作品。

UNCHARTED SPACE
http://www.h4.dion.ne.jp/~fukuda/

以日本國內推理小說為主。內有推理小說的內容介紹、書評，推理辭典等趣味企劃，並提供眾多推理作家的好站連結。

Ayalist
http://www.geocities.jp/y_ayatsuji/

綾辻行人書迷所作應援站，有近況報告、作者檔案、作品介紹、活動報導等，有關綾辻行人的林林總總，應有盡有！

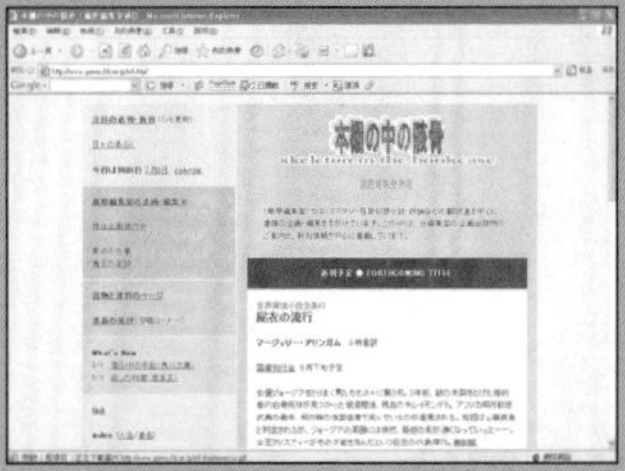

書櫥中的骸骨
http://www.green.dti.ne.jp/ed-fuji/

以歐美推理、怪奇翻譯小說為主。站長「藤原編集室」為出版社特約編輯，本站主要介紹由他經手作品的簡介及新書介紹。

Taipeimonochrome
http://blog.taipeimonochrome.ddo.jp/wp/markyu/

推理迷的部落格，站長以幾近「每日一書」的超高效率，介紹眾多推理好書。

Aga-Search.Com
http://www.aga-search.com/

介紹各國推理作家及其筆下的名偵探。資料相當豐富，整理得很有系統，推理小說迷不能不去！

名偵探事件簿
http://www.casebook.jp/index.html

站長CHARMY將名偵探們的大大小小事件整理成清楚的一覽表。是偵探小說迷找書、交流的好園地。

凌徹

一九七三年生，嗜讀各類推理小說與評論，特別偏愛本格推理。

陳國偉

筆名遊唱。國立中正大學文學博士，現為國立中興大學台文所助理教授。新世代小說家、推理評論家。曾獲中央日報文學獎、台灣文學營創作獎、嘉義市桃城文學獎、全國學生文學獎等，文類橫跨小說、散文、現代詩等領域。著有短篇小說集《空間失控》（麥田），主編《小說今視界——台灣新世代小說讀本》（駱駝）、中正大學推理研究社社刊創刊號《血色の邏輯》。

文學評論橫跨純文學、推理、科幻等小說類型。推理部分曾撰寫東野圭吾、恩田陸、有栖川有栖、篠田真由美、賈桂琳．溫絲皮爾等作家的小說導讀與解說，並與曲辰於《野葡萄文學誌》撰寫「推理．一期一會」專欄。

同時身為著迷於推理與日劇的雙棲動物，最喜歡的日本推理作家是野澤尚、島田莊司、東野圭吾與石田衣良，歐美推理作家為勞倫斯．卜洛克（Lawrence Block）、雷克斯．史陶特（Rex Stout）與賈桂琳．溫絲皮爾（Jacqueline Winspear）；每逢野澤尚與野島伸司擔當腳本、或中江功與堤幸彥擔當導演的日劇必不會錯過。

接下來最期待台灣出版的推理作家有乙一、京極夏彥、雷克斯．史陶特，以及所有姓名不超出五十音的範圍，或名字的字母在A到Z範圍內的作家，都將是期待及嗜讀的對象。

曲辰

目前就讀於中正大學台灣文學研究所碩士班，希望有朝一日台灣的推理小說能產出足夠寫一本論文的質量。

儘管一直對通俗文類有著強烈的愛好，卻把大部分的心思放在推理小說中，其餘方能顧到科幻奇幻愛情武俠等等。相信故事是一本小說的根本，所以相當在意作者的說故事方法，對於其背後的分類倒不甚注意。

曾寫過多名推理作家的說明性文字，如歌野晶午、有栖川有栖、森博嗣、勞倫斯．卜洛克、乙一等等。目前喜歡伊坂幸太郎、京極夏彥、乙一、勞倫斯．卜洛克、雷克斯．史陶特等等，隨時期待下一個列入名單的作者。

最後要強調，相信「喜歡」是件很私密的事情，但同時也希望大家能一起「喜歡」推理小說這個文類。

希映

以推理小說為食的藍星貓科變種生物。

目前處於食糧過多的狀態，還好推理小說沒有賞味期限，可以不斷堆積，唯一要擔心的是地震時可能會被書堆壓死。

最近的煩惱是每次一整理書房，便發現有些書籍莫名其妙地消失了，讓人強烈懷疑有個嗜紙類黑洞躲在牆角偷吃。

以日系推理為主要守備範圍，雜食歐美作品。曾書面發表過約翰．哈威的相關文字，喜歡的推理作家隨年歲增長而多有變動，但綾辻行人與勞倫斯．卜洛克始終都能名列前茅。目前關注的作家有本多孝好、折原一、乙一、伊坂幸太郎、池上永一與坂木司。

寫手簡介

紗卡

紗卡，已婚，育有二女，嗜讀各類小說，偏愛推理文學，最欣賞的推理小說作家是勞倫斯・卜洛克與東野圭吾。目前從事物理研究工作，正於南部某大學攻讀博士。近來常感嘆推理小說出太快，閱讀速度太慢，時間太少，荷包太扁，老闆太……

平常喜歡與朋友分享推理小說的閱讀經驗，並於遠流推理擂台網站主持專欄。因本身不懂日文，所以對於歐美推理較為熟悉，日本推理則僅限於中譯作品。因此也期許自己可以推廣推理小說，讓更多讀者願意投入閱讀，並因而刺激市場，使得更多國外的推理小說有中譯的機會，大家也有更多的優秀作品可以選擇。

很高興有這個機會參與這次的工作，能為大家推薦介紹這些經典好書。也希望讀者們在閱讀推理小說之餘，也能夠跟大家分享一點閱讀經驗，讓越來越多人得以享受閱讀推理小說的莫大樂趣。

心戒

心戒，目前與文憑奮鬥中，只是看閒書的時間不成比例的高。唯一認真的收集是各國的明信片＋郵戳，喜歡看著認識的人和「朋友的朋友的朋友」來信，藉由文字的描述進行窮人家的環遊世界之旅。目前正煩惱如何募集到非洲或是兩極的郵戳。

閱讀沒有固定的類型，但因為約翰・哈威所以愛上推理類別卻是肯定的事實。

張筱森

推理小說愛好者。

不過最近的興趣竟有逐漸從閱讀小說，轉移到囤積小說的傾向，如何收納小說以及閱讀速度低落成了煩惱來源。

喜歡的推理作家名單時有變動，不過以下五人始終在先發名單內：江戶川亂步、橫溝正史、綾辻行人、殊能將之、乙一。

喜歡的名偵探名單亦時有變動，不過以下三人是永遠的最愛：御手洗潔、榎木津禮二郎、湯川學。

雖以日系推理小說為主要閱讀對象，但絕不錯過Margaret Miller、William Irish=Cornell Woolrich、Stanley Ellin的作品。

Kiriko

要求覆面的活字中毒者。

宇文敬德

嗜讀書，是個重度推理迷。

來來來！
繼樂透彩之後的全民運動徵文活動開始起跑!!!!

想成為台灣第一位推理小說書評高手嗎？
現在正是你大顯身手的好機會……
下期《謎詭》，你將會是主角喔！

推理小說書評 徵文活動

活動辦法

徵文主題：將自己閱讀過最有趣、最特別之推理小說書評心得感想。

徵文對象：不限性別、年齡、具中華民國國籍之國民。

徵文時間：即日起至2006年12月31日止

參加辦法：

1. 文字創作字數限1500~2000字以內（請以word格式編輯）。徵文時間內郵寄至北市信義路二段213號11樓 獨步出版【謎詭徵文活動小組】報名參加，截止時間以郵戳與電郵寄達時間為憑。
2. 投稿作品請附上真實姓名、聯絡地址與電話，未附個人資料的稿件將不列入評選。
3. 投稿作品限未發表、未得過任何獎項者。若有侵犯智慧財產權之情事者，主辦單位除有權取消得獎名次、追回獎金外，侵權者亦將負起一切法律責任。參加作品一律不退件，評審前若遇不可抗力之災變、意外等事故所造成之損失，主辦單位不負賠償責任。

獎勵方式：

1. 評選出10名，入圍者可以得到宮部美幸系列書任選三本。
2. 得獎名單於2006年1月31日於城邦讀書花園www.cite.com.tw公佈，得獎作品將有機會於下期謎詭刊載（稿費另計）。

謎詭——日本推理情報誌

編輯顧問／藍霄、凌徹、曲辰、陳國偉
總編輯／陳蕙慧
主編／蔡靜宜
編著／獨步文化編輯部
發行人／涂玉雲
法律顧問／中天國際法律事務所 周奇杉律師
出版社／獨步文化
城邦文化事業股份有限公司
100台北市中正區信義路二段二一三號十一樓 電話：(02) 2356-0933 傳真：(02) 2351-9179、2351-6320

發行／英屬蓋曼群島商家庭傳媒股份有限公司城邦分公司
104台北市中山區民生東路二段一四一號二樓 網址：www.cite.com.tw
書虫客戶服務專線：(02) 25007718；25007719 二十四小時傳真服務：(02) 25001990；25001991
讀者服務信箱E-mail：service@readingclub.com.tw 劃撥帳號：19863813 戶名：書虫股份有限公司

香港發行所／城邦（香港）出版集團有限公司
香港灣仔軒尼詩道二三五號三樓 電話：(852) 25086231 傳真：(852) 25789337 E-mail：hkcite@biznetvigator.com

馬新發行所／城邦（馬新）出版集團 【Cite(M)Sdn.Bhd.(458372U)】
11,Jalan 30D/146, Desa Tasik, Sungai Besi,57000 Kuala Lumpur, Malaysia
電話：(603) 9056 3833 傳真：(603) 90560 2833 e-mail：citecite@streamyx.com

封面插畫．美術設計／李逸華
印刷／中原造像股份有限公司
總經銷／大和書報圖書股份有限公司 電話：(02) 8990-2588；8990-2568 傳真：(02) 2290-1658；2290-1628
二〇〇六年（民國九十五）八月初版 定價一九九元
 ISBN 986-82317-3-6 ISBN 978-986-82317-3-3

國家圖書館出版品預行編目資料

謎詭：日本推理情報誌／獨步文化編輯部 編著；
--.初版.— 臺北市；獨步文化：
家庭傳媒城邦分公司發行，2006〔民95〕
面；公分. –
ISBN 978-986-82317-3-3（平裝）
1. 日本小説 – 評論
861.57 95012612

獨步文化
APEX PRESS

廣　告　回　函
北區郵政管理登記證
台北廣字第000791號

郵資已付 · 免貼郵票

104台北市民生東路二段141號2樓
英屬蓋曼群島商家庭傳媒股份有限公司　城邦分公司
獨步文化出版　謎詭活動小組

讀者回函卡

請沿虛線對折，謝謝！

請沿虛線裁下，填妥寄回，謝謝！

獨步文化
APEX PRESS

讀者回函卡

書號：1UX001　　書名：謎詭　　編碼：

讀者回函卡

謝謝您購買我們出版的書籍！請費心填寫此回函卡，
我們將不定期寄上城邦集團最新的出版訊息。

姓名：　　　　性別：　　　　生日：　　　　聯絡電話：

E-mail：　　　　傳真：

地址：

您的職業：

□1 學生 □2. 軍公教 □3. 服務 □4 金融 □5. 製造 □6. 資訊 □7. 傳播

□8. 自由業 □9. 農漁牧 □10. 家管 □11. 退休 □12. 其他

您是從何種方式得知本書消息？

□ 1. 書店 □2. 網路 □3. 報紙 □4.廣播 □5. 雜誌 □6.電視 □7.親友推薦□ 8.其他

您喜歡哪些推理小說作家？

□1. 森村誠一 □2. 松本清張 □3. 土屋隆夫 □4. 佐藤正午 □5. 歌野晶午

□6. 大岡昇平 □7. 橫山秀夫 □8. 伊坂幸太郎 □9. 海月瑠意 □10. 東野圭吾

推理急轉彎，大家來搶答！

老闆到底是誰殺的？邱二因為有不在場證明，到底兇手是不是他？

請將答案寫下並寄回，我們將於二〇〇六年十二月三十一日，選出最有創意的答案
公佈在城邦花園網站上www.cite.com.tw ，優者將得到宮部美幸系列書一本